わがいのち果てる日に

――巣鴨プリズン・ＢＣ級戦犯者の記録

田嶋隆純 編著

講談社エディトリアル

『わがいのち果てる日に』初版(昭和28年7月31日、大日本雄弁会講談社)の表紙カバー／装幀：河野鷹思、題字：田嶋隆純、装画：金子多喜夫(刑場への道が描かれている。左側の白く13と書かれた扉の奥に絞首台があった)

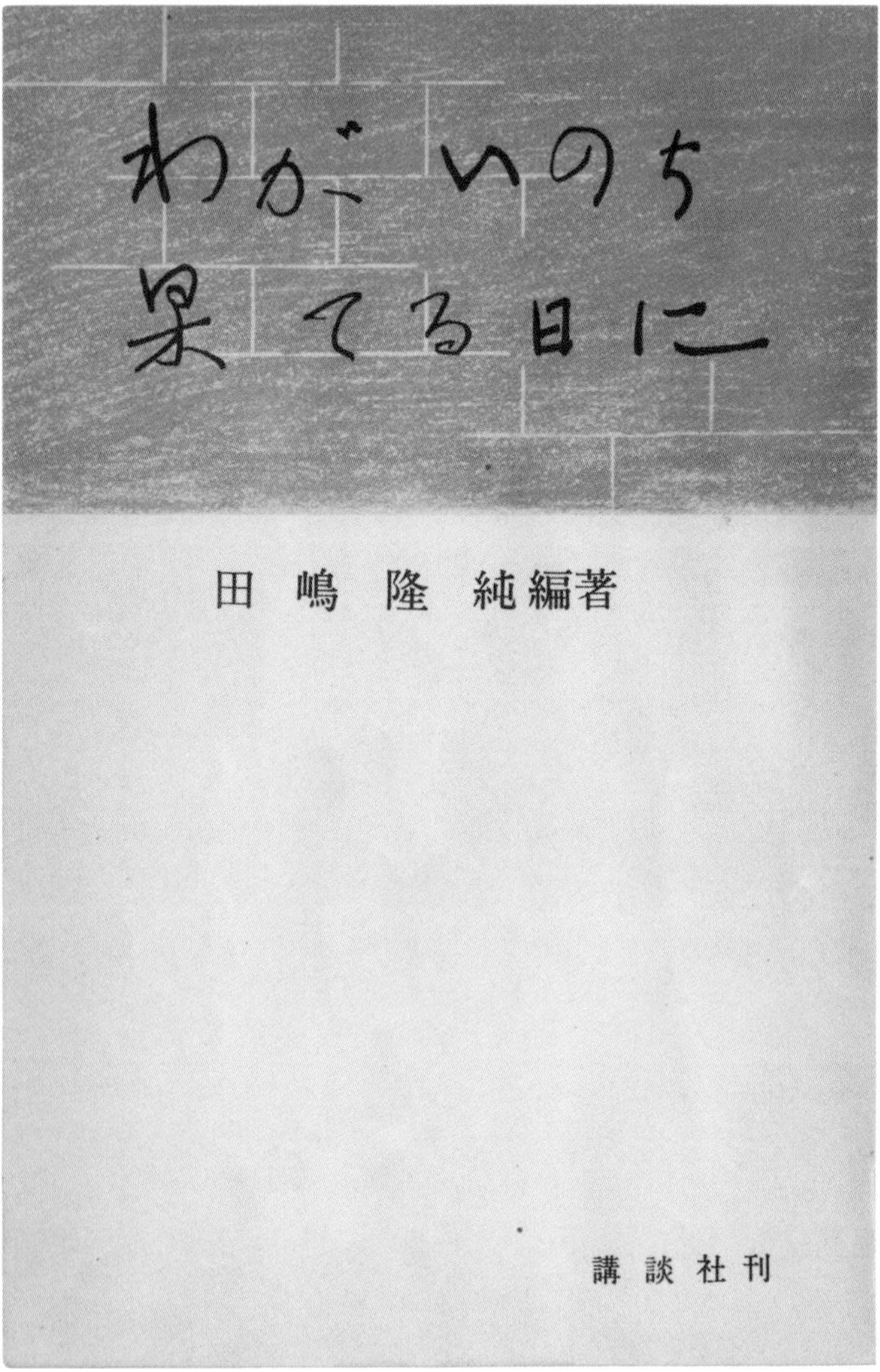
わがいのち果てる日に

田嶋隆純編著

講談社刊

『わがいのち果てる日に』初版の扉／題字・装画：田嶋隆純（上部の装画は刑場のレンガを描いたもの）

巣鴨プリズン正面ゲート(1949年撮影、毎日新聞社提供)

初版に掲載された元戦犯者・飛田時雄氏による挿絵(宣告場で死刑執行が言い渡される場面)

戦犯刑死者千余名の慰霊と平和祈願のため、田嶋隆純の発願で大本山護国寺（東京都文京区）に建立された身代り地蔵尊（本文10〜11、345ページ参照）

復刊に寄せて

山折哲雄

ことし（二〇二一年）八月で、敗戦後七十六年になる。

戦争に敗れてまもなく、あの「東京裁判」がはじまった。戦犯者たちはA級とBC級にわけられ、東京の巣鴨拘置所に集められていた。

戦犯者たちのため初代の教誨師《きょうかいし》になったのが花山信勝《しんしょう》師だった。東京帝大助教授で仏教学者である。仕事の中心はA級戦犯たちを主に対象としていたが、東条英機ら七名が一九四八年十二月二十三日に処刑されると、師は突然、教誨師を辞任した。理由は明らかにされていなかったが、そのあとを継いで第二代の教誨師に委嘱されたのが、本書の著者・田嶋隆純である。大正大学の教授で、同じ仏教学者だった。

師ははじめその職につくことを何度も固辞していたが、当初予定されていた鈴木大拙師や澤木興道《こうどう》師が高齢などの理由で辞退していたため、ついに引き受けることになった。そのいきさつについては、本書の「序」に書かれている。そこにもふれられているが、田嶋の新教誨師としての方針は、仏教の教えを説くというよりは、むしろ受刑者たちの助命嘆願の方向に重点がおかれていた。そのためもあったのだろう、彼はやがて「巣鴨の父」として受刑者たちから親しまれ、慕われるようになっていった。

田嶋の教誨師時代はその後、ほぼ十年間つづくが、当時裁判で処刑された戦犯の数は千名近くに達し、そのなかには少数のA級、大多数のBC級が含まれていた。それだけでも師の仕事がいかに過酷なものであったかがうかがわれる。そのこともあってか一九五七年七月二十四日、今日の目からすれば、六十五歳の若さでこの世を去っている。

以上のことは昨年刊行された田嶋信雄編著『巣鴨の父 田嶋隆純』（文藝春秋企画出版部）にくわしく記述されているのでここではこれ以上ふれないが、一九五〇年代に入って巣鴨拘置所（巣鴨プリズンと呼ばれていた）内に、変化がおこる。五一年には対日講和条約が調印され、内外の政治情勢の推移のなかで、巣鴨遺書編纂会がつくられたからだ（五二年）。処刑された戦犯者たちの最後の言葉を集めて、後世にのこそうとの計画がもちあがったのだ。その遺書遺稿の総数七百一通をまとめ『世紀の遺書』として出版されたのが一九五三年十二月一日のことだった。そしてその巻頭に印象的な「序文」を寄せているのが教誨師の田嶋隆純だった。

この『世紀の遺書』が当時の世間に衝撃を与え、多くの人々の関心を惹きつけ版を重ねていったことはよく知られている。何しろ拘置所内の死刑囚たちの日常の暮しが、刑場の様子などとともに生々しい形で、しかも戦後ほとんどはじめて外部の世界に知らされることになったからだ。

ところがそれとちょうど同じころ、田嶋はそれまでの自分の教誨師としての体験をまとめて一

冊の本にしようと準備をはじめ、講談社から出版していたのである。それが今回、六十八年ぶりに復刊することになった本書、

田嶋隆純編著『わがいのち果てる日に』大日本雄弁会講談社、一九五三年である。その前半は、教誨師になるまでの来歴、処刑の立会、刑場のありさま、死刑囚との対話、仏教の罪業感と戦争などから成り、後半は、田嶋がとくに関心をもった戦犯者たちの遺書を選び、全体で三一七ページにわたる力作だった。しかもその刊行日が、何と、さきの『世紀の遺書』発行の、わずか半年前の五三年七月一日だったのである。

巣鴨プリズンのＢＣ級戦犯者たちにかかわる戦後はじめての重要な記録集が二つ、その姿・形を変えて、ほとんど同時進行で準備され、出版されていたことになるだろう。

私は昨年までそのことをまったく知らなかった。田嶋隆純が『わがいのち果てる日に』のような著作をつくっていたことも、そのようなものが存在することも知らなかった。

戦後八年が経ち、日本が主権を回復した段階で、ＢＣ級戦犯者たちをめぐる二冊の重要な記録が、ほとんど同時期に出版されていたと今いったが、一方は、編著者自身の田嶋隆純によるもの、もう一冊は「巣鴨遺書編纂会」に責任をもつ田嶋を代表者とするものだった。前者は肩書きなしの個人署名、それにたいして後者には巣鴨拘置所教誨師、大正大学教授の肩書きが付され、代表者としての公的な署名という形をとっていた。

こうして田嶋は、二冊それぞれの冒頭に序文を書いたわけであるが、それを今日の時点から読

みくらべてみるとどうなるか。そこからは国の内外に広がりはじめていた、戦犯者にたいする時代の風圧のようなものが感じとれるであろう。

まず、『わがいのち果てる日に』であるが、その冒頭におかれた「序」のなかで、彼はつぎのようにいっている。

自分が二代目の教誨師になったとき、毎週のようにジープで迎えにやってきた米軍の担当将校から、なぜ汝は戦犯にかんする本を書かないのかとしばしばいわれた。だがそれにたいしては、自分の本務は本を書くことではない、戦犯者たちを死の恐怖と不安からいかに解放し、かれらだけに罪があるのではないことをいかに伝えたらいいのか、そのことに集中したかったからだ、と答えた。戦犯者たちの多くは平和な生活の中から一枚の赤紙で呼びだされ、戦場にかりだされていった犠牲者である。

もちろん戦争は許しがたい罪悪だ。一人の仏教徒として、自分はあくまで戦争を嫌悪し、否定する。しかしひとたび国家がそれをはじめた以上、当時の日本国民として「怨敵《おんてき》必殺」の信念に燃えたとして、はたしてこれを個人の罪に帰して足れりとなし得るだろうか。

仏教では戦争を「共業所感」の結果とみなしている。ゆえに戦争はまさに全人類が負うべき責任であり、罪なのだ。一部の者が因縁によって戦犯に問われたのであり、われわれ全国民もまた罪の一半を負わなければならないのだ。ましていわんや勝者だけがほしいままに敗者を裁くというのは、文明の逆行以外の何ものでもないではないか。

これまで自分はしばしば、なぜ本を書かないのかといわれ、思い惑ってきたが、今回ついに、それが祖国再建を祈念して死についた人たちの遺志を継ぐ所以であればと思い返し、遺族の了解をえて、ここに一書を編み出版することを決意したのである。

田嶋が自著の「序」としてこのように書いているとき、もう一つの巣鴨拘置所あげての大仕事、『世紀の遺書』の刊行の足音が田嶋の耳元まできこえていたはずだ。彼は一種切迫した思いを胸に秘めて、自著の冒頭に右のような「序」の文章を書いていたことになるだろう。

それではつぎに、こんどは『世紀の遺書』の「序文」として二代目教誨師の田嶋が用意したものはいったいどのようなものだったのか、それをみてみよう。

冒頭田嶋は、今日の世界はいぜんとして正義と平和が脅かされ、危機的状況に追いこまれていると格調高くいう。そしてそれだからこそ、人類はその矛盾を直視し、とりわけ「戦犯」として斃《たお》れた人々の内省に耳を傾けなければならない、極刑の宣告を受けた戦犯者たちの苦悩にわれわれは立ち合わなければならない。この人々は戦争によって死を強制されたが、そのことで反って生きる喜びを知り、肉親への恩愛を深めることになったのである。祖国愛、人類愛にめざめることにもつながった。だがそれにかかわらず、かれらはなお人道の敵と罵られ、祖国から見離されようとしているではないか。

この『世紀の遺書』にはじつに七百篇におよぶ遺書遺稿が収められているが、それは究極において日本人は何を思い、何を希《こいねが》うかということを赤裸に訴えているものばかりである。それゆえわれわれに徹底的な反省をうながし、われわれを鼓舞してやまないものばかりだ。

　自分は戦犯者の多くと接し、その最期を見送ってきた者だが、そのためこの人々のため戦争裁判について訴えたいこと、言いたいことが山ほどある。それがたまりにたまっているが、しかしその「鬱積」をいまここで吐露するわけにはいかない。この書（『世紀の遺書』）の目的が、これらの人々の切々たる叫びを後世に生かさんとする「未来への悲願」であることを思い、しばらくここは「黙して」、「一切の批判」を将来に委ねたいのである、と。

　今日の「鬱積」のあからさまな表明は抑え、それを将来への希望として心のうちに秘め、「一切の批判」を断念するといってその「序文」を結んでいるのだ。

　このように上記の二つの序言を読みくらべてくるとき、当時の田嶋隆純がどのような気持でこれを書いていたか、その熱い期待と同時に無念の思いが伝わってくるのを覚える。一方に巣鴨プリズン第二代目の教誨師としての公的立場、他方に血も涙もある一個の人間、一人の仏教徒としての個人的な立場、そしてその二つの立場に引き裂かれたまま立ちつくしている田嶋の姿が自然に浮かびあがってくるのである。

　とりわけ『世紀の遺書』の序文に書きつけられた「鬱積」「悲願」「沈黙」の文字が目に痛い。それが『わがいのち果てる日に』の序に引用されている聖徳太子の「世間虚仮、唯仏是真」（この世は嘘偽りばかり、真実は仏の言葉のみ）と重なる。その場面で田嶋は、日米開戦の直前、キリスト教の関係者とともに米国に渡り、平和行脚の旅に出た自分の体験にふれているのである。

『世紀の遺書』の方はその後、さすがに大きな反響を呼んで版を重ね、講談社からも復刊されるまでになった。それだけではない。その利益金をもとに、処刑された戦犯者たちの霊を慰めるため「愛（アガペー）の像」というブロンズ像をつくり、東京駅丸の内駅前広場に建てられることになる。そのとき、その記念像の底部に『世紀の遺書』が収められた。

この記念像の建立のためには、田嶋師をはじめ多くの関係者、支援者がかかわったが、その建立にいたるまでの来歴や関係者たちの氏名などはそこに一切刻《しる》されてはいない。したがってそれが誰のため、何のため、誰によって建てられたのか、今日そこを訪れる人に明らかにされることがない。その上、記念像そのものの存在すらがほとんどビルや草木の蔭にかくされて、ほとんど人の目につかない姿になっているのである。ましていわんや、そのブロンズ像の内部にかつてのBC級戦犯者たちの血のにじむ遺書や遺文が収められていることなど想像も及ばない状況になっているといっていい。戦時中、多くの出征兵士がこの東京駅の駅前広場に集められ、そこから各地の戦場に出発していったことを思うとき、時の非情な流れとともに「昭和」は遠くなりにけり、の感慨があらたにわく。

それでは今回復刊することになった本書『わがいのち果てる日に』の場合はどうだったか。私自身はさきにもふれた通り、まったくうかつにも、昨年までその存在すら知らなかった。こんどあらためて、一九八四年に復刊された講談社版のさきの『世紀の遺書』をみると、その折込み付録の片隅に、同じ講談社から出版された田嶋隆純編著『わがいのち果てる日に』（昭和二十八年）

の一行広告をみつけて、目を見張ったのである。なぜならそこには、当時のBC級戦犯および巣鴨関係の多くの「参考文献」が記載されていたが、その中で田嶋の手になる本書は、世によく知られている花山信勝師の『平和の発見』と並び、ほとんどそれにつぐ最初期の文献であることがわかったからである。

ちなみに今日、この『わがいのち果てる日に』を所蔵している公的な図書館は国立国会図書館をはじめ八ヶ所ほどで、アマゾン等のオンライン書店や全国古書店横断検索サイトにも在庫はなく、現在ほとんど入手不可の状態だという。これにたいして花山信勝著『平和の発見――巣鴨の生と死の記録』（朝日新聞社、一九四九年）は、その後中央公論社から一九九五年、方丈堂出版から二〇〇八年、二〇一七年に再刊（改題含む）されているが、田嶋の本書はさきの一九五三年版だけである。今日ほとんど「幻の書」となっていることが、これだけからでもわかるだろう。

しかしこの「幻の書」には、一読すればわかるように当時の巣鴨プリズンにおける受刑者たちの日常の暮らしがどのようなものであったかが克明に記されている。それだけでも第一級の資料といっていいが、その外に田嶋自身による、戦争と犯罪、仏教をめぐる悪業と死刑の問題、仏教者と国家の戦争責任などの重大な問題が論じられている。それが戦後七十有余年を経て、わが国民の忘却のかなたに追いやられ、「幻の書」とされてきたのである。

このたびその「巣鴨の父」と親しまれた田嶋隆純師の遺児である田嶋澄子さんに乞われるまま、「幻の書」となった遺著を復刊する仕事に賛同し、師のもうひとつの貴重な「戦後体験」を浮き彫りにして、多くの人々に知っていただきたいと願い、つたない一文を草することにしたのである。

推薦のことば

真言宗豊山派大本山護国寺貫首　小林大康

戦後、巣鴨プリズンで花山信勝《しんしょう》先生がＡ級戦犯者の教誨師《きょうかいし》を担当された後、続いて田嶋隆純先生がＢＣ級戦犯者の教誨師を担当、懇切に仏教の教えを受刑者に講義され、「巣鴨の父」と慕われたその功績は偉大であります。

この度、『わがいのち果てる日に』復刊に当たり、田嶋澄子様（田嶋隆純先生の長女）より依頼があり、田嶋隆純先生と護国寺とのご縁をもって本稿をお引き受けいたしました。

護国寺第五十一世貫首岡本教海《きょうかい》住職の時代、昭和二十八年七月に本書が刊行されております。以後六十八年の年月が経過いたし、その当時の記憶が薄れつつある今日、本書の復刊は誠に貴重で有意義なることと存じます。

護国寺貫首岡本教海住職、小林良弘《りょうこう》執事時代、当山境内に田嶋隆純先生の発願により「身代り平和地蔵尊」が建立されました。

昭和二十七年四月、サンフランシスコ講和条約発効を機として巣鴨プリズンは米軍から日本に移管され、巣鴨刑務所と改称され、終戦以来顧みられることのなかった戦犯刑死者のために、護国寺境内に「身代り平和地蔵尊」の建立が計画されました。昭和二十四年に浅草寺貫首大森亮《りょう》順《じゅん》師、護国寺貫首佐々木教《きょう》純《じゅん》師指示の下に田嶋隆純先生を中心に結成された白蓮社（本部・護国寺）、全国の協力者によって昭和二十八年、地蔵尊の建立が実現します。

地蔵尊の台座には、刑死者千六十八人の氏名を刻む銅板が納められ、同年三月二十四日の地蔵の縁日、多くの遺族が境内いっぱいに参列して開眼法要が執り行われました。

田嶋隆純先生は次のような貴重な記録を識《しる》されています。

「ひたすらに国家の安泰と世界平和を祈念しつつ、従容《しょうよう》として死に就かれた諸霊を懇《ねんご》ろに慰め、かつその志を後世に伝えるために、私は戦争受刑者一同の熱烈な念願を体して、護国寺境内に身代り平和地蔵尊の建立を発願した。全国有縁の方々の賛同を得、その浄財は五十余万円に達した。死刑囚の氏名を一々銅板に刻み、地蔵尊の台座に納めた。傍らに高階瓏仙《たかしなろうせん》師の題額、椎尾弁《しいおべん》匡《きょう》師撰の縁起文を誌し、昭和二十八年三月二十四日、開眼法要を営んだ」

白菊遺族会が戦犯刑死者の慰霊と遺族の援護を主な活動として、昭和二十九年に設立され、毎年三月二十四日に身代り地蔵尊で慰霊法要が営まれました。平成五年三月二十四日、最後の法要が営まれ、会員の高齢のため会は解散となります。

現在、身代り地蔵尊は弘法大師堂の側に安置され、当山が毎年法要を営んでいます。

『わがいのち果てる日に――巣鴨プリズン・BC級戦犯者の記録』として新装復刊された本書を、大勢の方々に一読していただくことを切望いたします。

目次

《凡例》

一、読みやすさを考慮し、旧漢字は新漢字に、旧仮名遣いは新仮名遣いに改めた（俳句、短歌を除く）。

二、代名詞、接続詞、副詞など一部の漢字を仮名にしたほか、送り仮名の過不足を修正した。

三、適宜、句読点や振り仮名を付し、改行を施した。

四、文中の（註）は、編著者・田嶋隆純によるものである。

五、明らかな誤記は訂正した。その際、遺書類に関しては田嶋が刊行に関与した『世紀の遺書』（巣鴨遺書編纂会、一九五三年）所収の当該文書なども参照した。

わがいのち果てる日に——巣鴨プリズン・ＢＣ級戦犯者の記録

装幀／KEISHODO GRAPHICS（竹内淳子）

序

米軍管理時代、巣鴨の教誨《きょうかい》のため毎週チャプレン・オフィス（従軍牧師室）から迎えに来るニヴァンス氏が、ジープの中でよく私に「どうして貴方は本を書かないのか？　この前の教誨師は戦犯に関する本を書いたではないか」と訊ねた。

それに対して私は、「本を書くことは私の職務ではない。教誨師として他にもっと為さねばならぬ本務があるはずだから」と答えるのが常であった。

戦犯といえば、世間ではいかにも残虐な行為を犯したものと感じているが、果たして実態は左様なものであったろうか。

それにつけても私は、終戦直後、全国のラジオから「真相はこうだ！」と呼びかけたあの声を思い出す。

真実は人によって作られてはならない。

私は巣鴨の人々と接するに至って、「世間虚仮、唯仏是真」の思いを深めずにはいられなかった。もとよりこの人達の言葉がすべて真であるか否か、それもまた一概に断定し難いであろうが、少なくとも彼らが、ひたすら祖国を思い、ただただ勝たんがための一念より戦ったことは、否定できない。彼らの多くは、平和な家業から一枚の赤紙で呼び出され、氏神様の境内で歓呼と激励の辞を浴びせられて来た人々である。

戦争はたしかに罪悪だ。仏徒として、私は飽くまで戦争を嫌悪し否定する。

昭和十六年六月、太平洋に孕む戦争の危機を黙視し難く、私がキリスト教代表の藤井教授と共に渡米して、米国各地に平和維持の遊説の旅を続けたのも、そのためであったが、不幸にして私の微力は何の支えともなり得なかった。

しかし、たとえ戦争が罪悪であったにしても、ひとたび国を挙げて死命を争うに至った以上、当時の日本国民として怨敵《おんてき》必殺の信念に燃えたことは当然である。果たして、これを個人の罪に帰して足れりとなし得るであろうか。

仏教では戦争は共業《ぐうごう》所感の結果と見做《みな》している。戦争は正に全人類が負うべき責任であり、罪であらねばならぬ。一部の者が因縁によって戦犯に問われたのであって、全国民もまた罪の一半を負わなければならぬと私は信ずる。

パール博士もいっているが、勝者のみがほしいままに敗者を裁くということは、文明の著しき逆行以外の何ものでもないであろう。なかんずく、私の最も悲しみに堪えないのは、不幸にも一方的裁判の犠牲となり、課せられた極刑の不当を訴える術《すべ》もなく、十三階段上に恨みを呑んで散り去った人々のことである。幾多有為のそうした人々の最後に接した私は、上述の感いよいよ少なからざるものがあった。

彼らを称して戦犯者というが、果たして彼らに罪があるのか、ないのか私は知らない。教誨師として彼らに接しながら、私はいつも思うのだった。肉体的にいかに彼らを束縛し得たとしても、精神は絶対に拘束はできまいと。そして私は仏教の目的が心的解放（心無罣礙《しんむけいげ》）にあると常に説いたところである。

……設復有人。若有罪。若無罪。杻械枷鎖。検繋其身。称観世音菩薩名者。悉皆断壊。即得解脱。……

これを口で読み、身で読み、心で読みして、真理と一体となる。仏教の要諦は、この勤行《ごんぎょう》の式に尽きていると思う。ある人はいった、「教誨師の責務は懺悔《ざんげ》せしむることだ」と。だが私はまだ一回も「懺悔しなさい」とはいわなかった。少なくとも仏教を学ぶ限りは、深い宗教的、自己反省から、仮に懺悔すべきものがあれば、おのずからそうすべきはずである。人にいわれて、形式的に懺悔したのでは価値はない。

かねがね私は「死」が人生最後の厳粛な事実であり、軽々しく口にすべきではないとの念を抱いていた。しかるに先般来、私に向かい周囲からしきりに発表の勧告を受ける。遂に、私もそれが祖国再建を祈念しつつ死に就いた人達の遺志を継ぐ所以《ゆえん》と思い直し、ここに遺族の了解を得て発表することとした。

巻末〔編集註：本書三四六～三四九ページ〕に付した地図及び各種の表により、ますます大方の御理解を深め、解放の一日も早からんためのよすがともなれば、私の幸いこれに優るものはないのである。なお、本著の刊行にあたり、巣鴨のみならず、異邦において処刑せられた故人の遺著、日記、手記等を遺族の方々の了解を得て、巻中に収めた。

これら遺された文によって、人間としての叫び、逝きし人々の真情を汲み給われば幸いである。

本書刊行にお世話になった護国寺貫首岡本教海氏、森良雄氏、冬至堅太郎氏その他に、心からの謝意を表する次第である。また本書の上梓を引き受けて下さった講談社の好意に篤く感謝する次第である。

昭和二十八年七月

田嶋隆純

巣鴨の教誨師となるまで

昭和二十四年六月六日であった。大正大学で授業中、給仕が来て、今アメリカ兵がジープを乗りつけ、私に逢いたがっているという。

授業中だから逢えぬと断らせると、再び給仕が来て、「何でも急用らしく授業が終わるまでは待てぬそうです」と促す。それでも私は、米国の学校だって授業中に教授が面会するはずはない、待ってもらえと突っぱねた。が、給仕はいかにも困った顔つきで、先方は手間は取らせぬといっているし、護国寺の執事さん（現在の貫首）も同道だからという。止むなく授業を中絶し、応接室へ行くと、通訳を連れた一人の米兵が早速立ち上がって来て、傍らの岡本執事を顧みながら、

「実は、今朝護国寺を訪ねたところ、この人がこちらへとのことで回って来たのだが、是非あなたに巣鴨拘置所の教誨師《きょうかいし》をお頼みしたい」と全く藪から棒の話である。

驚いた私は、考える暇もなく、とても左様な大役は引き受けかねるとお断りした。

この兵隊が、チャプレン・オフィスの助手ロバート・J・マーフィー氏とは後で分かったこと

だが、氏はいずれにせよ、自分は使いに過ぎぬので、とにかく明日来てくれと伝えたまま帰ってしまった。

とんでもないことを頼みに来たものだと思いながら、もちろん断る決心で翌朝、約束の十時、巣鴨拘置所を訪れた。

入り口には、厳しく鉄条柵を張り渡した門扉が左右よりピッタリと閉ざされ、その上に真っ赤な弧を描いた大きなアーチには、白地で太々とSugamo Prisonと浮き出ている。そばの門衛詰所には真っ白の鉄兜を冠り、軽機銃を肩にしたM・P達が胡散《うさん》臭そうに眼を光らせている。勝手の分からぬ私は、不得手な英語で、それでも訪問の要件だけは告げることができた。と、その中の一人が、何か書いた紙片をくれた。それを手に柵内へ一歩足を踏み入れると、前には塵一つ見えぬ舗装路が一筋坦々と走っていて、両側の歩道沿いにズラリと並んだ緑色のカマボコ兵舎をめぐり、色とりどりに咲く草花が咲き乱れ、あたかも童画の如き景観である。

広い舗装路には、人通りとてほとんどない。こんな静かな「租界」が、荒廃した帝都の一角にあろうとは、今まで思いも寄らぬことだった。

左に折れると、初めて空に監獄の建物が一角を見せる。薄い鼠色の建物である。屋上には星条華やかなアメリカ国旗が晩春の空に翻《ひるがえ》っている。コツコツコツ、舗道にたてて行く自分の靴音さえ何だかみじめに感じられる。

やがて建物の正面に出る。ここには鉄格子の門が閉ざされ、横の小さな入り口をくぐると第二の検問所がある。一段高い所から、数名の米兵が一斉に視線を浴びせかけた。皆、腰にはピストルを下げている。紙片を見せ、面会許可のバッジをもらおうと手を差し伸べた机上にも、ピストルが置かれてある。

一体誰を撃つつもりであろうか、これでは面会に来た家族の人達もたまるまいと、義憤に似たものを感じながらバッジを胸につけているところへ、昨日のマーフィー氏が迎えに来てくれた。

案内によって建物に入り、チャプレン・オフィスからさらに第三の関門を通る。ここは米兵でも、内部への勤務者以外通れぬそうである。その鉄扉を入ると中は薄暗く、廊下を隔てて事務室が三つ隣り合わせに並んでいる。廊下は左右に一筋、遥かの果てまで伸びているが、ちょうどその中間に位置するこの事務室の両端で、太い鉄格子の柵が廊下の空間いっぱい、天井まで縦横にはめられ、完全に通行を遮断されている。

今しがた一歩この暗い廊下に踏み込んだ途端、まるで動物園の檻の中に追い込まれた如く感じたのもそのためであった。

鉄格子の向こう廊下には、点々として棍棒を下げた米兵達が動哨している。

事務室には、三十歳にも満たぬ長身白皙《はくせき》の青年将校がいた。プリズン・オフィサー（囚人主管）のコーカー中尉と後で知ったが、彼のそばには三十年輩の若い日本人が一人、色褪せていかにもくたびれた米軍服のまま、直立の姿勢をとっている。その両腕、両股には真っ黒くPと大きな烙印が付されていた。このとき初めて私は、世に戦犯といわれている人の姿を知った。

この人を通訳として、私は再びここの教誨師にと頼まれたが、私としてはあまりにも責任が重く、学徳共に乏しい自分の、到底その任に堪え得べくもない旨、繰り返し述べて断るのみであった。

コーカー中尉も遂に匙を投げ、では誰か適当の人物を推薦してくれまいかといい出した。が、推薦すればその責任は私にもあるから、できないと答える。

彼はいよいよ困り切って、傍らの戦犯の人と顔を見合わせてはしきりに首をひねるのだが、さりとて、米軍の命令だと私に押しつけるような高圧的態度はさらさら見られない。実のところ、私は内心それを恐れながら来たのである。そして、もし仮に左様な横車を押して来たら、ますますもって拒否する覚悟であったのだが、当時巷間《こうかん》に往々に聞く左様な占領軍的態度を示すでもない、この若く人の良さそうな将校が、職務とはいえ我々の同胞のため、いかにも親身になって心配している様子を見続けているうちに、私もいささか気の毒になって来た。

そして、「先刻からいう如く、私は自分個人の打算に立つのでなく、問題はここの人達が到底私如きに満足されぬと信ずるからであるが、しかし、もしどうしても責任者が見当たらぬとおっしゃるのであれば、その人を得るまでのこととして、試験的に皆さんの前でお話しし、もし良いとのことであったら、手伝いしてもよろしい」と答えてしまった。

中尉はその通訳を聞くなり、実に妙案だと手を拍《う》たんばかりに喜び、たちまち明るい表情で事務的打ち合わせに移り出した。

かくて私は、二日後の木曜日に死刑囚、土曜日に他の無期ないし有期囚と会うこととなった。最初は六月九日、五月雨《さみだれ》の降りしきる日であった。事務室からコーカー中尉が案内に立った。二日前に肝を冷やした、例の檻のような鉄格子が、ガチャーンと不気味な閂《かんぬき》の音を立てて開かれる。四人ほどの米兵を従え、遥かに続く廊下を行くと、左側二つ目の鉄扉に番兵が鍵を挿し入れた。足を踏み入れると、ここは二階である。入り口に近く二坪ほどの空地があり、右手は上下の階段に通ずる。空地から向こう側にズラリと独房が連なり、その前廊下は、中央を縦に奥の方まで、ちょうど床《ゆか》幅の半分だけすっぽり切り抜いた如く全然床張りがなく、その空隙には、鉄格子桟が粗く弧型に張り渡してある。空地の端より上を仰げば三階も同様で、天蓋のガラス屋根まで筒抜けに見えており、目を俯《ふ》せれば薄暗い一階の床が視野に入る。この細長い空隙の両側、独房前に庇《ひさし》の如くそれぞれ四分一幅ずつ残った床が、狭いながらも通路に当たっていて、そこには独房の鉄網扉から流れ出る昼灯のかげを踏みつつ、数名の番兵が棍棒を振り振り動哨している。私の立ったところから程近い独房には、扉の網越しに畳の一角が覗いて見えるが、中にひそむ死刑囚の姿は見えぬ。網の奥に穴熊の如く鳴りを静める彼らは、今何を考え、何をしているだろうか？

しばらくの放心を促され、私は空地の右端から階段を下りた。階下の床は掃除の後らしく未だじめじめと濡れており、ひんやりした空気が顔を撫でる。どの独房にも、重苦しい鉄扉が閉ざされている。森閑《しんかん》として誰もいないらしい。そのため光を遮られて通路は一層暗く、左右に一列真《しん》鍮《ちゅう》の把手《とって》のみが徒《いたず》らに鈍い光を放っている。やがて囚棟後方の出口を閉ざした格子扉に突き当たる。その左手の階段の脇に、粗末な机上に載せて方二尺ほどの厨子《ずし》があった。その前に、中尉の命令で兵隊が最寄りの独房から畳を四枚ばかり引きずり出して来て並べた。

しとしと降る五月雨の音が、出口に近いここではよく聞こえる。私は仏壇の扉を開き、金色の阿弥陀仏《あみだぶつ》の前に燭《しょく》を灯し、香《こう》を燻《くん》じた。ゆらゆらと立ち上る白煙は、やがて傍らの出口を閉ざす鉄格子の間から扉の外へ逃れてゆく。

「O・K‼」

背後の大声に驚いて振り向くと、コーカー中尉が二階に手を振り上げている。階上から床格子の間に顔を突っ込んで覗いていた米兵の顔が引っ込むと、間もなく、カタンカタンカタンと扉の閂をはずすらしい音が相次いで聞こえ、急に階上がざわめきだした。

「ノー・ヤップリヤップリ」「シャット・アップ（黙れ）‼」

まるで飼い犬を叱るような鋭い声。ハッと私は胸を突かれた。

一瞬、しーんと静まった階上に、カラコロと下駄音が聞こえ出した。十数人でもあろうか。頭上に近づき、次いでカタカタとすぐそばの階段を降りて来る。

一人、また一人、――降り口で会釈の目礼をかわすどの顔も、どの顔も、堅く唇を結んで白蠟《はくろう》のように蒼白く透きとおっている。

両腕、両腿《もも》、背中までPの字を黒く押された、洗い晒《ざら》しの米軍服をきちんと身につけ、小脇に畳んだ毛布を一枚ずつ抱えたその手首には、粗末な珠数が下がっている。一人一人畳の縁《へり》に下駄を揃えて脱ぎ、黙然と座を占める様子を見ながら、私はこの無言の中に秘められたこの人達の、自らを律せんとする烈々たる気魄《きはく》を感ぜずにはいられなかった。

並んだ十人余りの大部分は二十あるいは三十代の顔である。

ふっくらとした若々しい手を虔《つつま》しく仏壇に合掌する人、逞しい膝を揃えてしばし瞑目する人、あるいは低声に題目を呟く人達等に混じって、中には新米の私に、むきつけに訝《いぶか》しげな視線を注いでいる人もある。

こうして静かに居並んだ人々を見ていると、運命にすべてを委ね、深い諦念《ていねん》に沈まんとする表情とでもいうのであろうか、私は深い山奥に油の如く光る湖を望むにも似た思いに打たれた。同情と感動に溢れ落ちんとする涙を隠すが如く、私は急いで人々に背を向けた。

仏壇に揺らぐ蠟燭《ろうそく》の灯影に、繰り展《ひろ》げた三帰依文《さんきえもん》を口誦する。背後から斉唱が湧き立つ。続いて開経偈《かいきょうげ》、般若心経《はんにゃしんぎょう》を訓読する。

……是の諸法は空相にして生せず、滅せず……無明もなく亦《また》無明の尽くることもなく乃至老死もなく亦老死の尽くることもなく……

力強く背後に唱和する声々は、今ここに一切の妄念を断ぜんとするかの如く、朗々と獄舎の壁にこだまする。

願わくはこの人々と共に仏道成就《じょうじゅ》せしめ給え、と心より回向《えこう》、祈願を捧げた後、私は再び畳に並ぶ人達と向き合った。未だ瞑目合掌を続けている人もある。先ほどよりの勤行《ごんぎょう》で、すでにひしひしと身に迫る真剣な気魄を感じさせられていた私は、さて口を開こうとして再び驚いた。二十の眼から食い入る如く私に注ぐ視線には、激しい焰が燃えている。人生の矛盾をあばき出さずにはやまじと燃える焰か、宇宙の中を貫く真理の的を射抜かんとする白刃の閃きか。

僧房数十年の修道生活において、私はかつてこれほど真剣なる眼差しに接したことは稀《まれ》であった。この人々がいかなる過去を持つやら、もとより私の知るはずはなかった。しかし彼らに見るものはかつて祖国、同胞のために擲《なげう》たんとした生命を、この薄暗く冷々とした石廊の上に曝《さら》け出し、刻一刻、自らの眼前でそれを小さく切り刻み、撮《つま》み上げ、そして裏返してみたり透かしてみたりしながら、どこかにホンのわずかでもよい、ただ一つこれこそは真実の光と指さし得るものを血眼で探しとろうとしている——その眼であった。

この人々を前にして私は何を語る資格があろう。私は自らの無力を今更の如く顧み、それを告白せねばならなかった。

「私は仏の慈悲に溢れて、その熱情を皆様にお伝えし得るが如き者ではありません。私のできることといえば、ただ皆様と共に仏道を修行させていただく、それ以外に何のお役にも立ち得ない人間であります」

それなのに何故ここへ来たか、私は自己に関する一切を秘しつつ、今までの経緯を述べ、ただ赤裸々な人間田嶋としての、自分への忌憚なき批判にすべてを委ねた。

語りつつ私は、幾度か溢れ出る涙を抑えかねた。それは仏道に身を捧げていながら、この気の毒な人々の生命をさえ救い得ない悲しみであった。同時にまた、この人々と同じく戦争当時意識的に戦争に協力しておった自分が、今なお自由な身であるに引き比べて、あまりにもかけ隔たった囚われ人の運命に寄せる同情と懺悔《ざんげ》の涙でもあった。

戦争は共業所感の所為である。国民誰一人として戦犯でない者があろうか。

「もし皆さんに罪ありとするならば、その罪は私達もまた共に負うべきものです」

あるいは今日を限りに再び会えぬかも知れぬが故に、私は自ら信ずるところを打ち明けずにはいられなかった。しかし私が自分自身へと放つこの痛憤を癒やすものは、ただ涙しかなかった。

私はいつしか教誨師として訪れた自分を忘れ、悲運の同胞に対する一人の日本人として、慰めの言葉を連ねていたようである。

周囲を取り巻く米兵達は、この教誨僧の異様な姿態に恐らく驚いたであろう。与えられた三十分もいつしか終わり、第一組の人達は、再び下駄を曳きずりながら階上に消えた。

入れ替わりに第二組が降りて来た。やはり若い人が多い。座るとすぐ念仏の声を立て始めた。前の一人に聞くと、この組は浄土真宗の信者ばかりというので、前回最後に唱和した法華経寿《じゅ》量品《りょうぼん》を重誓偈《じゅうせいげ》に替え、同じように勤行を済ましたが、さて話し始めんとすれば、眼前に並ぶ顔の異なるにつれ、また新たなる感動が襲ってくる。諦めの底に、じっと何かを訴える眼、眼、眼。——「ああこの若さで」と言葉も途絶え、さらぬだに勝手の分からぬ私は、遂にこの二組だけで予定の十一時半を迎えてしまった。

当時死刑囚は五十八名おり、そのうち精神病院に四名、キリスト教三名を除く他は全部仏教徒であったが、一組十人以上を独房外に出さぬ規則のため、後にまだ三組残されたわけである。しかし、私はすでに今まで受けた感動と興奮に疲れ切っていた。

コーカー中尉がいかにも恐縮した格好で法席に踏み込んで来て、私を促したときには、全くホッとした思いであった。

こんなことでは、なおさらこの職に耐うべくもないと思いながら、階段ぎわで階上に去る人々を見送っていると、ポンと後ろから肩を叩かれ、

「アイム、ハッピーハッピー（良かった良かった）」

さも嬉しげに、コーカー中尉が笑いかける。何がうれしいのか面食らった私に、彼は非常な満足で、

「もうあんたは教誨師に決まったのだ」

と一枚の便箋を手渡すなり、階段に向かって「モーリー」と声をかけ、最後に姿を消さんとする一人の死刑囚を呼びおろして何か話し始めた。

そのひまに拾い読みすると、第一組の人から寄せたらしく、
我もまた汝《なれ》と同じき罪人《つみびと》と泣きつゝ君は説きましにけり

その他、鉛筆書きの短歌五首ほどの後に、お願いと題した走り書きで、

先ほど「聴きたいことがあるなら遠慮なく申し出るように」との御言葉を頂きましたので、早速ながら私の個人的希望を申し上げます。ここにおります四十余人の死刑囚は、それぞれに一刻一刻迫って来る死を凝視《みつ》めながら、その解決に精進しておりまして、それぞれ自己の死については或る程度の諦観をもっておりますが、最大の問題は「肉親の恩愛」であるように見られます。これは自我愛の延長に過ぎないでしょうが、先生もいわれましたように、「情」の問題として解決に非常に困難を感じます。一般的な教理や法話は種々の仏書で一通り皆勉強しており、一週間一回僅かな時間（それもあと何回お聴きできるかも判りません）ですから、最も切実な問題についてお聴きしたいと思います。できますならば来週はこの問題について、つきつめた御教えを頂きたいと思います。

冬至堅太郎

田嶋隆純先生

あたかも、すでに私が来ると決めた如き書き振りであるが、隔てられた世の人々の愛情に飢《う》えながら、しかも自らの断ち難き恩愛を訴えた惻々《そくそく》の情に、思わず眼頭が熱くなる。俯《うつむ》いたままの私にコーカー中尉は、傍らの死刑囚を通訳として語らせた。

「先生。第一組の人達は是非にとお願いしております。二組の私達もきっと同じでしょう。少な

くとも私はそう信じます。ところで、私達の処刑のことなのですが、執行は大抵金曜日の夜半で、その前夜にここから他棟に移されます。それで前後二日間、先生に泊まっていただけるかどうか、との話なのですが……」

他人《ひと》ごとのように語ってはいるが、この人とてあるいは来週にでも、その夜を迎えるか知れないのにと、私はその蒼白い笑顔を見つめた。

私が断っても、もちろん誰かが教誨師となり、処刑に立ち会うだろう。しかし今しがたコーカー中尉の示したあの喜びようを見ても、人選に窮していることは明らかである。あるいは早急の間に合わぬかも知れぬ。さすればこの人達は、日本人誰一人とて見送る者もなきまま、帝都の深夜をトボトボ、絞首台への歩を運ぶのであろうか？　私は気の毒の一念以外何の思慮もなく、咄《とっ》嗟《さ》に承諾の返事をしてしまった。

当時通訳をした死刑囚が幸い有期刑の判決を受け、私に寄せた挨拶状によると、私に白羽の矢が立つまでの経緯につきこう記されている。

「〔略〕コーカー中尉から後任について六月以降ときどき相談があり、当時の私達の希望として沢木興道氏、鈴木大拙氏をその住所と共に伝え折衝を依頼しました。鈴木氏はハワイ行きのため駄目となり、沢木氏にはコーカー中尉が二回逢ってくれたとのことで、初めは通訳のため彼の家の女中をジープに乗せて行ったとか申していました。沢木氏にも、老齢と毎週では困る、との理由で断られ、そして私達は突然ある五月雨の降る朝、薄暗い石廊の畳から先生を見たのです」と。

有期ないし無期刑の人々とは同じ日の午後一時から二時まで、教誨堂で会った。ここは戦前の東京拘置所時代から同じ目的に使われていたため、美しく装飾され、窓も明るく、正面には講壇より奥まって一間四方ほどの大きな仏壇が金色眩《まばゆ》く、安置されていた。しかし聴衆席の長椅子がせいぜい百二、三十人座れるだけの余裕しかなく、当時全員千余人のうち七、八百人ばかりいた仏教徒は、従って各囚棟の階別に分かれて出席する他はなかったようである。そのため木曜の他に、土曜の九時半から一時間を割り当てられていたが、それでもなお全員を一順し終わるまでには、三ヵ月を要すとのことであった。

従ってこの日集まったのも第五棟を除いて五つある囚棟のどの階かの人々に相違なかったが、皆労働のため真っ黒に日焼けした逞しい身体から汗と脂の匂いを漂わせており、死と生との鋭い対照を目のあたりに見る思いがした。

私は、朝と同じような話をし、来所の経緯も詳しく述べて別れたが、その後やはりお前で良いからとて、正式の任命を受けるに至った。

「死の喜び」よりも「生の喜び」を

正直なところ、私は巣鴨教誨師《きょうかいし》となるまでは、戦犯者なるものにそれほど関心も抱かず、むしろかなり誤解さえしていたようである。

ところが、昭和二十四年六月十二日に就任して間もなく、当時の係、コーカー中尉の好意で死刑囚の人達から、経歴、家庭事情、裁判事情、菩提寺、留守担当者等に加え、それぞれの希望事項を書いて私まで出してもらうに及んで、私は深く胸を打たれた。その中には、こんなのもあった。

……〔略〕……

今日戦犯に対する国内の批判は常に戦勝国側の一方的発表のみに基づいていますが、上記の幾多の実例が示す如く、若《も》し真相を聞けば、その批判もまた、異なったものとなるに相違ありません。私達の唯一の念願は、正しい批判を求めてやまないことなのです。

戦後南方の各地で、日本人捕虜がいかに扱われたか、内地に於てさえ、いろいろなこともありました。『長崎の鐘』という一個人の著述の後頁に、比島の残虐行為の写真を総司令部の名で付け加えねば、出版許可にならない現状ですが、比島のカソリック教徒が、十字架や聖体や尼僧の帽子の中などに（尼僧の帽子をとることは甚だしい非礼とされています）ゲリラ部隊との連絡情報を隠していたことも事実であります。

私は、何《いず》れが正しいともいい得ませんが、ただ少なくとも戦争という、憎悪と殺人を第一義とした渦の中に起こった事件をとらえて正邪を問うならば、その結論は、裁判なくとも自ら明白でありましょう。況《ま》して、その裁判が最も原始的な感情で左右されるに於ては。

戦後既に四年、勿論巣鴨も未だ戦場でありますが、しかし最早《もはや》戦争裁判の目的は、既に達せられたのではないでしょうか。

百名に近い仲間は、妻より離縁されても、なお楽しかりし過去の夢を抱き続けながら、黙々と塀の中で働いています。悲劇はますます増すでしょうが、それも自業自得と笑い去られるだけのことでしょう。今日、ソ連抑留者への世の関心は随分高まりましたが、しかし真相に於て、ソ連と米国と果たして、どれほどの相違がありましょうか。

この死囚棟に於て我々は、「不合理」と「死」を天秤の両皿に載せ、血眼で平衡を計ろうとしては苦しんでおります。

「正義」―「道徳」―「慣習」―「法律」―「犠牲」―そうした目盛りの字のあちこちに針を動かしてみては失望し、或いは「天皇」―「祖国」―「万歳」等の目盛りに於て、自己の運命を割り切らんとしては、絶望の叫びをあげています。「天皇」や「肉親への愛恋」から無理に「仏」、「神」の目盛りへと針を回さんとして、自ら狂気し去った者も二、三にとどまらないのです。〔略〕

私は今日、日本の宗教団体がどうして活発に動いて、ソ連抑留者その他多くの戦争犠牲者の問題を世論に訴えようとしないのか不思議であり、それを切望して止みません。

私達戦犯死刑囚の家族は世の片隅に小さくなって、無力な願いを続けております。幸いに彼らに罪なしと考えて戴け、彼らに温かい手を差しのべて戴けるとすれば、それは、仏の或いは神の慈悲を説かれる方々ではなかろうかと、私達は心より念願しておるのであります。

……〔略〕……

この手紙には、当人の宗教的な信条も縷々《るる》書かれてあった。その他の人々の書類にも目を通しながら私は幾度か胸を打たれた。

仏教的な考え方によれば、自己同体の大悲を念願とせねばならない。自分と他人の差別を撤し、相手の気持ちになって行動することこそ、自利利他同事の菩薩の願行である。相手のために涙を流すことは、結局自己のために泣くことであり、相手の救われることが自己の救済である。いかに高邁《こうまい》なる理想を説いても、この心が無ければ死文に等しい。現代の我々仏教徒は釈尊《しゃくそん》の昔に還り、釈尊のなされた捨て身の行動を自らの実行に移してゆかねばならぬ。もとより凡夫の我々にそれがどこまで可能であるか分からないが、少なくとも一歩でもそれに近づく精進努力こそ、仏教徒としての務めではないか。

大悲行とは頼まれて行うことではない。頼まれようと否とにかかわらず、あるいはいかに嫌われようとも、大悲の心の起こるとき自ら進んで身命を擲《なげう》つだけの気概無くば、直ちに法衣を捨つべきである。

私はこの気持ちから、もはや一刻も猶予すべきでないと思った。何とかしてこの人達を助けねばならぬ。仏の慈悲を説く者が、人の殺されるのを見ていながら、徒《いたず》らに手を束ねていて良いか――。

その夜、私は眠れなかった。どこにまず行けば良いか？　とにかく総司令部へと考えているうちに、宗教課の米人達で作っているアジア協会へ、真言宗の要義の講演を依頼しに来た大西一政師を思い出した。彼はＧＨＱの幹部らと親しいようであって、かつて死刑の判決をうけた石垣島事件の戦犯四十数名のため、弁護士から頼まれて斡旋した結果、相当の減刑に成功したとかの話をしていた。私は翌朝彼を訪ね、さらに彼から紹介されて和智恒蔵（寿松庵恒阿弥）氏をその自宅に訪《おとな》うたところ、二人とも強く協力を約してくれた。和智師は、南米における日本の行動の情勢参考人として、かつて五ヵ月余り巣鴨に収容され、その因縁から死刑囚の助命並びにかつて軍務についた硫黄島で永住供養のため僧籍に入った余生を捧げたいとの嘆願をたびたび出していた人である。

六月二十七日、三者揃って浅草寺に大森亮順《りょうじゅん》大僧正を訪れ、各仏教宗派、全管長の署名による助命嘆願書作製の願いを打ち明けて、その筆頭署名を乞うた後、関東在住の各管長を訪ね回り、さらに和智氏を煩わして関西へも走ってもらった。幸いなことに二日後、築地本願寺で全国仏教会代表者会議に出席の各県会長及び代表者三十七名の署名も得られた。かくして得た嘆願書を七月一日、大西氏からマッカーサー元帥の高級副官へと渡し、必ず元帥に見せようとの約束を得てもらったのであった。同時にその英訳を宋徳和氏（現在ＰＡＮＡ通信社長）の好意で複写撮影の上、これをニュースとして全世界に打電してもらうことができた。

このことを五棟の人達に告げたとき、皆涙を流して喜んで下さった。そして岡田資《たすく》元中将が代表となって、左の礼状を大森大僧正に、また大西、和智両氏へも懇篤《こんとく》な挨拶と共に、各人から悲痛な短歌が寄せられた。

昭和二十四年七月二十八日

巣鴨死刑囚一同（代表・岡田資　外四十五名）

拝啓

誠にこの三伏《さんぷく》の暑熱、僧正はじめ宗団の方々には御障りもなきよう謹而《きんじ》祈念致しております。田嶋先生が当所に御縁を与えられてから、我々一同ここに初めて慈父の懐《ふところ》に帰りし気持ちを呼び起こし歓喜しております。先生は御多用中にもかかわらず、過般来東奔西走、貴僧正はじめ宗団御一同様の絶大なる御後援の下に吾々のために嘆願書を当局へ提出致して下されました由、写真を田嶋先生より拝見させて戴きまして、御署名筆頭にある貴僧正はじめ仏教宗団各位に対し感謝の黙禱《もくとう》を捧げる次第であります。

さて次に、批判的な意味ではありませんが、我々の環境を少しでも僧正がたに御了解願い、今日の感謝の実情を御推察して頂きたいために少々過去に遡りて申し上げます。

我々は一年有余の間に於て、前〇〇師〔編集註：伏せ字は原文通り〕に各人一、二回、二十分内外の時間面接の機を与えられましただけであったのです。その後漸く、現制の如く週一回数組に分かれて御仏の前に参集できる喜びに恵まれたのであります。

〇〇師の布哇《ハワイ》出向直前に、私は次の要領の感想を師に披瀝して、何分の御尽力を御願い致しました。

「私はこの死刑囚としての生活も約一ヶ年となりました。この間、毎日同行の青年を室に迎えて修行を致しております。その序《つい》でに期せずして各事件の話も出るので、今では全員の事件内容も承知致しております。

これらを見まするに、公正自他を納得せしむるものは極めて少ないのでありまして、その実情は全く表面的に法廷において拙劣に表現されたことを以《もっ》てその全貌を推断されたもので、余りにも気の毒なものがあります。従って、心中に悶々の情が残るため最近二青年の精神錯乱等も起こったものと思います。

つらつら観まするに、この裁判の主目的は何でありましょうか。

ポツダム宣言当時にあっては、巣鴨の現況も当然我々が受けなければならぬ必然の運命であった筈です。しかしながらその後、国際関係また国内の状況も百八十度回転をしていると思います。日本は二大強国の中間にあってその間の中立を保ってゆくという空想は、今日では既に国家存立のために親米に徹底せねばならぬように変転したのではありませんか。米国は米国で赤色侵略に対して、日本をその第一線の防波堤たらしめなければならぬことは決定的国策ではありますまいか。

神経中枢と末梢との働きは別個でよい理《ことわり》はありません。またこのデリケートな情勢に何物も自然無為に一任しておくというのもどうかと思われます。

手を打つのは今ではありますまいか。独乙《ドイツ》の『ナチス』と日本の旧指導力との根本的性格の相違は、今日誰でも相当の地位にある者なら了解済みのものだと思います。国是と陛下の命とに依り忠実に働いた者だけが犠牲壇上に残されてよい法はあろう筈がありません。それも相当の罪ありと認めらるる者は正義に照らして罰せられることに異存ありませんが、その点果たして如何《いかが》なものでしょう。

握手を絶対としながら今一つ撲《なぐ》ってからというのは、踏み切りのよくない苦い後味を残すことではありませんでしょうか。

昨年八月中旬まで我らの手紙が留守宅に送達されなかった時も、私は総司令部当局宛てに余りに人情を無視して第三者の勢力拡張運動に好餌《こうじ》を与える勿れと直言して、寛大に採用された経験を持っています。現情勢の転換期に於ても、何処《どこ》かに一指を加えてこの悪無風帯を覚醒せねばならぬと思っています。

巣鴨戦犯千余人は勿論、陸海軍に属した旧青年将校のパージに関する現状維持は、俎上にある者としては一寸《ちょっと》いい出しにくいことでありますが、真に困ったものであります。後者の如きは徒らに共産党に精鋭闘士を追い込むだけの愚策に過ぎません。戦犯も旧勢力も独乙の『ナチス』の如き私党ではありません。忠良なる選抜国民の打ちひしがれた姿に過ぎません。その『悪世』と打たれた極印も、歴史を待つまでもなく今日でも正しく評価できるのではありませんか。国家再建に必要な精鋭はこの力ではありますまいか。世界に論議されたのは、我が国に関する限りこの力そのものではなく、この力の指向法であったのであります。この点混同されてはならないものであります。

日本は国体的満身創痍でも、崩壊ではありません。皇位は永遠に国民合掌の依り所に立っていなくてはなりません。

然るに今日……。それは何故ぞ……。

○○師も過般のA級戦犯を送り一段落で、大きな足跡をここに残された筈。次いで今一躍進、どうか民族のため、仏教の将来のため、この悪無風帯を断乎ゆすぶるべく尊き起動力となって下さい。

せん。

我々死刑囚一同は、既に覚悟は出来ています。日本民族を辱《はずかし》める如き態度は決してとりま
今日この意見開陳もいかがわしき小我の保全のため出たものではないことを御諒承願いま
す」

しかしながら○○師の御答えは、宗教団は意気を欠いて動じませんといわれ、当所青年達に
は、要するに喜んで死に就くことを最良の途との説を固執されたままで、突如として袂を別っ
てしまったのであります。

こんな経緯の後に今の田嶋師の地蔵尊の如き御指導振りを迎え、そして○○師より与えられ
ていました先入観を払拭した、宗教の方々の真の慈悲を観得することができました我々の歓喜
は、真に如何ばかりか到底表現はできないものであります。

若し許されますことなら一々皆様に御礼差し上げるべきなのでありますが、現在の生活では
それもかないませんから何卒僧正より宜しくお伝え下さい。

敬具

（平尾健一）

三氏に寄せられた短歌の一部を掲げると、

み仏の大慈悲《おおみめぐみ》を畏みと微塵のわれら見捨てたまわず

さもあらばあれ主観客観のくいちがい死の一点に極りぬべし　（鳥巣太郎）
きびしかる運命《さだめ》にありて現し身は癩者の如く愛《いとお》しみおり　（森良雄）
わが今の生　住《じゅう》壊《え》空《くう》の連環は径《けい》も短く廻りつらむか　（中山博二）
わだつみの磯の平《たいら》の大き巌暮れゆく如くわれは死なむか　（楢崎政彦）
梅雨暗き机によりて両頬《もろ》のあらきまばら毛抜きをりわれは　（井上勝太郎）

岡田氏のこの手紙は、複写して大森氏から先の嘆願書署名者へ配布された。その旨を記した上、さらに全国宗団、寺院、僧侶、信徒等に呼びかけ、署名嘆願運動の模様を報じた大森大僧正の返書は、奇《く》しくも岡田氏処刑の九月十六日、最後の手紙となってその手に渡ったのである。氏は運動の発展、成功に期待しつつ、自らはその夜、刑場の露と消えた。そして私達は全国からの署名千人に至るたびごとに、それをマ元帥へと提出し続けたのである。

前述の複写を手に戦犯助命嘆願に御協力を願うべく訪ねた高松宮から、同情のある言葉を賜ったのもその頃であった。

処刑の立ち会い

巣鴨へ就職して以来、何といっても厭なのは処刑立ち会いであった。

ふだんのときと違って早目に迎えのジープが来るので、門口にそのエンジンの音を聞くと、まるで地獄の扉が開いたような気がした。いつも来る下士官が小さな声で「今晩から泊まってもらわねば」という。

それを聞くともはや胸がつまって朝食の箸をとる気にもならない。そうかといって、何も食べなくては体が参るしするので、余儀なくわずかばかりとるが全然味が無い。顔色も変わっているらしく、最高血圧二四〇に近い私の健康を案じて、家内がよく、そんなことでは体がたまらないから巣鴨をおよしになっては、というのだった。

私も実際はやめたいのは山々であるが、死刑囚の人達を思えばそうもならない。巣鴨の人達はよく今日でも「巣鴨だけはまだ戦場だ」といっているが、当時はなおさらの実戦であって次々と戦死者が出ていたのである。

私がやめても、誰かがこの仕事に当たらねばならぬ。人の厭がる地獄にさえも現れるという地蔵菩薩の代受苦《だいじゅく》を思えば、私の願いが許されるはずはなかった。

いつも思ったのであるが、立ち会いのアメリカ人がやっているように私もすべてを事務的に扱い得たら随分気持ちも楽であったろう。

昨夏、脳軟化の発作で巣鴨の庭に倒れて後は、白衣改良服というような和服姿で出かけているが、当時は通常、洋服に袈裟《けさ》の略装で赴いていた。しかし処刑立ち会いとなれば、この厳粛な人生最後の儀式に、もちろん略装など考うべくもない。そうした法具一切に、歯磨き、石鹼等、二日泊まりの用意から、戒名用の紙まで整えて出かけるわけだった。

処刑される人は、大抵木曜の夜、五棟から当時ブルー（青）棟と呼んでいた戦前の女囚棟に移され、そこの独房でその夜と翌日いっぱいを過ごし、土曜日の早朝、大抵零時半頃に執行される。ところでその処刑日であるが、最初の執行以来、いつもどういうわけか何かの記念日と符号することが多かった。例えば日本の陸軍及び海軍記念日とか、紀元節とか、八月十五日の終戦記念日、あるいはミズーリー号での降伏調印日などといった関連である。もちろん何ら無関係の日もあり、あるいは復活祭、七夕など戦争と縁のない日もあったから、必ずしも意識的に選ばれたのではないかも知れぬが、いつ死の日を迎えるか、その一点に注目していた人達は、こうした過去の足跡をもって、自分達の運命を測っていた。従って彼らは何か予感があると、法話の後でよく、

「先生、今日はお帰りになりますか？」

と訊ねた。私の法話は木曜日の午前に定まっていたから、もし執行があればその日より泊まるはずだからである。

「三時頃帰ります」

といえば、たちまち皆明るい顔になる。そして帰りに通り過ぎる各独房へ、

「おい、今日は帰られるぞっ!!」

と、その組の人達が呼びかけている声を、よく聞いたものである。

幸いにして、私はたまたまこの質問が出たときいつも満足のゆく答えをなし得たが、もしそうでなかったら何と答えたか、厳秘の命令を果たして守り得たかどうか未だに疑問に思っている。

処刑立ち会いに泊まるときには、教誨師《きょうかいし》は別待遇で将校室の一つを与えられ、すべて将校待遇を受けた。食事も彼らと共にする。私にとっては非常な御馳走であるが、その夜宣告があると思えば、充分喉へも通らない。

いよいよ夜の九時半になると将校クラブに集まる。第八軍からの立ち会い将校達に、巣鴨の処刑関係将校ら全員の勢揃いであるが、軍医、牧師を合わせて十名内外であったろう。待ち合わせの間、外から来た将校達は、賑やかに雑談したり『ライフ』など読んだりしていて、処刑の話など、てんでしている者もなかった。

私は紫衣《しえ》をまとい正装で行くわけだが、所長の紹介で握手する米人達は、装束が珍しいためでもあろうが、非常に敬意を払ってくれ、中にはきれいだきれいだと、しきりに触ってみたりして

いた。

十時になると全員揃って所長室に行く。所長が金庫の扉を開き、司令部からの令状を取り出す。このとき初めて私はその書類の厚さで、今日は何人位とおよその見当がつくわけであるが、もちろん名前も分からず、正確な人数ではない。それで、ここから宣告式場たるブルー棟に行く途中、通訳の石橋軍曹（二世）にこっそり「誰々か？」と訊ねたりした。しかしそれでも分からぬことがあった。

宣告場では正面に所長、その右側に通訳、私、牧師、左側に第八軍からの将校連や軍医が、長いテーブルを前にして席につく。

……「ナムバー、ワン!!」……

処刑係の将校が外の廊下へ呼び出しをかけると、両脇を米兵にとられた死刑囚が手錠を鳴らしながら正面に現れ、数歩前に来て停められる。その顔を見て初めて、私は正確に誰と知るのであった。所長は英語で宣告文を朗読し、通訳の石橋軍曹が日本文でいい直す。

ところがこの二世の通訳は、漢字にいちいち振り仮名をつけておりながら、例えば侵犯をヒハンと読むなど誠に心許ないところがあり、他にもっと上手な人もあろうにと思うのだった。炊事軍曹の彼には給食上、どうしても予知させる必要があったから、あるいはなるべく事前の機密漏れを少なくする意図で、彼が起用されていたのかも知れぬ。

日本語で読まれた宣告文の様式は、例えば次の如きものがあった（註：「残された二人」の項、本書八七ページ参照)。

――以下ハ死刑執行宣告文デアル――

極東方面軍総司令部

軍命令　　　　　　　　軍事郵便局五〇〇

番号三　　　　　　　昭和二五年三月一八日

Minoru Makuda 又ハ (Minoru Makuta)

元日本海軍大尉

罪　状　下記、日本海軍軍人トシテ官職ニアリシMinoru Makuda 又ハ (Minoru Makuta) 大尉ハココニ添付セル罪状項目ニ記載時日並ビニ場所ニ於テ米国ガ連合国及ビ属領ト共ニ日本ト交戦中戦争法規並ビニ慣習ヲ侵犯セルモノナリ

判　定　罪状項目ニ対シテ有罪トス

判　決　絞首刑

Minoru Makuda 又ハ (Minoru Makuta)

判決ハ昭和二三年三月一六日

次記再審当局ノ処理スル所ナリ

米国陸軍第八軍司令部

司令官室
軍事郵便局三四三
日　本　横　浜
昭和二四年一月二八日
前記 Minoru Makudaノ事件ニ対スル抗弁ヲ非認ス絞首刑ノ判決ハ承認セラルルモ連合国最高司令官ノ確認セラルルマデ執行セラレザルモノトス
（署　名）Walton H. Walker
（タイプ）Walton H. Walker
米国陸軍中将司令官

次記ハ確認当局ノ処理スル所トス
連合軍最高司令官総司令部
軍事郵便局五〇〇
昭和二五年三月一八日
日本海軍元大尉 Minoru Makuda 又ハ（Minoru Makuta）ノ罪状項目二ニ関シテ Robert Tugg Junior ヲ故意且ツ不法ノ虐待ニ依リ死ニ至ラシメタル事件ニ対スル判決ヲ確認セリ。依ッテ第八軍司令官ノ監督ノ下ニ指定サルル時日及ビ場所ニ於テ遅滞ナク執行サルベキモノトス

（署　名）Douglas MacArthur
（タイプ）Douglas MacArthur
米国　陸軍元帥
最高司令官

Edward M. Almond
陸軍少将参謀部
参謀長

MacArthur 元帥ノ命令ニ依ル

係官
K.B. Bush
陸軍代将軍務局
高級副官

――以下ハ執行命令デアル――
米国陸軍第八軍司令部
司令官室第三四三軍事郵便局
昭和二五年四月三日

主　題　命令番号四―二三六
第八軍憲兵司令官陸軍大佐Victor W. Phelps O 四一四五五憲兵並ビニ「スガモ」部隊長陸軍大佐 Merl L. Broderick O 八四四九歩兵ハ軍命令番号三 Minoru

Makuda 又ハ（Minoru Makuta）ノ件に関シ昭和二五年三月一八日付極東方面軍総司令部軍事郵便局五〇〇ノ命令ヲ以テ軍事委員会ニヨリ宣告サレシ判決ヲ執行スベク即チ昭和二五年四月七日午前〇時三〇分頃同人ヲ「スガモ」拘置所ニ於テ絞首刑ニ処スベク連行スベキコトヲ指示スルモノナリ

Walker 中将ノ命令ニ依リ

Frank L. Hickisch

陸軍中佐

次席副官

元来、宣告文には本人の署名を求めることになっているのだが、従来しばしばそれで押し問答が行われたため、間もなく略すことになったらしい。

実際私の見ていたときでも、宣告文が読まれ終わって、そのまま黙って出て行く人の他に、「自分は何ら絞首刑になるべき罪を犯していない。いかなる理由でこんなことをするか、今明らかにしてもらいたい」と所長に食ってかかる人もあった。所長は「自分は命令のままやるのだから」と返答する。「命令命令というが、あなたは我々が命令でやったことでも絞首刑にしているじゃないか。大体、いやしくもここの部隊長たるあなたが、自分の読み渡す宣告の理由も説明ができぬとは怪《け》しからんじゃないか」と詰めよる。

所長は「とにかく自分は責任を果たすだけのことで、知らん」と、そのまま本人を連れ出させてしまうのだった。

宣告が終わると、「何か希望はないか」と訊ねるのが常であって、それに対し、すべての人が、日記や遺書など、自分の書いたものを必ず家族に届けてくれと願っていた。そして所長はいつでも「たしかに承知した。遺書は今から明日いっぱい書く自由が与えられているから」と断言していた。

しかし誰の日記も遺書も、当局からは何一つ遺族に渡されぬまま今日に至っているのが事実である。これについては当時、五棟の人すべてが非常な関心を払っていて幾度となく係将校に確かめていたようである。私も、前の人達のは家族に渡っているかとしばしば訊ねられた。しかし、巣鴨当局から総司令部の方へ出ることは確かだが、その先が分からない。だから、最後の夜を迎えた人々の危惧を払うためには、私自身が非常手段で持ち帰る他はなかった。

皆さんも、せめて遺書だけは家族達に見せたいと切望される。止むなく私は各房を訪れるたびに、畳の上に置いてもらってある紙の上へ、パーッとわざと衣の裾を広げて座り込み、扉から四、五人も覗いている看視兵らの目をかすめては、紫衣の袖に隠し持って外に出て来るのだった。人数の多いときは次々と房を一回巡るだけでも、相当な紙数に達する。それを何食わぬ顔で教誨師室まで運び込んでおいては、またしばらくして取りに行ったものである。

ところで不審なのは、当人達に支給される分厚い便箋が減っているのだから、その分がどこへ消えたか、あれだけの看視兵の誰かが当然気づかねばならぬはずなのである。しかしいつのときでも、その間あるいは見送りの後にもついぞ一度の不審を打たれたこともなかった。分かればもちろん私のいい開きようはなかったはずである。これについて私は恐らく管理当局が暗黙のうちに了解していてくれたことと今でも深く感謝しているのであって、いわゆる武士の情けをもって見逃してくれていたその寛容とヒューマニティーに対し、ここに心からの敬意を払いたい。

遺書の承諾を得るとどの人も一応安堵の表情を浮かべて、もはや何の要求もしないことが多かった。それで所長の方から「キリスト教の牧師か仏教の坊さんか、どちらに今夜は会いたいか？今すぐ後から房を訪ねるから、最後の夕食に希望があれば頼むように」と言い渡して、一人が終わる。

連れ出されると入れ代わりに、「ナムバー、ツー」と次の人が呼び入れられ、同じことが繰り返されるわけであった。

全員が終わると、さっそく私は一人一人独房に訪ねてゆく。こちらは慰めの言葉も知らぬ有様であるが、皆とても元気で、その晩は十二時、一時頃までも会談するを例とした。

宣告が終わって独房に帰ると、すぐ死刑囚は真っ裸にされ、衣類を全部着替えさせられた。ある場合には、宣告前、第五棟からブルー棟へ移される途中の廊下で着替えさせられていた。これは自殺用具の持ち込みなどを警戒しての措置であったようだ。

ところで、着替えに与えられるものは、どうせ棺と共に捨てるからとの考えからか、廃品にも等しいものばかりである。「こんなボロが着られるか」と米兵をなじる人もあって、係将校が「これはここの規則だから、どうか我慢してくれ」と、あやまるようにいっていたこともある。ある人は寝るのに毛布が足らず、「まだ生きているんだぞ‼」と請求したりしていた。ところで死の宣告を受ける側の人達は、いかなる気持ちでこの瞬間を迎え、どんな心でこの式場を見渡したであろうか？　ここに、彼らの遺書から、その一つを抜粋してみよう。

藤中松雄（二十九歳）

〔元海軍二等兵曹、石垣島第二迫撃砲分隊下士官。福岡県嘉穂郡碓井町。妻と二子。〕

遺書

最後の筆、そしてここに来ての第一筆です。ブルー（女囚棟のこと）に来て最初に自分が行ったことは窓辺に進み寄り、この前ここにいたとき、私を三時頃になると窓辺にひき寄せていた、可愛い子供の遊んでいたところを無意識の中に見に行ったことである。しかし見えない。見えるのは野外灯とネオンサインのまたたきばかり。可愛い彼らは、もう安らかな寝りに就いているのだろうか。〔略〕

移室の感想

今日夕食後、突然空気が変に思われ、このことあるを予想して、直ちに身の回り品を整理し、時間の来るまで日記を記す。

普通点呼がすむと直ぐ訪問時間が許されるのであるが、今夜は点呼も終わり、時間はどんどん過ぎてゆくが訪問の許される傾向もなく、同室の森さんとますます変に思い、今夜は臭いぞ……と語り合う。そして今夜、あれば自分達だろうとの見当はほぼついていた。七時半頃になっても訪問はなく、いよいよ今夜だという観念がますます強くなる。お念仏称えつつ写真を貼ったり、

以上まで書いているとまた連れ出しに来る。今度は刑執行の申し渡しである。手錠をかけられ、それをさらにバンドで押さえ、階下に連れてゆかれる。下にゆくと榎本さんが一人（両側に兵が立っていた）腰掛けていたので、そこで申し渡しがあるのかと思ったが、そうではないらしい。誰か先の部屋にゆき、申し渡しを受けているのである。仏間の方から何か読み上げる声がきこえて来る。

待つこと二、三分、三、四人の兵に護られて田口さんが出て来る。それと入れ代わりに早速榎本さんがやはり監視の兵に両腕を取られてゆく。（自分も同じ）田口さんが帰って暫くすると、成迫さんが下りてきて私の後に待たされる。

今度、榎本さんと入れ代わりに私が入ってゆき、部屋は三十坪ほどの大部屋で電灯は昼も顔まけするほど輝き、窓際に据えられている机には巣鴨の所長であろう？　真ん中に、それに向かって左に二世の通訳がいて、その左右には綺羅星の如く将校連が並んでいた。入ってすぐ眼に写ったのは、多数いる将校の中にただ一人法衣《ほうえ》に身を包まれている我らの導師田嶋先生であ

る。
机の前に立つや先生の方に向き、先生御苦労様と短い挨拶を述べる。先生もさぞびっくりなさっているであろう。黙ってうなずかれただけであった。それからすぐ通訳が読み上げ出した。それを聞きつつ、一ヵ所不明な点がありここをもう一度読んで頂き、そして最後に宣告されし判決を執行すべく、即ち昭和二十五年四月七日午前十二時三十分頃（と読んだが、午前〇時三十分との間違いであろう）同人を巣鴨拘置所に於て絞首刑に処すべく云々《うんぬん》と読んだから、はてな？　と思って念のために聞き直す。それというも、今日は六日と思い込んでいたからである。（そのため向こうに置いて来た最後の日記にも六日と書いている）

七日の〇時三十分といえばもうあと二、三時間しかなく、そりゃ無理だと思い、七日……といえば今晩のことですかと聞いたら、今晩じゃないと答えられたので、今日は幾日ですか？と尋ねる。今日は五日とのこと、ははあと思っていると田嶋先生が今日は五日ですから、明日一日あるわけですと説明して下さった。

それが済むと、二階へ連れて来られる。

宣告申し渡し書は日本語で書いたもの四枚と英語で書いたもの二枚、帰るとき兵隊が持って来てくれる。それをここに書こうと思ったが、貰ったものであり、必ずこれを一緒に送って下さると思い書かないことにした。

写して書けば二時間ぐらいかかるだろう。

昭和二十五年四月六日午後九時二十五分あと三時間。
（註：これは、他の遺書を書き終わった最後、執行三時間前に記された。）

一夜を明かせばいよいよ執行当日となる。この日も午前、午後にわたって何回となく部屋をお訪ねして、最後のお話をする。遂に処刑の時刻、十二時近くになると、所長、副官はじめ将校、下士官ら十数名がやってくる。「お勤めに何分かかるか？」と問われる。「約二十分かかる」というと、時計を見て、全員ドヤドヤと各独房に分かれて入ってゆく。やがて手錠に警《いまし》められた人達がドタ靴をバタバタ床に鳴らしながら、衛兵に付き添われて仏間に入ってくる。この際、米兵四、五人だけ仏間の入り口付近で中に立つだけである。仏間としては、先の宣告場の中にある六畳ほどの副室が充《あ》てられていた。正面に置かれた仏様は、第五棟の一階で拝みなれた阿弥陀如来で、厨子《ずし》のまま移されたものである。まず塗香《ずこう》を手に塗り身体を清めた後、私が先頭でお勤めをするが、本人の宗旨によって般若心経《はんにゃしんぎょう》、重誓偈《じゅうせいげ》、弥陀名号等その場合場合に応じてお勤めをした。

その後で、お供物の葡萄酒とビスケットを薦めるのだが、皆喜んで手錠の手を差し出し、片手にコップを握る。しかし、この葡萄酒は人数の多少にかかわらず一本きりしかないので、多いときには分配に気を配る要があった。コップはいつも二個、その一個は私の分として置かれてあって、一度皆さんからどうしてもと薦められ、私も苦しみを逃れたくわずかに口にしたことがあったが、元来良い葡萄酒であったせいか、いつも皆気持ちよく酔いが回っていたようである。石垣島関係者のときなども第二回目に出発する組は少し時間の余裕があったので、榎本氏が、最後に作った短歌だとて小さな紙片を手に朗詠すると、そばの壁に真っ赤な顔で寄りかかっていた成迫氏が、やがて煙草を放して「カンカン娘」を唄い出す。他の者も上気嫌でそれに合唱するといった、誠に朗らかな情景が見られた。

それでも二十分間はたちまち過ぎてしまう。私のO・Kの合図で一同外に出て行列を作る。私が一人一人に最後の握手をすれば、その手はバンドに固定されてもはや動かなくなる。行列は進み始める。先頭に死刑囚、次に私、以下前記立ち会いの人々、最後に担架を持った二人の兵隊が付き添ってくる。これは恐らく足の進まない死刑囚があった場合の用心と思われたが、もちろん誰一人その厄介になった人はなかった。

獄庭を歩きながら念仏を呟く人、低声に唱題する人、あるいはときどき万歳を叫ぶ人など、いろいろあったが、最後に刑場の入り口まで来ると、私はそこで停められ、刑場を囲む塀外の真っ暗なところで私の付き添い兵と共に待つ。行列はそのまま、私を残して刑場への扉をくぐって行く。暗闇に立つ私は妙ないい方だが、ただもう早く成仏してくれればと思うばかりで、夢中で真言を唱えていた。あるときなど夢中のあまり思わず声が大きくなっているのも気づかず、傍らの兵隊から庭向こうの囚棟を指ざされ注意を促されたこともあった。

いつの立ち会いでも、この自分の唱える真言の声で耳が塞がれていて、中に入った方々の声に耳を澄ますだけの心の余裕など全然持たなかったため、私は刑場に入った後の皆さんの動静については、ほとんど述べる資料を持たない。ただ塀外で別れてから、ものの二分も経たぬうちに、突然バターンと夜空に透る激しい音響でハッと胸を揺さぶられるのが常であった。

実際この間の時間的間隔は想像以上に短いのであって、刑場入り口の扉から中の道を通り、十三階段を昇り尽くすまで全くぎりぎりいっぱい、果たして階段に行きつけるかどうか疑わしいほどの短時間であった。従って仮に数人が一斉に三つの階段を別々に上り、それぞれが絞首台の上所定の床を踏むや間髪を入れず、バターンと足許の板を同時に下げられたに相違ない。

実際絞首台の床に五ヵ所くり抜かれた四角いおとし穴の後方には、一つずつ転轍器《てんてつき》のようなハンドルがあって、その各々がおとし穴の裏側で床板を支えている閂《かんぬき》ようの鉄棒に連結しているほか、絞首台の向かって左隅にそれとは別なハンドルがあって、これを引けば、五つとも一斉に床が下がる仕掛けになっていた。五人以上のときは、このハンドルがもちろん二回に分けて引かれたわけである。

深夜に聞くこの鋭い響音は、全くズーンと奈落の底まで引きずり落とされたような衝撃を与える。まして晃々と昼を欺く照明下、眼前にいくつかの人間像がグーンと吊り下がり、ブルルッと太縄を震わしているのを見ていて、一体どんな気持ちだろうか——私は今でもときどきそれを思うことがある。あるとき、バターンと音がして間もなく、入り口の扉から一人の将校が兵隊の肩に寄りかかりながら、足どり覚束なく出て来たことがあった。

なおこれは余談であるが、処刑用の縄は直径二、三センチもあろう実に太い麻縄で、執行前にはその両端を二台のジープに結びつけ、反対の方向にグーングーンと引っ張っては試していた由である。

さて、刑場入り口で別れてから音を聞くまでの短さに反し、それから後が随分長い。音がして後というもの、早く苦しみがなくなればと懸命に祈願の真言を唱えている私を、入り口の扉から手招きで係将校が呼び込むまでには、大抵十五分ないし二十分余り経っていた。

扉をくぐり、ほのかに明るみの射す赤煉瓦の細い道を二十歩ほど行くと、いつでも左手の土間に人数だけの棺が並べてあり、すでに蓋がされていた。この土間は場所が狭いため、特に人数が多かったときには、棺を二つ積み重ねて置いた。

土間の向こうに十三階段があるわけだが、私の行く頃はすでに照明が消されていて、各階段下、向こうへ深く床が下り坂になっている空間が、暗く不気味に開いた洞穴のような感じを与えていた。

棺のまわりには軍医を交えて将校、兵らが粛然と佇立《ちょりつ》しており、なかんずく軍医はいつも脱帽して深く頭《こうべ》を垂れていた。

唯一の例外として青木氏の場合、棺にまだ蓋がされていず、このときだけ屍体を見たことがある。別れたときの服装そのままで、ただ上衣の胸が開かれてあった。軍医が心臓を見て後、元に返していなかったためであったろう。

かくして私は、二十分前の元気な姿から、たちまち変わり果てた白い棺を前にいつも百字の偈を唱え、次いで念仏と唱題をしばらく繰り返すを例とした。終わって、私が立ち上がるを合図に、兵隊達はO・Kとばかり運び出しの仕事にかかる。それを後に、入り口に最も近い私が勢い先頭となり皆刑場を出る。

その頃には、裏門から棺を運ぶためのトラックが、ヘッドライトの光芒を放ちながら入ってくる。そのエンジンの響きを深夜の獄庭に聞きつつ、庭を横切って私は自分の部屋に帰るのだが、大抵一時を過ぎ、また処刑が二回にわたるときは、最後の送り出しも二回に分かれるから、二時過ぎになる。

米軍将校達は、将校クラブに引き上げて夜食をとり、コーヒーや酒など飲むらしく、私にも使いが来たりあるいは係将校が直接呼び出しに来たりするのであるが、気疲れやら悲しみやらで、複雑に動揺した気持ちを抱いているとき、とてもそれどころではなく、シャワーすら浴びる気にならぬのだから、いつも断る他はなかった。しかし先方でも私の気持ちをねぎらってか、日本人のボーイに、サンドウィッチや飲み物など部屋まで届けさせてくれた。

その夜は、さすがにありし日の人々の姿やら言葉など思い出されて実に寝苦しく、翌朝は土曜日で有期囚への仏教サービスがあるわけだが、それもとりやめて帰宅することとしていた。

ついでながら私の行った仏教儀式につき簡単に述べると、これは人生の最後の儀式であるので、私は紫の衣を着、如法衣《にょほうえ》を掛けた正装に、中啓《ちゅうけい》を持って、最後の晩を訪れ、いわゆる引導を渡した。各独房に体を清める塗香（身を清める意味となる）、酒水器、散杖《さんじょう》、火舎《かしゃ》（香炉のこと）、印信等を持ち込んで、密教の受明灌頂《じゅみょうかんじょう》の形式を踏み、五股を授け（仏さまになる意味を持つ）、相手の宗旨に従って、釈迦如来、大日如来、または阿弥陀如来の印明（印契と真言）を授けた。結局日本の仏教の本尊は大日、釈迦、阿弥陀如来の三尊を崇むる以外には出ないので、これに尽きるわけである。ことに弥陀信仰の者に対しては、善導《ぜんどう》大師よりの相承の切り十念をお授けした。これは当時の大正大学長・大村桂巌《けいがん》師より特にお授け願ったものである。戒名もそれぞれ宗旨によってつけ、その印信（印契と真言を誌した奉書の紙）と共に毛髪と爪とを家族にお渡しした。

その爪や毛髪を切るときの気持ちというものは、本人はもちろんのことながら切る私も全く堪えられなかった。

ことに私が鋏のような切れ物を持って入るので、ひょっと自殺でもされてはと、看視兵達が外から鵜の目鷹の目で覗き込んでいるその前でやるのだから、一層厭な思いがしたものである。岡田資中将は遺品として毛髪も爪もいらないといい、幕田稔氏も同様であったが、それではお母さんが来られた場合、きっと失望されるからと承知させ、戒名もいらぬ、というのを無理に差し上げたようなことだった。

キリスト教の人は、私の場合石垣島関係の井上乙彦氏一人だけであったが、新教の従軍牧師が彼の独房に出入りし洗礼もそこで行っていた。もっとも言葉が通じないので、そうした儀式のときには同ケースの井上勝太郎氏が通訳を行ったようであるが、遺言その他の会談には私が当たった。井上乙彦氏はキリスト教もやっぱりものにならなかったといっていたが、遺髪も私に頼まれ、また遺族が後に戒名をもらいに来られた。

顧みると処刑の立ち会いは、私にとっていろいろな意味で意義深い仏道修行であったといえる。死んでゆく人がぐっすり眠っているのに、こちらの方は恥ずかしい話ながら、なかなか眠れなくて苦しんでいたりもした。元来私は高血圧を持病としていて、平常でもときに言葉がもつれたりするのに、処刑があると覿面《てきめん》にそれが悪化し、執行前の御世話をしていながら、唇や手足に至るまでひどく痺れて困ったことも両三度あった。

死に際を美しくとは、日本人共通の願いであるようだ。戦争中はもとよりそうであった。そして軍籍にあると否とを問わず、誰もが国を挙げての激励を浴びながら、後に続く者を堅く信じて散華《さんげ》していった。

しかし、いわゆる戦犯死刑囚達は全く四面楚歌の中に、ただ自らのみを拠りどころとして、死と対面し続けねばならなかった。彼らが遺してゆく家族には冷罵と迫害の予期あるのみであった。

だが——彼らはやはり美しく、そして男々しく死んで行ったし、また清く静かに独房の生をつないだ。私は、何が彼らをしてかくあらしめたか、さらに静かに考えてみたいと思っている。

刑場への道

七夕星

佐藤　勇（三十九歳）〔元海軍機関中佐、鬼界ケ島海軍基地指揮官。兵庫県武庫郡本山村。妻（翠）と四子。〕

昭和二十四年七月六日（木）、私は例の如く第五棟の人達に朝のお勤めとお説教をすべく巣鴨に出かけた。ところが私の控え室に充《あ》てられているチャプレン・オフィス（米軍の牧師室）に入ると、助手のマーフィー氏が、今日は佐藤が処刑に曳き出されるのだという。

当時、教誨師《きょうかいし》となってまだ二ヵ月にもならぬながら、何とかして皆さんの助命をと奔走し始めていた私にとって、この言葉は全く寝耳に水どころか、グワーンと頭の頂きを殴りつけられた思いであった。

「えッ」と言葉を呑んだままその場に立ちつくした私は、当時死刑囚の中に二人いた佐藤氏のそのどちらであるかさえ訊ねる気力を失っていた。もちろん、どちらであったとて処刑されることには間違いはないのである。惜しむべき人命がまたも無惨に散りゆく。その傷心を胸に抱いて私は、死刑囚棟に入った。両側に整然と並ぶ二階独房の前廊下を向こうの端まで出ると、約五坪ほどの空地がある。私がそこに歩みつくのを見届け、やがて看視兵がカタンカタンと各房の扉を開き始める。固い金属音が一つ一つ起こるにつれ、死んだように静かな廊下を見通し、一人、二人と姿の現れる有様は、あたかも死の世界から甦ってくるような思いを抱かせる。

コンクリートの床に、それぞれ携行の毛布を敷き伸べて座る十人ほどの人達（一回に十人以上は許されない）を前にして、この日も例の如く御説教を始めたが、向かって左側の隅にやや沈痛の色を浮かべた佐藤勇氏の顔が見える。その顔色といい、事件関係者の数といい、今日の単独処刑がこの人であろうとは十分に予感された。

後で聞いたところによると、その六日前の七月一日付日本経済新聞で、同一ケースに属する彼と谷口鉄男両氏の死刑確認のためマッカーサー元帥の署名があった旨、彼はすでに知っていたそうである。もっとも、それが今日とはもとより知るはずはなく、私が事前に漏らすことも厳禁されていたのであるから、私は不動様の真言を説いて処刑にたじろがぬよう、それとなく話しておりながら、何としても彼の方を見ることができなかった。

その夜の十時、彼に対する刑の宣告式が行われた。所長以下着席し了《おわ》ったところへ、警固兵二人に両脇を抱えられながら手錠の佐藤氏が、コーカー中尉の先導で連れられて来た。私としてはこれが最初の立ち会いであり、そわそわと心も落ちつかず、まして佐藤さんの顔など気の毒でまともに見ることもできない位であったのに、入ってくる佐藤氏自身の態度は落ちついて実に堂々たるものであった。所長の宣告を通訳の石橋氏（二世）が読み上げる中に、「米国がその連合国及び属領と共に日本国と交戦中当人が戦争法規及び慣習を侵犯した」という罪状について、彼は誤って「……慣習をヒハンせるものなり……」と発音してしまった。途端にキッと面を正した佐藤氏は、「自分はかつて批判したことはない。もう一度読んでくれ」と要求した。

ところが、読み返した石橋氏は、またやはり「ヒハン」という。首をかしげた佐藤氏は、「おかしいな？……それを見せてくれ」と宣告文の手交を求め、目を通し始めたが、やがて、「ああ。これは侵犯じゃないか」と吐き捨てるようにいい放つと同時に、顔を所長に向け直し、この宣告文にある如き罪状はすべて大間違いであって、自分はかような宣告を強要されるべき立場に当らない。大体本事件の最高責任者たる長官が逃亡していてつかまらず、真相を未だ究めもせぬのに、ただ上位者だからとて自分を処刑するなんて不都合千万だ、という趣旨の反駁を手きびしい言葉で連ねた。が所長はそれに何の応答も与えず、宣告式はこれで終了してしまったのである。

その後で私は、彼の独房を訪ね、「私共の助命運動も力及ばず、誠に申し訳ありませんでした」とお詫びしたところ、「まあ、仕方ありませんや」と平然としていられたが、さらに語を継いで「実を申せば、今夜ブルーに移される寸前まではとても苦しかったことを告白します。ところが一旦ここへ移されると同時に、全く肚がきまって実にすがすが致しました。人間という者は一旦きまれば、こんなにさっぱりするんですね。全く今ほどさっぱりしたことはありません。第五棟で皆さんと別れるときに『一足お先へ』といっちまいましたが、これには我ながら苦笑せざるを得ません」と、朗らかな笑い声をあげられた。

翌日私は午前一回、午後二回と訪問していろいろお話を伺ったのであるが、家庭の事情については、四十歳の奥さんと、十五歳の長男を頭に八歳五歳の男児及び十一歳の女児があり、御次男は脊椎カリエスに悩んでいられるとのことであった。

「妻は自分が元工場長をしておった関係から、○○石綿セメント会社の衛生管理人として勤めているのですが、女の一心は偉いもので、私が戦犯になってから、生理、衛生などいろいろな学科を勉強し始め、遂に衛生管理人の資格試験にパスしたそうですが、中年の女が子供を抱えての勉強はなかなか容易でなかったろうと感謝しています。ところが昨日聞くと……」

佐藤氏の語られた次第によると、新聞の執行確認の記事に驚いて上京した妻の翠さん及び長男の誠さんとの最後の面会において、会社が不況のため人員整理をし始めているらしく、もしも奥さんがこの整理にかかったならば、現在おる社宅にも住まえず、子供の養育もできず全く途方にくれる他はない。それで私から社長及び工場長宛てに、死刑になる自分の最後の願いとして、遺族の面倒を見る思召しから是非とも解雇を取り止めてもらうようお願いしてくれとのことであった（私もその趣きを社長及び工場長に頼んだのであったが、時すでに遅く、解雇済みということであった）。

仏教の信仰については、「私の祖父の菩提寺は神奈川県、長延寺という真言の寺であり、分骨して母の郷里の日蓮宗の寺に葬ってある。宗教的心境については入所以来、弥陀の救いに頼る気持ちとなっている。自分がこうして処刑されることは、何らやましいところがなく、良心の苛責もなく、死に対して何らの恐怖心がない。少なくとも自身に関する限りは爪の垢ほども怖れるところはない。家族も気を取り直し、しっかりやってくれることを希望する。ここに不思議な因縁と思われるのは、私は明治四十三年七月六日に生まれ、長男の誕生が同じく七月六日、養父は七月六日に死亡し、家内の父の誕生がまた七月六日、そしてこの遺書を書く日も七月六日であるというふうに、全く私には七月六日がつきまとうているようです」

「子供達はそれぞれ好きな道に進ませてもらいたい。処刑の後は葬儀は行わずに欲しい。現在の苦しい生活を考えると、到底これ以上の負担をかけるに忍びない。くれぐれも生活上のことに気を入れてもらいたく、将来長男が一人前になったとき、長男の力の及ぶ範囲で追善供養を行うてもらうだけで沢山である」

元来、戦犯死刑囚の刑の執行については、たとえ処刑後といえども、総司令部より発表があるまで絶対秘密、家族にも報《しら》せてはならぬとの厳格な命令が与えられていたのであるが、私は佐藤氏のこうした話を聞くより、何とかして上京中の奥さんに報せたいとやきもきし始めた。

神戸近郊からわざわざ汽車賃を工面してまで上京しておられるのに、せめて遺髪や最後の模様など聞き届けた上で帰らせてあげたいものをとあせりはするが、何しろ二日間絶対缶詰の身ではどうにもならない。思案を重ねた揚句、遂に意を決して、私はチャプレン・オフィスで働いている日本人ボーイに意中を打ち明けた。

もちろん、日本人の使用人に対しても厳重な注意が払われている中であったが、さすがに同じ血を持つ同胞は有難い。早退《はやび》きをしてくれとの私の乞いを快く容れたうえ、「キコクヲマテ、アトフミ」の電文を横須賀の親戚の許にあった佐藤夫人宛て、池袋からさっそく打電してくれたのみならず、翌日も早退きして、私がようやく暇を見つけて書いた詳しい速達を出してくれたのであった。

七月八日いよいよ最後の夜となって訪ねた私に、佐藤氏は「もう何時ですか?」と訊ねた。時計を見て「十時です」と答えると、「先生もお疲れでしょうからお部屋に帰ってお休み下さい。私も疲れ気味ですからこれから時間まで一寝入りします。寝呆け顔で刑につきたくありませんからねえ」というので、「最後の眠りですから、ぐっすりお休み下さい」とて不動様の真言をお授けしたところ、「それを唱えますから書いて下さい」と要求された。

「ノーマクサマンダ、バサラダン、センダマカロシャダ、ソワタヤ、ウンタラターカンマン」と紙に書いて部屋を出て来たが、もちろん自室に帰っても私はとても眠るどころではない。

やがて時間が来たので零時にお部屋を訪ねると、佐藤氏はぐっすり寝ておった。気の毒で起こす気になれず躊躇していると、看視兵が扉を開けて入ってくれという。止むなく鉄の扉に手を掛けた途端、「ああよく眠った」といいながら佐藤さんはむっくり起き上がり、扉口の私に気がつくと、「先生から授けていただいた不動様の真言を二回ほど読むか読まないうちにぐっすり寝込んでしまいました」と笑った。そして煙草一服、看視兵に火をつけさせ、うまそうに吸い込んだ後、洗面所で顔を洗い、独房の畳にいよいよ端然と座り込んで悠々煙草をふかしていたが、やがて入り込んだ米兵達に手錠をかけられた。

階下の仏前で般若心経と重誓偈《じゅうせいげ》の心をこめた勤行《ごんぎょう》を終え、仏前にあげられた葡萄酒一本とビスケットを薦めた。葡萄酒には、蠟引きのコップが二つ備えてあったが、私には必要がないので、その一つになみなみと注いであげると、佐藤氏は相好を崩して、さもおいしそうにグイグイ喉を鳴らしながら飲み干してしまった。お菓子をすすめる。ある将校が煙草をくれる。私は彼が飲み干すごとに新しく注いであげる。警固兵が手錠を固定した腰のバンドをゆるめてくれたので、彼は手錠の中から出た両手の片方にコップ、片方に煙草を窮屈そうに摑みながら、代わる代わる飲むといった調子で、葡萄酒一本平らげてしまった。

警固兵が驚いて「佐藤、倒れやしないか？」と両脇から支えようとするが、佐藤氏は何ら酔った様子もなく、にこにこしながらいうことには、「私は元来、憂鬱な性格であったが、人生は笑って暮らすべきだということに気がつき、それ以来笑うことに努めてきた。私の長男も私に性格が似たのか憂鬱性を帯びている。折があったならば、長男に人生は笑って送れと伝えてもらいたい」

やがて時間が来たので、佐藤氏を先に、次いで私、以下所長、将校の面々、その中には司令部から来た者、軍医、チャプレン等、十数人が行列して刑場に向かう。

黙々として歩む獄庭の右方にはくろぐろと三階建ての囚棟が見え、どの房にも灯りは消えていた。その屋根の上に版画の如く円い月が出ている。

「佐藤さん、月が出ています」と後から声を掛けると、佐藤氏も振り返って見て「ああ、良い月ですねえ」と相変わらず煙草を口に銜《くわ》えたまま空を仰いだ。今宵は七夕の夜である。牽牛、織女の二星でさえ年に一度は会うを許されるというのに、この人はもはや永久に妻子と見るを許されない。一昨日、これが最後と網窓を隔てて語り合った奥さんや子供さんは、今頃仏壇に灯明を上げ、夫の、父の最後清かれと合掌しているであろう。しかし今、私の前で手錠に誓《いまし》められた黒い影法師を月の夜庭に落としながら刑場へと歩を運んでいるこの姿を見たら、家族の人達はいかなる思いであろうか。私は溢れくる涙も抑え得ぬ思いで、黙々と後に従った。

やがて刑場の入り口に来て私は佇む。警固兵が佐藤氏の口から煙草を取って投げ捨てる。

「佐藤さん、御機嫌よう」

「先生、長らく御厄介になりました。御機嫌よう」

腰をかがめたその姿が、鉄扉の開かれた小さな入り口をくぐるようにして、塀の中へ消えて行ったと思う間もなく、

――バターン――

満天にきらめく深夜の星空を揺さぶり落とすが如き激しい響音に、私は《あッ》と胸を押し潰

された思いでその場に立ちすくんだ。

佐藤さんは、立ち際に机の上の遺書を私に指さしながら、「先生、一通だけしか書きませんが、どうかよろしくお願いします」といっておられた。ところが、遺書は処刑後必ず総司令部から遺族に届けるとの約束であったのに、いくら待っても届かない。奥さんから私宛てにも二回ほど請求してこられた。私は直ちに巣鴨プリズンのオペレーション・オフィスでクリーツバーグ少佐に訊ねると、

「巣鴨当局からは確かに総司令部まで届けた。受け取りを見せてもよい。だから今は、その奥さんの手紙の翻訳にあなたの手紙を添え、総司令部当局に請求してくれ、それに対して必ず返事が当方に来るはずだから、返事が来次第お目にかける」という答えであった。

しかしながら、爾来何日経っても返事がないので、第二復員局の豊田隈雄さんにお話ししたところ司令部に問い合わせて下さった。ところがそれによると、遺書の形式になっていないから返せないという先方の返事である。

我々、日本人とは、遺書に対する考えが全然違うので、誠にいかんともなし難い結果となってしまったが、習慣の相異のため、我々にとってかほど重大なことでもあっけなく片づけられてしまうことは実に無念至極である。

奥さんは、私の電報で二日後の十一日、実弟と長男誠さんを連れて来られた。当日はちょうど

お盆の放送録音をとる都合上、護国寺の書院でお目にかかったのであるが、お互いに泣くばかりで、初めはお話もなかなかできず、やっとの思いで最後の模様を詳しくお伝えし、遺髪と遺爪をお渡しした。十六歳の長男誠さんが言葉もなく、うなだれて聞いておられる。奥さんは涙ながらに、「主人も長い間屋外にも出られず、さぞ日光に当たりたかったでしょう。家に帰ったらせめて爪だけでも思う存分日光に当ててあげましょう」と嘆かれた。

佐渡おけさを唄いながら

柳沢　章（三十五歳）

〔元陸軍衛生兵長。ただし軍属として東京俘虜収容所直江津分所に勤務。新潟県中頸城郡潟町村大字潟町。建具職。母コト（66）他に四人。〕

遺書

兄サン

昨夕とうとう私達の番が訪れて参りました。いよいよ時間の問題です。呼び出されて皆様にさようならして元女囚棟の二階に連れられてきました。心境は、来たな、と思っただけで戦慄《せんりつ》もなく心静かに近いと思われるがそれほどでもなし。先に送りし人達の時には、戦慄苦悶はなはだしく、食物も進まずにいた次第でした。十時に判決を読み上げられ全部有罪には驚き入る次第です。敗戦者の一人です。十一時頃田嶋導師が訪れて来られて二、三話をせり、寝に就くも夢現で明かせり。

今朝食前に起きて、食事は味噌汁、コーヒーミルクで胸いっぱいでした。恥ずかしいが食進まず。心静めて勤行に自然に涙が流る、家までとどけと大声の勤行なり。田嶋導師の手を経て御経の文がおくられます。また私の書物や書籍は同室の鈴木君（同じ裁判にて上郷村楡島の）に全部あずけてあります。この人は減刑になって出所の人に依頼して下さることと思われます。心境の今のところ苦悶もなきは仏の加護と深く感謝しております。四人共朗らかに家に最後の書きものをしております。今後のことは皆仏に一切まかせて進むだけです。涙雨が降っているではありませんか。御覧下さい。無罪に近き私達を殺すためと私は思っております。

兄上、裁判の正しきことか、また間違いかはっきりわかります。私達四人（小日向、秋山、関原）は彼らのために犠牲となって参ります。私も殴打したことは皆上司からの命令というてよいほどです。さんざんいわれて裁判には所長は法廷に立てないことも彼らの策動です。所長としては私達の法廷に立つことのできぬことではっきりわかるのではなかったかと思われます。全責任は○田○実です。

また私は一名も殴打してその場に死亡さしたことはありません。またけがさして収容所に連れて来たこともありません。作業に邁進させたことがいけないといわれても、これは上司の命令です。彼らは偽善者でした。皆も呪って死にます。彼らは表面をかざりそして世界一の善き人といわれるためのことです。一方では平和、一方では原爆、平和はとうてい訪れませんことは如実にわかることと思われます。

苦しき巣鴨の生活でした。死の直前まで来ました。この苦しみは筆舌ではとうていいうことはできません。また私の書いたものが同室の鈴木君に依頼して来ましたから誰かの手で家に届けられることと存じます。それを見れば一部がわかります。私の苦しみです。

偽善者のいうことは反対または裏をよく明らかに観てゆけばわかります。私達の裁判に軍属として一人も私達を弁護してくれる人は無し、これを見てもすねに傷もつ軍属がはっきりわかります。呪いに呪いを重ねて来た私です。そして断とう台の露と消えます。乱筆乱文ですから、死人の泣ごとと思っていて下さい。私は真実を申すのですからです。

昼食少し頂きました。頭もはっきり致しております。お念仏をしつつ書くのです。私の最後の血の叫びです。心のうちにしまっておいて下さい。口外せぬように。占領下です。口供書は第一回所長以下の口供書をまた私につけたのですから私達はそれをくつがえす脳（能）力なくただぼう然と手をこまぬいていた次第です（夕食は田嶋導師と会食です）。

妹に知らせずにおいて下さい。来月出産をひかえて心配されて身体にさわれば真に私も苦痛の種です。妹にも種々書きもの全部兄サンの名前で出すことにします柄。　合掌

章

兄上様

これは当時第五棟にいた直江津俘虜収容所関係の共同被告でかつ同僚たる鈴木、牛木の両氏に宛てた遺書である。この両氏も気の毒にも同年九月三日処刑された。

鈴木賞博、牛木栄一殿

鈴木君、牛木さんにもお伝え下さい。乱筆乱文判読を乞う。ながらく同室で種々お世話になり真事に感謝にたえないしだいです。凡愚の私に仏教のことで何かと智慧をかして下されしこと真事に厚く厚く御礼申し上げます。

昨夕はとうとう私達の番が参りました。皆々様にアイサツをして来て女囚のこれが私のいる場所で四人で一部屋ずつです。心境は今までお送りせし人達を見て寝に就くときの心境とはがらり違っている、私が思いわずらっていたほどもなく、ただノドがさかんにかわくぐらいです。

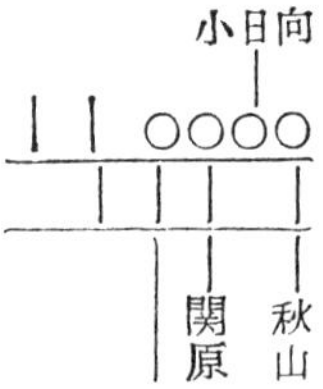

〔中略。遺書本文と重複するため〕

今夕五人で会食です。一人は田嶋導師で階下です。

　今ははや心にかかる雲もなく田嶋導師にみちびかれ行く

五人で賑わしく佐渡おけさ、三階節、米山甚句等盛沢山の歌をうたわせて頂きました。手びょうし足びょうしよろしく賑やかな浄土参りです。

関原政次（三十六歳）

〔元陸軍一等兵。ただし補充警戒員として同収容所に勤務。新潟県中頸城郡原通村。農業。妻シンの他両親、弟及び二児。菩提寺＝同上、円光寺。〕

私は元直江津俘虜収容所に昭和十八年十二月二十六日より二十年三月まで補充警戒員として勤務しました。私は所員並びに軍属の命によって会社に行き作業現場警戒をしており、俘虜はオーストラリヤの俘虜でした。南方から来たので寒い新潟に来て気候が合わず、病気になり死亡しました。それが裁判のときに、私達が殺したのだと証人が来ていいました。私達は人を絶対に殺しておりません。神仏にちかい、だんげん致します。私達はいろいろな理由にて平手にて殴打をしました。しかし殴打のため負傷したり死亡した人はありません。俘虜が作業に出るとき、医務室にて元気とみとめた人だけ作業に出るので、作業に出る人は皆元気な人ばかりでした。私は無智にて裁判のときのいい方が悪かったのです。知らないものを知らない理由もいわないでただ知らないで通したからだと思います。しかし私の思うにコウキョウ証が出して（口供書を出して）それに知らない理由を書いて出しておきましたからよいと思ったから、証人に立ってただ知らないで通しました。私はドモリにて思うようにも話せず困りました。今では神仏におすがりするのみです。

家庭、私の家は農業で田一丁歩、畑七反歩作っております。皆小作です。父は持病の脳病があり、母は弱体で仕事もできず困ります。生活はとても困る家です。私も先妻に長男を残して死なれ、後妻をもらい次男ができ、家庭内はとてもむずかしいです。老親達も可愛想です。私の真心無事に帰して頂き親達に安心させてやりたいです。

二ヵ月前初対面の私に寄せたこの希望も空しく、宣告の日を迎えた氏は、奥さんのことを最後まで案じておられ、死後どうするかは本人の意志に任せるが、しかし親の方からそれはいい出さないで欲しいといった後、昨夜は両親と妻の夢を見、非常に楽しく語り合ったので心残りなく行けると笑っていた。

秋山米作（四十歳）

〔元陸軍上等兵。ただし軍属として収容所に就任。新潟県中頸城郡有田村。桶屋職。妻モト（35）の他母（78）及び女児三人。菩提寺＝同郡小黒村、正専寺。〕

田嶋先生へ

私の家庭の事情については私は桶屋職であります。実母七十八才。子供十、八、五才の三人で家財も無く何の収入もなく村役場より月千円位の家族手当を頂いているようなわけであります。

裁判の起訴理由は全項目は五項目で一、二、三項目は死亡に関せり、四、五項は平手打ちの事件ですが、判決の時一、二、三の死の関係は却下無罪で、最後に裁判長（が）死刑を言い渡す、というようなわけで、自分に事実覚えなき無実の死刑に問われているのであります。〔略〕

以上は私の巣鴨就任当時、秋山氏が寄せた一文である。

遺書

秋山米作

母上様へ

お母様。私は思いもよらぬ不幸な人間でありました。一人のお母様にいつまでも孝行したかったが、心配ばかり掛けて誠に済みませんでした。

私はこの度の事件については何も人ころしはしておりませんのですから、私のいう言は信じて下さい。お母様も身体を大切にして一日も長生きして下さい。どうか子供の面倒をたのみます。

私は無実の罪によって昭和二十四年八月二十日午前一時に東京巣鴨拘置所にてこの世を去ります。アミダ様のところに行きます。実に死んでも死に切れないほどくやしいけれども、手に職有りながら、収容所に勤めたことが間違いでした。何卒、親不幸（孝）だった私を幾重にもお許し下さい。では呉々も御身大切に長生きして下さい。

お母あ様へ

米作より

妻　秋山モトへ言いのこす

妻よ。お前には十年の間長々と御苦労を掛けて済まなかったね。許して下さい。私も四十才を最後にこの世を去ることに成ったが、こちらから通知が行ったらさぞかしびっくりすることと思いますが、お母さんの面倒を私に成り代わり頼みますよ。

また子供も親無しに成ってもしっかり育てて下さい。今更何をいっても仕方が無いが、私は他人をころした覚えもなければ、巣鴨でころされるとは思いもよらなかったのですが、無実の罪によってやられたことは、子供にもよくおまえから言い聞かせて、子供はりっぱに教育してやって下さい。

今後は親類と相談の上、生活方心（針）を立てて下さい。力を落とさず今までと別の人間に成ってしっかりやって下さい。そう式は小黒と吉村の寺から取り持って頂いて下さい。

なお、こちらでは田嶋先生の御世話になり後々もいろいろと先生からお便りも有ることと存じますが、御礼状を出して下さい。また私の道具は家で入用のノコギリとかんなとか入用の品は家にのこし後はお前の良いようにしまつをして下さい。自転（車）も（カン札）を役場へもどして下さい。（ぜい金を取られてもつまりませんからね）

実に世の中は無情です。だが人間は生まれた上はかならず死ぬ者ときまっておりますが、仲々そうかんたんに行きません。お前も身体を十分気をつけて後を頼みます。お母さんと子供を呉々も頼みます。次に子供に一口いっておく。

明子。お前は今年十才だね。お父さんも十才の時の七月十三日にお父さんに別れた。何という廻り合わせだろうね。

ちゑ子もたか子も仲良くして、お母さんやおばあちゃんのいうことを良く聞いて良い子供に成ってくれ。早く大きく成って親孝行をしてくれ。お父ちゃんは草葉の陰からまもって居るよ。姉妹仲良く末長く暮らして行くように父は仏に成って見てやるよ。人様に笑われないように身に気を付けて、しっかり（ベンキョウ）してくれ。ちゑ子も八才に成って今年初等科一年生だね。お前もおばあちゃんやお母さんのいうことを良く聞き分けて、姉妹三人供良く身に気をつけてべんきょうしてお母さんに心配かけないようにしてくれ。お父さんはもうお前達に会われないのだ。

思えば昭和二十四年三月三十日と四月一日に会ったのは最後だった。今一度お前達の元気な顔を見たかったよ。

たか子も大きくなったら、この手紙を見てお父さんを思い出してくれよ。お父さんはお前達がかわいくてかわいくてたまらないのだ。お父さんはお前達が良い子に成るのを草葉の陰より見ているから、何時もお父さんがお前達のそばにいると思ってしっかり世の中に立ってくれ。この手紙は人生最後の二十四時間前に書きのこす。

皆んな、さようなら。ナムアミダブツ々々々。では達者で暮らせよ。

母上様　　巣鴨より　　子より
妻　よ　　さようなら　　夫より

子供よ

父より

昭和二十四年八月十九日

秋山米作

妻　秋山モト様へ

――私宛ての遺書――

田嶋先生、私の最後の願いをお聞き下さい。思えば先生とも約四ヶ月、毎週木曜日に致すことを私どんなに頼しみにしていたか、私は少年にして十才で父に死別し尋常六年卒業と同時に職人に成るため二十才まで年期奉公致し、無学にて書になりませんが御許し下さい。ここに書面を持ちまして一口礼を申し上げさせて頂きます。〔略〕

何卒私の法名の命名を頂きたいのであります。なおまた勝手ながら家族に人生の教話を頂ければ私の満足とするところであります。後は先生にお願い致し安心して後生を願って弥陀のおそばに参ります。〔略〕

この他に、奥さんの実家その他で五通の遺書を認《したた》めたといっておられたが、それらは遂に一通も米軍から届かなかったそうである。

五棟にいる間、家族の方々との面会も思うに任せず、わずかにその年の三月三十日、奥さんの父親が会いに来られただけで、しかもそれが最後であったという。処刑当日、私はその話を聞きながらどんなに淋しい明け暮れを過ごされたことであろうと同情を禁じ得なかったのである。のみならず、この人の処刑が渉外局から発表された後も、どうしてか、家族の方がなかなか来られない。何か異変でもと心配していたところ、ある朝、重そうにリュックを背負い、いかにも生活に疲れ切った姿で奥さんが来られた。

上京の遅れた理由をいわれるには、前々よりの便りによって二十一日に村のお寺に嘆願書を頂きに行ったところ、そこで新聞を見せられたときには全く泣くにも泣けない驚きようであった。先に渋谷の笹川さんから面会のための旅費を送って頂いたので何としても、面会に行きたいと思っていたのに、せめて今十日早く出発できていたら、会って話もし得たものをと涙をしぼられるのであった。

処刑されたと聞き、途方にくれた揚句、村の方面委員に相談してお葬式の費用などようやく目当がついたため、やっと上京して来たと話されることの一つ一つ、実にお気の毒であったが、勇を鼓して御主人の最後の模様をお話しした。聞けば、十歳を頭に三人の子供を抱えて女の細腕ではとても容易なことでなく、今は山の中でマンガン運びをしているが、無理が祟って胃下垂を病んでいるとのことである。

疲れていられるので泊まっていただいたが、なまぐさ物は一切口にされず、味噌汁の中のわずかの鰹節さえ気にされて召し上がらない。夫の喪中をかくまでつつましく守られる御心根には思わず目頭が熱くなった。

妹さんの宅へ寄って行くとて、遺髪を抱きながら帰られる後ろ姿の淋しさは、今もなお忘れることができない。

最後の頼みと私に書かれてある法名については左の如く、おつけした。

光寿院釈浄観居士

小日向　浩（四十四歳）

〔元陸軍兵長。ただし軍属として勤務。新潟県中頸城郡津有村。農業。妻トシエ（43）の他、母（75）及び三児。菩提寺＝同郡高士村、明照寺。〕

処刑当夜の晩餐が、本人の希望に添うべく許られるようになったのは、この直江津収容所の人達のときからである。当夜の四人共、無理強いに処刑されるのだからと思ってか、なかなか鼻息が荒く、米軍当局にどしどし要求をされたが、かえってそれが良かったと見えて、冷たいビールも一本ずつこの人達のとき初めて、食卓につけられた。

ことにこの小日向さんは、大気焔で一座の音頭をとり、故郷の米山甚句からおけさ節が出た頃には踊り始める騒ぎであって、これがあと五時間ほどで絞首台に上る人だろうかと目を瞠《みは》るほどであった。

待望の握り寿司には皆舌鼓を打っていた。これは最初希望を訊ねたとき、「故郷のとまではいえないが、せめて今年の新米を食べて死にたい」と口を揃えての望みで、さすがに米どころ新潟の農村の人々らしいと、思わずホロリとさせられたが、「それなら寿司が良くはないですか？良い米でしょうから」と私の薦めに、皆大喜びで賛成されたのであった。

小日向氏は死刑の判決後、奥さんを離縁されたらしい話であったが、十三歳の長女は、中学校で優等なので、是非とも専門学校へ進ませてやりたいと願っていた。

ふるさとに心さしのべ幸あれと行先までも弥陀に願わむ――初めて作ったからとて、そのとき私に見せた短歌である。

いよいよ旅立ちの迎えに訪れると、「皇居はどの方角でしょうか？」と独房に立ち上がり慇懃に最敬礼した後、祖国の人々に別れの礼、次いで五棟時代非常な御世話になったとて今井知文さんの住む平井の方角に深く頭を下げていた。

そして私に「家族への形見として教誨室の珠数七つほど送ってやってもらえまいか？」と頼んだ後は足どりも元気で、刑場への道中「南無阿弥陀仏――万歳‼」と繰り返し叫び続けていた。

以下は小日向氏を代表者として皆さんが私に下さった過分の礼状である。

〔略〕お蔭様にて佐渡おけさ、米山節の声高らかに宴会を終わらせて戴きましたことは感慨無量です。時刻は六時三十分、夕日は今正に西に没せんとす。我が心規律正しく十万億土の浄土に急がんとすると共に、国家の皆々様に御厄介を相かけましたことに対して、心より御詫び申

し上げ、国家の方々の御健康、並びに永遠の平和が速やかに来《きた》らんことを祈っておる次第であります。〔略〕

代表者　小日向浩

田嶋先生へ

佐渡おけさはこの人達にとって何よりの慰めであったらしく——最後の勤行も終わり、勢揃いの列が獄庭へといよいよ囚棟を踏み出た途端、またもや誰からともなく、

——ああ、雪の新潟ふぶきに暮れる

と、唄い出した。たちまち相和した声々が喉も張り裂けんばかり、夜空に向かって投げ上げられる。両の利き腕をとられたどの体も今にも踊り出しそうな勢いであった。

私は郷土民謡の持つ良さというものをこのときほどしみじみ感じたことはない。

やがて、行列が進み出すと間もなく、低い念仏の声々に変わって、ときどき小日向氏が「ばんざーい‼」と叫ぶ。

横切り行く獄庭から望む有期囚棟の窓々には灯が見えない。

しかし、独房の闇に眼を開いて遙かなる佐渡おけさに耳を澄ましつつ、この悲しき葬列を送っていた人々もあったそうである。

残された二人

昭和二十四年八月一日はキティ台風の翌日で、中川が決壊し、平井町方面一帯は泥海の中を家から家へ舟で交通する状態であった。

その日は木曜であるのに、いつまで待っても巣鴨のジープが来ない。死刑囚のことを考えると一日も休むことはできないので、私は京成電車の江戸川駅まで出かけたが不通、国鉄の小岩駅に行っても不通、止むなく家に帰って諦めていた。

すると、午後二時頃ジープが迎えに来た。今朝は二回とも途中から空しく引き返した揚句、さらに大型の軍用トラックを出して洪水の千葉街道をようやく進ませ、小松川橋の向こうぎわで幸い立往生していたジープを見つけたのでさっそくそれに飛び乗って来たという。その熱意に私はすっかり感激してしまった。

勇んで用意をし始めると、そばでしばらく見ていた彼が急にいいにくそうに、「ドクター、タジマ。今夜から泊まってくれ」という。

私はがっかりした。同時に腹が立って用意を進める気も起こらぬ。渋々ぐずぐず、頭の中はあらぬ方にばかり走りながら、用意に手間どっていると、私の気持ちを察してか、前に回って来たアイドマン氏が、いきなり掌《てのひら》を合わせ、「クリーツバーグ少佐が、どうぞだから頼む」と、コックリコックリ頭を上下させる。

巣鴨の係の将校にしろ、このアイドマン氏にしろ、恐らく私と同じ気持ちでこの厭な至上命令に服しているのであろう。由《よし》ない振る舞いをしたと心に恥じ、私は身じまいもそこそこにジープに乗った。小松川橋で軍用トラックに乗り換え、一望の水上に波をうねらせて行く。その横波から頭上の荷物をかばいつつ、腰まで水浸りの男が数人、羨ましげに車上を見上げていた。車上では米兵が四、五名、ときどき奇声を発してはすっかり悦に入っている。

とある商店街に入ると、床上半ばに近く浸水した店並みの一つを指さしながら、皆一斉に私の方を振り返り、「サケ、サケ」と呑む真似をする。アイドマン氏が「お金を貸してくれ」という。返されるあてもないことは分かっているが、私一人のために、皆が骨折っているのだからと思って手渡した。米兵達の手真似で察した酒屋の小僧が店内から一升瓶を頭に、水中を渡って来た。米兵達はさっそく交代でラッパ飲みをした後は大はしゃぎ。たまたま半身を浸した若い女がトラックと並行すると、車上からやんやと揶揄する。約十五、六丁の距離を五十分ほど費やしてようやく亀戸の橋まで辿りついたところ、管理部長のクリーツバーグ少佐が心配そうに立っていた。二時間以上ここにいたらしい。

「誰がやられるのか?」……口許まで出かかった質問を、ぐっと呑み下して彼のハイヤーに乗る。訊ねたとていうはずもないのだ。私の到来に安堵した彼は黙々と車を走らす。巣鴨に着いたのは五時前だった。やがて私は宣告場で鈴木、牛木両氏の顔を見た。

この牛木さんと鈴木さんの二人は先の四名と一所に合同裁判を受け、全く同じ日づけで第一審及び再審の判決を下されていたにかかわらず、刑の執行だけは二週間遅らされたという全く他に例のない処置を受けた。その間における二人の苦悩は想像に絶するものがあったらしい。最初他の四人を見送った直後は、てっきり減刑になったものと秘かに胸を撫で下ろしたようであるが、その翌日二人は急に呼び出しを受け、ズラリと米軍将校連の立ち会う部屋で、物々しい警戒裡に、事件担当をした米人弁護士と会わせられたそうである。そのときの空気が刑執行宣告式を思わせるほど厳粛で、死刑囚として依然あるいは一層厳しいほどの取り扱いを受けたのみならず、弁護士の口吻もただできるだけやってみようというのみであったが故に、何故の呼び出しであったのか、減刑の望みも糠喜びであろうかなどと、その後は一層不安が募ったという。

何故の執行遅延であったか、わずかに推知し得る理由としては、この日がちょうどミズーリー調印記念日に当たっていたことぐらいしかなく、「自分ら二人の不具者だけが全く蛇の生殺しのように残されてしまい、先に死んだ人達がむしろ羨ましい」とまで思ったそうである。

その恐怖と苦悩の二週間を経て、遂にやはり最後の夜を迎えねばならなかった二人は、見るさえ痛々しかった。

牛　木　栄　一（五十四歳）
〔元陸軍一等兵。ただし警戒員として勤務後に軍属となる。新潟県中頸城郡有田村。農。妻（かと）以下子供六人、菩提寺＝同村、覚信寺。〕

牛木さんは事件に関し前年の六月私にこう書き寄せていた。

……〔略〕……

刑罪　昭和二十二年末、おうだ及びおうだにより死亡したという罪状にて横浜裁判にふせらる。自分として収容所勤務中殺生やおうだのために傷を受けさしたことは絶対にない。死亡の人は皆病気にて死亡せられたので、パレット軍医殿（註：収容所で仲間の医療に当たっていた俘虜軍医）が証明せられております。

昭和二十三年一月五日判決の言い渡しに、死に対しては無罪、無罪後は却下、罪状項目に対し有罪、但し足けりは無罪、絞首刑を言い渡すという判決にて実に驚きまして今日に至りおるのであります。大雪のため病気のため、パレット軍医に裁判の参考として一名救助致しおることも申し上げておきました。

ところが私の立ち会った刑執行の宣告文を見ると、当人は果たして法廷判決をどれほど理解されていたかと思わざるを得ない。

軍命令

極東方面軍総司令部

軍事郵便局五〇〇

番号―二一

昭和二四年八月七日

牛木栄一　元日本軍曹

罪状　〔略〕米国ガ連合国並ビニ属領ト共ニ日本ト交戦中戦争法規及ビ慣習ヲ侵犯セリ

判定　罪状項目一、二、三ニ対シテハ有罪、罪状項目四ニ対シテハ「故意且ツ不法ニ豪州兵G. E. Allanson伍長ノ殺害ニ関与シ」トイウ語ニ置換エテ有罪トス。除外サレシ語ハ無罪、置換エラレシ語は有罪トス。

罪状項目五、六、七、八、九、一〇、一一ニ対シテハ有罪。罪状項目一二ニ対シテハ「豪州兵H. A. Hennessey二等兵ヲ足蹴ニスルニ関与シ」とイウ語ニ置換エテ有罪トス。除外サレシ語ハ無罪、置換エラレシ語ハ有罪トス。

罪状項目一三ニ対シテハ有罪。

起訴理由ニ対シテハ有罪トス。

判決　絞首刑

判決ハ昭和二三年一月五日

次いで再審に於てWalker第八司令官の判決承認（昭和二三、一一、四）及びマ元帥の判決確認による刑の執行命令（昭和二四、八、七）が記されてある。

法廷通訳が充分でなかったためでもあろうか。このことは刑死された直江津収容所の人達全部に通じていえるようである。つまりこの人らは、死刑囚として一年有余呻吟《しんぎん》していた間も自分達に下された罪状判定すら（もとよりその当否は別として）十分知り得ていなかったほどに、こうした法的措置に対し無邪気であったという他はない。何が何やら分からぬままに絞首台への途を上って行ったのである。それ故に一層気の毒に思う。

「おばあさんに永生きしてもらいたい。皆さんによろしく。元気で行きます」

その程度の伝言を私に残して去った牛木さんは、しかし最後の念願として「村の人達に仏教とはこういうものだと、ここで聞いた話を、せめて一度でもしてやりたかった」と幾度となく繰り返していた。

浅間小浅間なぜやけしゃんす、ぬしに会わずにやけてくる――最後の晩餐にかたむけたビールのほろ酔い機嫌で、職人らしい細く澄んだ声を張り上げた彼の、いかにも人の良さそうな童顔を私は忘れることができない。

――牛木栄一氏の娘さんへの遺書――

姉よ、長い間家のためつくしてくれたことは、この父も有難く感謝し御礼申し上げます。おまえも体を丈夫にして母上のいうことや叔父様方のいうことをきいて、良縁有るところにとつぎなさい。とついでも決して姑にさからってはなりません。切ないときがあれば仏を拝みなさい。そのときはきっと老母と私はあなたのそばに守っています。また下の子供と口論せぬように可愛がってやって下さい。また家に在る間母上に手伝い安心致すようにして下さい。お前達の毎日の生活と勉めが仏教であるから、ようく心の眼を開きて仏法を学びなさい。そうすれば良い人になれます。また叔父様方のいうことをよくきき、兄弟姉妹仲よく暮らして下さい、願います。

父より

鈴木賞《よし》博《ひろ》（三十三歳）

〔元陸軍曹。ただし直江津収容所には軍属として入所。後に再応召にて退所。新潟県中頸城郡上郷村。農業。母チノ（60）妻（30）及び長男（4）、妹、弟各二人。菩提寺＝同郡水上村、専念寺。〕

遺書

昭和二十四年八月二十三日に面会に来て下されましたのがお別れであります。いろいろ心配を掛けてふけられました。

母上様、親不孝な兄でありました。許して下さい。私は九月三日午後十二時三十分に一足先に父上様、叔母さん、二人の弟の後を追って極楽浄土に行かせて戴きます。母上様も来るのですが、浄土の一番良き場所を見立てておきますから安心して生きられるかぎり生きぬいて下さい。こうしたことも因縁であります。母上様の今まで働かれたことは本当の仏の道でありましたことは、今さらよく私にわかります。母上様、親不孝な兄、死んだ後に残せし妻子によく母上様の歩まれた道を教えて下さい。妻直江の件でありますが、平丸の母と直江とよく相談致されれ、再婚なりまた一生未亡人で過ごすなり相談して下さい。私は最後まで母上様に御心配をお掛け致します不孝者です。妹セツでありますが年頃ならば売り口がありましょう。何とか早く縁づけた方が良いと思います。妹にも実に兄として渡るべき道も渡らず済まぬことでありました。戦犯者の兄妹であるともらい手がなきや、私は心配であります。併し私達は妻直江の手紙に書いてあります如くでありますから、引けは取らなくとも良いと思います。〔略〕

それから○島氏より四十五年の便りが出た（註：刑期四十五年に減刑される旨の便りがあったことを指す）。それは今となり考えれば金の問題である。○島という人間こそは絞首刑の人間である。すべて人とはどんなものであるか、良く注意して世渡りをするよう、また最近○○話も手紙出したりいろいろしたが現在に至りては皆こけであるようにも想える。また○田氏の言葉もこれで実際に殺されては皆うそであるかまた何年か後に生まれ代わって出るなら彼は皆裏をいうたことになる。それは遠い先の平和条約の暁である。何にしてもこれが書面であると想って書いたのです。いや最後としておいた方が絶対安全である。くれぐれも妹弟仲よく母上様に孝行をお願い致します。〔略〕

母上様

セツ（註 妹）

重之（〃 弟）

チセ（〃 妹）

明成（〃 弟）

最愛なる妻よ、君との生活も三年十ヶ月のわずかな短き間でありました。きみには何も買って与えず誠に済まなかった。許してくれ給え。今日からはきみの待つ夫は浄土の国から見ている。きみは再婚するなりまた未亡人として一生を過ごすなりよくよく考え、私の母ときみの母と三人で相談の上進むべき道を過らぬようにしてくれ。未亡人でいるなら田篠ユリ子さんを美しい鏡として仏道をよく取得してくれ。私のきみに対する最後の願いは博明である。再婚するなりまた未亡人で一生を過ごすにしても、博明を一人前の美しい人間にして頂き度いのである。学校の成績等を見て出来得るなら無理なお願いであるが中学程度の教育を受けさせて戴きたい。しかしそれは能力の問題であるから無理なことをしてはいかん。宗教をお前と共に修業してくれ。仏教は文化の現れであり、生きるため、死ぬためである。一切の書物を見て、智慧の眼を開いて観てくれ。自分をともしびとして人に頼らず、人の誘いに乗らず、常に自分の心と相談して清く強く長命してくれ。きみは美しい顔ではなかった。しかしきみの心は美しいものとして今も最後まできみを忘れた日はない。きみはなやみ苦しみのとき、私のことを思い念仏を唱えたときは必ずきみたち二人の進むべき道を仏は説いてくれる故、仏教を修養して進路を誤らぬように繰り返し書き記しておきます。きみは夫が殺されたと思えばうらみもあるであろう。しかし死には何ら変わりはないのである故、殺されたと思わずに生あるものは死あると考えて、若し夫の仇をとるなら博明を美しい人間にすることである。ここに私の死ということを書いて見る。裁判は正しいか否や、仏教慈悲観より見たる人間動物は悪を犯さぬものは何もない。それは生きんがため互いに食い合っている。その人間である故仏教慈悲観から押しての裁判であるならこの地球上に住む生物、動物は一切生かしておくことはでき得んのである。裁判は真実をもって私の死を言い渡したとなると、私は殺人はしておらぬことはここに断言できる。戦地に行っても弾丸は打った。しかし当たったか否かは私には見えない。また俘虜は病気で死んだ、しかし、たたいたため死に、また、たたいたため負傷したことも絶対にないのである。では私は殺される理由がないことになる。弱肉強食という言葉がある故これも因縁で止むを得んことである。一切この世に誠はない。誠に在しますは南無阿弥陀仏である。博明も大きくなり学校に行くようになれば子供仲間で種々なる父親のことが出ると思うから、右に書いたことをよく指導してくれ給え。利口ばったことを書いたが許してくれ。孫じいさん、孫ばあさん、叔母さん、父親、二人の弟は浄土の蓮華座で私の場を取って待っていてくれる故私は淋しくないのである。阿弥陀の国に行く時間が来ているからこれ位で失敬させて戴きます。

最愛なる直江よ、自分を光として迷わず正しく長生きを頼む。では皆々様によろしく。さよなら

合掌

刑の執行昭和二十四年九月三日、午前(後)十二時三十分　於巣鴨　鈴木賞博

親愛なる妻直江殿

博明ちゃん、大きくなりましたね。あなたを抱いたのは二十二年一月三十一日の午後一時三十分頃でした。まだ博明ちゃんは二才で何も知らなかったことでしょうが、私のところに小さな手を出してお母さんのところから来てしっかりと抱きつきましたとき、私はすでに最後かと心に何か感じました。それは博明ちゃんが無邪気であるのに父ちゃんに抱きつく博明ちゃんの姿であります。そうして父ちゃんは祖母ちゃんや、お母ちゃん、叔母さん、叔父さんと別れて東京へ来てしまいました。それから叔父さんの面会で博明ちゃんは大きくなったと話をきいて喜んでおりましたが、一日も博明ちゃんのことは忘れませんでした。ところが昭和二十二年十二月博明ちゃんが横浜の法廷でお母ちゃんやお婆ちゃん、叔父ちゃん、叔母ちゃんと来て元気良くしている博明ちゃんの顔を見て驚きました。歩けなかった博明ちゃんは飛んで歩いていたが、まだ口はしゃべれませんでした。それから父ちゃんが判決を受けて思わぬ重罪を受けましたが、父ちゃんは人殺しもしていないことは博明ちゃんはお母さんから聞き、またお婆さん、叔母さん叔父さんによくききなさい。そうして大きくなってお婆さん、お母さん、叔父さん、叔母さんのいうことをよく守って美しい人になって下さい。父さんは浄土の国から博明ちゃんを守り見ております。昭和二十四年五月三十一日、六月二日にお母さんと来たときは大きくなって台の上に立って見ていましたね。そうして博明ちゃんは「父ちゃん早く帰ってきてね」というとするめを父ちゃんにくれると差し出しましたが、鉄の網があって駄目でしたね。そうして父ちゃんは博明ちゃんにいいましたね。「お婆ちゃん、お母ちゃん、叔父ちゃん、叔母ちゃんのいうことをきいて良い子になってお母さんに孝行しなさい」というと博明ちゃんは、「うん」と頭を下げましたね。それを忘れては駄目ですよ。そして二十四年八月二十三日にお婆さん、お母さん、叔母さんと来て泣いてしまいましたね。あんなことでは駄目です。泣かずに元気を出して一生懸命先生やお婆さん、お母さんのいうことを守って勉強して美しい子供になって下さい。父ちゃんは絶対死んでおりません。父ちゃんは仏壇の中に阿弥陀さんと一所におります。博明ちゃんが泣いたり、弱いことをいうとお父ちゃんも母ちゃんも皆泣くから、元気を出して大きくなって勉強して下さいね。そうして母ちゃんを大事にしてくれることを父ちゃんは楽しみにしております。博明ちゃん、もうお父ちゃんはこれより書くこともありませんが、最後に博明ちゃんに頼みをしておきます。博明ちゃんが大きくなり良く勉強して、お婆さん、お母さん、叔父さん、叔母さんのいうことを守り、立派な人間になって社会のために役立つようになって下さい。それには仏教をよく修業して自分の身にしっかりとつけて、そうして出発しなければなりません。それは信の一字です。何事も信がなければ役にも立ちません。父さんは字もあまり知らず書けませんが、博明ちゃんのために乱暴でみにくい字ですが、大きくなって読んで下さい。それでは博明ちゃん、もう時間が来ますから止めます。元気で勉強して美しい人になって下さい。

昭和二十四年九月三日十二時三十分　刑執行

長男博明殿

最後の夜、承ったところでは鈴木さんは収容所で被服その他の用度係をしておられたらしく、持てる国の俘虜達が乱雑に靴や被服を破損消耗するのに対し、日本軍隊でのあの厳格な官物尊重精神を適用せねばならなかったところに非運の起こる原因が潜んでいたようである。

「連中は、日本の物資をできる限り消耗させようと企てていたのですから、喧しくいっても聞かぬ常習犯には、ついビンタをとりたくもなりました」

しかし、まさかそんなことで死刑になるとは思いも寄らなかったので、判決後は随分考え悩まれたそうである。それに拍車をかけたのが唯一の頼みとされていた弟さんの死であった。その報を受けてより二ヵ月というものは、風呂にも入らず煩悶の限りを尽くしたという。そしてその打開の途を日夜読誦し続けていた歎異抄の中に遂に見出し得た由である。

「お蔭で昨夜もぐっすり眠りましたし、何だか外国へ洋行するような気持ちです」と、笑いながら、後数時間に迫る死を待っておられたが、さらに語を継いで、

「しかしねえ、先生。――白隠禅師が六十歳、親鸞上人が九十歳ぐらいで死なれたわけですが、あんな高僧達でもやはり死にたくないといわれたとか書いてありますね。私だって実際死にたくないです。――が、これも因縁のしからしむるところでしょう。それにしても死を超越するなんて不可能のような気がしますね。煩悩《ぼんのう》あるが故に弥陀の本願があり、その本願あるが故に私は煩悩を知らしめていただきました。それ故にこのわずか数十年の人生を清く生かしていただかねば

ならぬ――これが私のここで得た人生観とでもいうのでしょう。今まで家へ送る手紙には皆仏教のことばかり書いて来ました。妻には歎異抄、妹へは阿弥陀経の和訳、十二因縁と歎異抄の関係などといったものです。子供の博明にも未だ幼いですけれど、怨を以て怨に報いず、もし仇を討ちたかったら一代の人物になるようにと私の言づてを残して行きたいのです。現代の青年も仏教的精神生活によって日本を再建し世界人類の福祉を図って欲しいもので、今度戦争が起こったら人類の破滅だと思います。私の葬式や法事などやってくれる必要は全然ありません。それより家族の者達が本当の信仰の上に立って生活してくれれば満足です」

そういって鈴木さんは、身心鍛錬の書として仏教聖典を家に送ってやってもらいたい。その他に自分の註釈した歎異抄や仏教に関する感想随筆が二冊、八月以降の日記、先に四人を見送ったときの感想など書き遺したものがあるから一緒にと依頼された。そして現在こうした心境でいられるのも、全く死んだ弟の御蔭だと深くそのことを感謝しつつ、刑場の中へ姿を消し去った。

佯狂か?

青木勇次（三十二歳）

〔元陸軍衛生軍曹。直江津俘虜収容所勤務。新潟県長岡市北山町。農。昭和二十四年十一月十一日刑死。両親、妻、一子、兄弟七人。〕

青木氏は以上の六人と同じ収容所ではあったが、別の人々と合同裁判にかかり、ずっと早く死刑の宣告を受けていた。刑の確認もすでに一年位前になされていたが、最初の宣告後気の毒にも頭が狂い執行を延期されていたのである。精神異常者には死刑を執行し得ぬ規則なので、氏の退院は治癒を意味したわけで、事実氏は三年近い米軍病院での入院から巣鴨に帰されて間もなく処刑された。

果たして治癒していたかどうか、私には診断能力もないが、死の当日認《したた》めた五通の遺書すべて極めて難解、というよりむしろ不可解であったことは事実である。その一部を以下に載せ、批判に任せたい。

聞くところによると彼は佯狂《ようきょう》なりとて、米兵らより激しい罵詈《ばり》を浴びせかけられていたそうである。しかし、この人の場合に限って一日早く、水曜日の夕方、しかも従来と全く異なった第一囚棟に移され、死刑宣告もその二階廊下で行われた。

何の文句もいわず宣告に服して、夜はほとんど何も書こうとせず、ようやく翌朝遺書を書きながらも頭痛がしてならぬとしきりに訴えていた。その後二回ほど独房を訪ねたが、寝てばかりいた。処刑の時刻が来てもよく寝ており、米兵が起こすと欠伸《あくび》をしながら「処刑されたと思ったのにまだだったのですか?」と起き上がった。

手錠をされ、一階の片隅に設けられた厨子の前で、共に重誓偈《じゅうせいげ》と弥陀の唱名を終わった後、葡萄酒を飲み、ビスケットを食べ、程近い刑場へ気軽く歩み去った。結婚わずか三ヵ月で別れたままの妻を家に残して。

○吾心中既に幾星そうを経何ごとかを吐きたる多し。されどその悉《ことごと》くは既に知る古聖の導きをあえてここに記さずして神自ら知悉《ちしつ》し給うところなり。人間思想によりて身を立て定むるの愚に非ず。そのもとも広大なる何ものかをはらみ常に止まざるは偉大なる哉。されど吾知らず一個の人間名付くるところ愚の愚到底吾如きものの述ぶるに非ずして止む。

……〔略〕……

○人生言葉をもて生くるの感あり。即ち人生は言葉なりというもその一部を現すの道具にして何の益かあらんや。只々苦の媒介者とならんも遂に尽きず了る。

……〔略〕……

○嗚呼《ああ》難思至難現在を如何にせん。死せるものの世界誰をかをして為さるるの意中感慨一入《ひとしお》深くしていよいよ募る。果てん哉人生。消え失せよ人生よ。吾は斯く叫ぶ。悩ましきこと海山を超えたり。悲嘆のドン底に住み全身火の海となりて吾を囲む。然してその言葉の浅かるべきを知る。例うるのなければ独り悩み続くるのみ。誰にかは報いん。すべからく去り給え。苦よ去り給えと内に祈ることしきり。くされ果てし吾身の内に思いあり。なんぞ続くるや。甲斐なきことぞ。

哀れ哀れ未だその極まりなきを狂乱の果てにありて思うの切々胸を焼く。〔叫〕べ苦なりと止まれと〔怒〕りに燃えて炎立つ。理屈は後で声挙げて叫ぶによしなき身とぞなり。過ぐる幾一年かくありてつづく限りの絶え間なき。嗚呼々々五体諸苦に焼けてただれて失するなし。

新潟地方には熱心な真宗の信者が多いが、お父さんから私宛て次の如きお手紙を頂いた。

前略御免下さい。此度は田嶋貴坊殿より思い掛けない長男勇次の死刑執行の御通信被下、誠に何と申して良いか、一時は落涙の外有りませんで御座いました。〔略〕勇次も貴坊様より仏法悟りの道を、いとねんごろに御聞かせに預かり、喜び安心して成仏せしとの事、極楽浄土に於て安らかに楽しく日を暮らして居る事と思い、父始め一同が蔭ながら喜んでお参りして居ります。何と若い者が老に先に立ち去るとは之れ皆、邪けん、悪人の私共に善人になさんが為の御仏の御報らせと思えば誠に申し訳ないと、只々頭が下がるの外は有りません。〔略〕

十二月一日

青木三勇吉
家族一同

聞くところによると青木さんは、関東一帯の各俘虜収容所を通じて最も優秀なる衛生下士官だったそうである。元来は日通の下級社員であった。彼が応召後引き続き下士官志願をしたのも家計を支えんがためであったらしく、公判廷には当時の日通支店長が証人を買って出て、真面目な彼の性格と共に彼が実に孝心の厚いことを力説されたという。実際収容所における彼は、衛生下士官としての軍務にも実に几帳面で、当時欠乏甚《はなは》だしき薬品入手のためあらゆる病院や薬店へ奔走したことは、それらの人々が法廷で証言したことからも明白な事実であったという。

　青木さんの上には高田の陸軍病院と兼勤の軍医がいて週に一度ぐらいこの収容分所に回って来て指示を与え、また東京の俘虜収容本所付き軍医もここの医務責任に当たっていたのだそうであるが、さて裁判となれば青木さん自身の働きによる功はすべてその軍医に奪われ、彼のみ攻撃の矢面に素っ裸で立たされるという気の毒な破目に陥《おとしい》れられたのだそうである。

「こんな嘘ばかりの世の中は早く去って行きたい」と、最後の夜に語られた言葉も、そうした同胞の不信に向けた憤りや絶望を意味していたのかも知れない。

　青木さんは終戦後もその勤務中几帳面につけていた薬品出納簿から軍医の書いた俘虜の死亡診断書その他、医務記録類の一部を焼却命令によって焼燼《しょうじん》したものと別に自分の手許に残していて、それらを本所付き庶務将校に手渡しておいたのだそうだが、それが復員局に渡されたというのに復員局では遂に見当たらず、かくて直江津収容所の関係戦犯者達の公判に甚大なる不利を招くに至った由である。すなわち医療不足により多数俘虜の死をもたらしたとの告訴に対する有力なる反証を失ったわけである。情報局総裁が終戦時各収容所に下した書類焼却命令によって、独り直江津のみならず各地区の収容所関係者が戦犯裁判においてこうむった被害は甚しいものがあると聞かされている。そのため、あたら非命に死んだ人達も少なくない由である。

　十一月半ばといえば、深夜の東京はぐっと冷え込む。素肌（白衣）に紫衣をまとっただけの私を見かねて将校達がしきりに薦めるまま、頭からオーバーを冠って刑場への道を辿ったが、その途上、これらのことを思うと私は割り切れぬ気持ちをいかんともなし得なかった。

鋸とかんな

以上の如く私が執行に立ち会った直江津俘虜収容所の人達は合計七名であったが、他に柴野という人が私の就任前にやはり巣鴨の刑場で落命されている。この七名の人達と最後の夜を語り合いながら、私はつくづく戦争の無意味さを思わずにはいられなかった。

新潟の田舎で純朴な貧しい生活を送っていたこの人達は、召集で戦地に狩り出された揚句、戦傷の身体を故郷に持ち帰って来たのである。わずかに青木さんを除き、七名中六人まで皆傷痍《しょうい》軍人であった。牛木さんの如きはシベリヤ出兵当時に脚を負傷して、以来跛になっている。せっかく年季を入れた屋根職も、そのために廃さねばならなくなり、以来職を転々として生活苦と闘って来たそうである。桶屋職の秋山さん、建具職の柳沢さんその他、皆一介の職人あるいは農夫として貧苦と闘いながらも、しかし戦傷後の平和な家庭生活に帰っていたのである。

にもかかわらず、国家は彼らに肉体を損傷ならしめただけでは満足しなかった。彼らの再召集は必至となった。一等兵ないし兵長の階級に過ぎない彼らが、募る生活難に、かつまた来《きた》るべき再召集に備え、わずかなりとも家計の資を残さん願いから、軍属として収容所勤務の途を選んだとしても、誰がそれを非難し得ようか。実際、彼らは収容所通勤より帰るや、家で夜業を続けねば家計を支え得なかった由である。

しかし、そのことが、彼らを非業《ひごう》の死に導いてしまった。

昭和十七年十二月中旬、南方より来た豪州の俘虜三百名がここに収容された。直江津の冬といえば日本でも厳寒で聞こえている。いきなり熱帯からここに送られて来た俘虜達が歯の根も合わず震え上がったことは当然である。だが、その冬には一人の死亡者もなかった。青年学校舎を宿舎として、ストーブも毛布ももちろん規定通り与えられていたのである。彼らはそこから四ヵ所に働きに出された（ただし将校は労役に服していない）。

警戒員もしくは軍属として、秋山さん達はこの収容所と作業現場との往復の間を警戒の任に当たるのが仕事であった。従って午前七時前に出勤して俘虜達を連行し、作業現場で会社側の作業指導員に引き渡した後は、使役中の俘虜達を見張るだけの役目に過ぎず、夕方五時半頃連れ帰ると共に、その日の仕事は終わって帰宅するわけである。信越窒素肥料会社へ関原、柳沢氏、ステンレス工場へ牛木、秋山氏、丸通へは小日向氏が主として行き、他に港湾運送へ行く者があった（もっともこの配属は後に柳沢氏その他の人々の再召集で変わったところもあるらしい）。

かくて一冬過ぎた翌昭和十八年の十月頃に、俘虜達は今までの臨時宿舎より他の新設宿舎に移された。それは日本曹達《ソーダ》会社の塩倉庫を改造したものであった。四方とも二重のトタン張り、二階建ての倉庫を各階二段に仕切って宿舎とした中に、数個のストーブを備えて、俘虜達は第二年の冬を迎えた。しかし、気象台が六十年来の寒さと発表した酷寒の襲来は、翌春までに五十九名の死亡者を出さしめた。直江津収容所から十五名の戦犯（うち死刑七名、終身刑三名）が裁かれた主因もまたこれにあったといえよう。

この冬には土地の人達でも、また高田の陸軍病院でも、厳寒に基づく死亡者が少なくなかった。俘虜の死亡が故意に因せぬことは、前年の冬、一名の死亡もなかったことからも明らかであるのだが、一切は悪意をもって解されねばならなかった。寒気に萎えた俘虜達と毎朝天突き体操を共にすべくその号令を掛けた者は、「ヨイショリング」なる虐待を加えたかどにより、起訴一項目を加えられ有罪を宣せられた。

病死者を材料にいろいろな殺人事件が捏造された。殴打致死なる起訴項目が圧倒的に多く、被告は、その偽造された事件なり状況なりをいかに釈明すべきか、それが全然想像もつかぬことだけに、全く途方に暮れた。

「規則違反者を殴ったことは確かにあります。しかしそれで死んだなんて……」

どの人の遺書にもある如く、最後のきわまでこのことが心残りであったようである。

例えば昭和十六年のXマスの日にいわゆる「ビンタ」を加えられた一人の俘虜が、昭和十九年に病死したところ、その死因を殴打に結びつけた起訴項目となったりしていたようである。

もちろん敵愾心《てきがいしん》の旺盛な当時、毎日熾烈なる爆撃に曝されている間には、感情に走った行き過ぎもあったであろう。しかし刑死したこの人達がいっていた如く、当時作業場の往復途中、一般民間人から「殴らせろ、殴らせろ」と幾度要求されたか知れなかったということも事実であったに相違ない。それに対してこの人達は、俘虜達を守ってやった立場でもあった。

現場の会社側作業指導員達の中にも、随分手荒く扱った人達が稀《まれ》ではなかった。ときとしては見かねたこの人達が、そのためいい争ったり喧嘩したりして俘虜をかばったこともあった。それは自然に起こる人情であったと思う。

しかし、殴られた俘虜達にとっては相手は誰でも良く、その腹癒《はらい》せができれば一応気が済むわけであろう。かくて作業指導員達の行為も、また収容所の衛兵として十数名ずつ高田連隊より二週間交代で昼夜勤務していた現役兵達の加えた皇道精神的行為も、ことごとく名前の知れたこの人達に覆いかぶさったのである。その他には、誰一人として戦犯に問われた者はなかった。

ひとつには言語の不通が、後々までの誤解を惹き起こしたこともあったろうと思える。そのためかどうかは分からぬが、この人達は死刑囚棟に投ぜられるや、A・B・Cから始まる英語の勉強をその最後の日まで懸命に続けていたそうである。彼らの職業、年齢を考えるとき、私はその心事に涙をそそられずにはいられない。

詳しい経緯を語れば、なおいくらでもあるだろうが、私はこうしたことから考えて、実際この人達の罪は、もしそれが仮にありとしても、果たしてこの人達のみの負うべき罪であろうかといわずにはいられない。

「罪なき者まず石をもて」とあるバイブルの言葉を、我々同じ国民としてこれほど反省させられる場合はないと称しても過言ではあるまい。

ある人はいっていた。

「先生、あの頃は食糧の買い出しに行っても捕虜にやるものなんかあるか‼　って随分苦労させられたんですよ」

また、ある人は、

「情報局長官とか俘虜本所長とかいってお偉方が巡視に来ると、何よりもまず持って帰るお土産のことが第一。つまり収容所のある地方には、まだ物資や食糧が幾分多かったのです。それにどのお偉方も、捕虜にもっと気合を入れろ、作業能率をあげろって訓示していたのですが、さて敗戦となるとねえ……」

戦争中表彰状をもらった収容所員が、敗戦となるやたちまち上層部より捕虜を殴ったかどによ り重営倉五日とて、既往に遡った処刑を受けるような馬鹿馬鹿しい例は稀ではなかったそうである。

俘虜ができるだけ怠業を図って日本の戦力を阻害しようとするに対し、上層部の方針は全く逆な要求であったのだから、その中間に立つ者は勢い無理を強い、必然的にかつ最も直接に俘虜達の憎悪怨恨を買わざるを得なかったに相違ない。彼らが戦勝と共に一切の攻撃をその者達に集中したのも無理からぬことであろう。

それにしても、こうした気の毒な犠牲者が絞首台上に流した数知れぬ血潮の痕を、私達はいかに眺めるべきであろうか。

独立した日本の首都に、今なおこのような人達が同じ国民から拘禁され続けている。比島、マヌス島には八年間祖国への空を凝視し続け、なお未だいつ帰り得るかとも知れざる人々がある。

終戦直後に、一億総懺悔という言葉が使われた。ある者はそれを一笑に付したであろうし、ある者はすでにそんなことを忘れ果てたであろう。だが、今なお血涙をしぼりつつ、いつ終わるとも知れぬ懺悔の生活に、肉体も精神も消耗し尽くさんとしている同胞のあることを、私達は等閑に付しておいて良いものであろうか。

民主政治が輿論の政治であること、今更いうまでもないが、私達はそれすら忘れようとしているのではあるまいか。

妻に送る最後の遺書に、自分の使い古した「鋸」と「かんな」とそして自転車の鑑札のことしか言及し得ず、「死んでも死に切れぬ」と、たどたどしい文字を連ねたこの遺書を、私は諸君にそして世の人々に今一度読み返して欲しいと思うのである。

古来征戦幾人帰

岡田資《たすく》（五十九歳）〔陸軍大学校卒業。元陸軍中将、第十三方面軍司令官兼東海軍管区司令官。鳥取県鳥取市出身。妻（温子）。〕

元陸軍中将岡田資氏は、単に巣鴨死刑囚棟での異彩ある存在だったばかりでなく、今次大戦の落とし子たるいわゆる戦犯者の中でも、これほどの人物は珍しかったに相違ない。

「今次のような民族、国家の大変動に会うては、個人のことなんかとても問題ではない。いわんや敗戦国の将軍では犠牲壇上に登るのが当然です。いささかの恨みもない」

最後の夜、そういって笑っていた氏は、妻への遺言にも自らの死刑を評して、「仏の授けられた最善の途だよ。もともと覚悟を定めて渦中へ飛び込み、すべての力とすべての人々のお蔭を以て思いのままに法廷をすませたのだから、それでよいのである」と述べている。

東海軍司令官として敵飛行士処刑の責を一身に負った氏は、十九名の旧部下を率いて立った横浜第一号法廷を、軍人生活最後の死に場所と定め、自らこれを「法戦」と名づけていた。

すでに青年将校の時代より深く仏教に帰依《きえ》し、英国に駐在中も、軍服のポケットに絶えず珠数を離さなかったという彼は、熱烈なる法華経信者で、その証言台上一週間にわたる検事への論駁は正に日蓮の大獅子吼《だいししく》に彷彿たるものがあったそうである。

A級を含めたすべての戦争裁判において、戦勝国の非を飽くまで攻撃するだけの胆力を持った被告はほとんどなかったといわれている。当然それは自分の首を賭けた自殺行為であり、仮に意気込む者があっても、弁護士がそうはさせなかったでもあろう。例えば横浜裁判で、長崎のある海軍俘虜収容所付き兵曹長が虐待の全責任を負わせられてしまったのに業を煮やし、家族九人、全部殺されてしまった原爆の非を法廷で鳴らそうとして、たちまち判士長より中止を命ぜられたという例もある。

しかし、岡田氏の場合は、それができた。というのが、氏は旧部下一同と米人弁護士団に初対面するや、開口一番、私個人の弁護は考えないでもらいたいと挨拶した如く、捨て身に徹底していたため、その心情に対し判士団も検事団も、深く敬意を表していたからである。

こんなエピソードがある。

氏は米国の無差別爆撃を鋭く論難し続けたのであるが、それに対し検事側は、処刑された飛行士達の認識票たる金属の腕輪を法廷の机にズラリと並べた。並みいる判士連も傍聴の外人達も、シャンデリヤの下に空しく並び光る腕輪の列に食い入る如き視線を注いだ。検事側は企んだ感情戦の成功にほくそ笑みながら、合衆国空軍将士の勇敢にして公正妥当なる戦略爆撃を讃えた。

それに対する岡田中将の応戦は実に見事だったという。法廷には老若男女とりどりの日本人が十数名、次々に現われ出た。

白毛を束髪にした孤児院の園長さんは、銃撃の中に叫びをあげて倒れゆく幼童達の鮮血を「この目で見た」といった。

「私の家の周辺には広く何の軍事施設もありませんでした」と、右の手にした証人用マイクへ低い呟きを寄せる婦人は、左肩からスッポリと腕を失っていた。

ある中年の女性が訊問に答え、明らかなる違法銃撃の事実を述べ終わったとき、判士長は型の如く、「何かいうことはないか?」と問うた。

「あります。私の夫を返して下さい‼」

きっと眼をあげた婦人の視線から、判士席は一斉に顔を伏せた。

かくして、遂に岡田氏は、アメリカ国務省よりこの法廷に宛て「無差別爆撃を認める」旨の声明電報獲得に成功したのである。

「裁判に勝って判決に負けた」とは、氏が常に語ったところであった。

司令官ただ一人の死刑に食いとめ得て、傍聴席の夫人に「本望だ」と言い棄てたまま死刑囚房に下った氏は、「古来征戦幾人ヵ帰ル」と獄窓を飛びゆく白雲に悠々として吟じ始めた。その後も再審委員会に向け、今度は自分の助命策戦をとると思いきや、かえって若い旧部下達の受命行為を有罪とした不当をなじる書類ばかり提出し、遂に間もなく彼ら多数の旧青年将校達をして、唯一の異例たる執行停止処分に浴さしめ、勇躍獄外の社会に赴かしめたのである。

氏の死刑囚棟での明け暮れは、ただ仏道精進の一途に尽きていた。許された訪問時間は、ことごとく他の死刑囚達への仏教解説のためのスケジュールに組み入れられていた。

その資料の一つとして、旁々《かたがた》弟子達の勤行用の便宜のためとて、氏の作った妙法蓮華経要義の跋《ばつ》には左の如く記されている。

――係将校、コーカア中尉の厚意により、経典の数不足を補うため、法華経中より、その要義を抽出し信奉する諸彦に頒《わか》つ。

慎みて諸恩に合掌す。

仏教が汎神統一なる如く、この大教王たる法華経も釈尊の全お経を開顕統一するものなり。而して経の骨幹をなす如来寿量品は八万四千の法門中仏身観を演出せる唯一無二の経文なるを以て、その全文を茲《ここ》に掲ぐ。従って本要義は仏教宗派を超越し、信仰の参考として奉読されたし。

昭和二十三年九月五日記　　仏子　岡田資　合掌

表紙には蓮華の絵が大きく、赤と青の彩色で画かれている。コーカー中尉の斡旋により所内の巣鴨新聞編集の戦犯達が謄写したものである。

本書を中心として、氏が、死に悩む人々をいかに如実に救済したかは、氏の処刑一周忌に際してお弟子達が限りなき感謝と敬慕の意を綴った追想記集『久遠』が物語っている。そのある者が氏を「大樹」と例えている如く、その面影は実に堂々と、信念そのものとの感が深かった。

昭和二十四年九月十五日の夜十時、執行命令を宣告すべく独房より連れ出しに行った米軍将校の中には、房外に氏の姿の現れるまで終始外で不動の姿勢をとっていた者さえあったという。

宣告場においてもかつての将校にふさわしく、実に堂々、列席の米軍将校達を威圧する感があった。

所長が読んだ宣告文にも軽く頷いたままで、「何か食事の希望があるか?」との問いにも、ふだんの食事でよろしいといっただけであった。

その後で、私は氏の新たに移された房を訪ねたところ、氏は先刻何かいうことはないか？ と問われたに対し「何かいおうとは思ったが、さてあの面々ではねえ……」と苦笑を漏らしていた。その意味は説明するまでもなく、所長が大佐、以下少佐、中尉程度で、こちらの相手には質が不足過ぎたからである。

翌日は、遺書を認《したた》められるそばで一日中、話し相手となっていた。一生涯の履歴から苦心談のいろいろ、大別山を裏から踏破して浮口背面攻撃で個人感状をもらったことなど、話は尽きなかった。

「いろいろな楽観的情報が入って来たり、かつは私の積極的な活動性のために、第五棟の青年指導よりさらに浮世の青年の信仰生活にも応分の力添えをと手を伸ばしかけていて、少し考えが欲ばったので突然の宣告には軽い失望感を味わったが、なあに一夜の夢ですよ」と意中を漏らしていた如く、盛んに氏の助命デマが飛ぶ中を、その年三月以来青年のための仏教解説約千頁を書き終わった由である。そして大体その半ばまで清書し終わったところを連れ出されたわけで、「これだけは大いに失敗した。判断の誤りだった」といっていた。

処刑当日というのに、終日平常と何の変わりもなく、看視兵らとも冗談を飛ばし合い、ある米兵が「アメリカ煙草をあげようか」と話しかけると「アイ、アム、グッドボーイ」と吸うのを断ったりしていた。

もしあなたがマ元帥に会われる機会でもあったらと前置きしながら話されたところによると、大体においてその司政振りを感心して見ているが、しかしポツダム宣言直後と今では内外の情勢も甚しく変化しているにかかわらず、指導がそれとマッチしておらぬ嫌いがあるようだ。彼は日本をまだまだ去勢しようとするらしく、真に日本の速やかなる自立を望んでの政策転換をなしたかどうか疑わしいところがあり、例えば漁業や船舶の問題などにも異論がある。

警察力の統一で武装を図る一方、教育もすべて統制せんとするところなどは、あたかも日本の対支援助が中途半端であったのとよく似ている。独逸《ドイツ》の「ナチ」と軍閥（あるいは単に戦中指導者）との差別をはっきり知ったかどうか。現在の状態では、当時の国是や天皇命令をもって働いた者達まで犠牲壇上に残されてしまっているが、真に米国に協力できるのは彼らであって、国是が変えられたのであれば、もちろん彼らはそれに従って忠実なる協力をするのである。

日本はもとより旧右翼のままで再興さるべきではないが、しかし日本人は元来右翼であっても差し支えなかろうではないか。民族思想を根本的に変えてしまうということは、今日の諸事情ではあまりに難が多過ぎるし、表面上変わったように見えて、内実は無方針の迎合党ばかりを相手にしているのでは明らかに失敗だ。試験済みの片山社会党の如き、すなわち落第ではないか。今のままでは有為の青年達がどしどし共産党に入るばかりで、速やかにその阻止手段を考えねばならぬ。旧陸海軍青年将校のパージは実に馬鹿げた悪いやり方だ。

こうした話の結びとして、氏は、一体米国は、自衛力すら全然失くされた国民を抱き込んで、今日の情勢上、その不利に平気でいられるかどうか、と疑問を投じていたが、氏の処刑後一年ならずして、にわかに再軍備問題が喧伝され始め、誠に思い半ばに過ぎるものがある。

最後の晩餐には、氏の殊更の注文はなかったが、御馳走があって私もお相伴した。初めから瓶に三分の二ほど残っていた上等の葡萄酒が出たが、誰か厚意ある米軍将校の提供になったのかも知れぬ。「半分は最後の出発のとき飲むのに残しておいてくれ」と看視兵が私に囁いていた。

いよいよ最後のお勤めの時間となって、私は般若心経を読み、次いで「唱題は何回ぐらいやるのですか」と訊ねると「別にきまりはありません」とのことで、それでは七遍と、二人で七回唱えて勤行を終わった。その後で先ほどの葡萄酒をコップに注いであげたが、どうしてかちょっと口をつけただけでコップを置いてしまわれた。氏の酒好きは昼間十分に伺っていたので、ちょっと不審を感じたが、すぐ私は薦めるのをやめた。いやしくも軍人たるものの最後に臨み、酔って刑に就くが如きは恥辱である、との気持ちがはっきり読めたからであった。

このため、予定した二十分が余ってしまったが、岡田さんは自分と向き合った厨子を眺めながら、「この阿弥陀さんの光背は少し曲がっていますねえ」などと、実にのんびりしたものだった。「私は特に仏の御受用を信念としている身です。仏と離れては私はありません。この世に御都合なところに私はまた法位を頂戴して働きます。私の生命は真に久遠です。業は正に不滅であり、また少々思索が六ヵ敷いかも知れぬが、小さなる自我を去れば、我は大我である。すべてと一体である。即ちこれ亦《また》永遠である」とは氏の家族に宛てた遺書の一節である。

九月十七日午前零時半、氏の肉体のみが絞首台上に崩れた。

拘引記 ——二十八時間の記録

井上勝太郎（二十七歳）
〔元海軍大尉、海兵卒、石垣島警備副司令。岐阜県武儀郡下有知村。母（初枝）。〕

四月五日、前日より森氏（註：死刑囚仲間のなかの通訳）が盛んに警告していたことの実現、以下述べることは、ここブループリズンに移ってからの暇を利用して記憶の薄れぬ内に書きつけるものである。

水曜日夕食後より手錠の音が盛んにしていた。成迫君は余り気にしていなかったようであるが、私は直ちにピンと来るものがあったので、用意をし始めた。間もなく成迫君も気づいた。私は日記の余白に最後の記録を書き込んだ。そして本の整理を始めて私物の整理を終わり、最後にと思って煙草を吸いつけた。そのとき階下の人達は入浴中であったが、全部房に入れられ扉を閉められた。

それからすぐ例の軍曹が来てレッツゴーという。用意していたので間もなく用意はできる。

それから手錠をかけられお別れに回る。一人一人、丁寧に、そしてもう後は決して処刑のないことを祈りつつ、皆が終わったところで廊下に出る。三階の果ての格子が人気《ひとけ》の無き夜の獄に立っている。それは私の記憶に残った。この頃から、私は眼に映るものを凡《すべ》て記憶に止めようと意識し始めていた。中央廊下の階段を一階まで降りる。三棟の前を通るとき、入浴を終わったらしい人々が沢山見ていた。

レッドプリズンの外れから外へ、暗黒の夜に出る。外灯が二つ明るく輝いていた。ブルーの、我々が元いたところへ来る。ここで手錠を外される。着物を着替える。下着がないのでというと、くれたが、また取り上げられた。暫くするとカザノビッチ大尉が来てラッキーストライクを一本くれた。下着の件をいうと下着はやれないという。暫くしたら外へ出されて手錠をかけられる。司令、小生、幕田氏の三名が先ず下へ降される。椅子に掛けて待つこと暫し。この間寒く睡《ねむ》し、幕田氏が、「寒いなあ！」「睡いなあ！」「腹が空いたなあ！」を連発する。間もなく導師田嶋さんが来て、事件の当時毎晩通ったブルーの食堂で刑の申し渡し。司令が最初にゆく。次いで小生が連れ込まれる。罪状項目並びに刑と四月七日零時三十分頃執行する旨をいう。何かいうことはないかといったので下着のことをいったら、毛布を一枚増してスチームを間断なく通すからという。外にないといったらそのまま放免、書類をくれて房に帰る。罪状項目を見たら、一、二項目は有罪で他は無罪。階下で申し渡しを待っているとき、例の軍曹が来て盛んにからかう。看守達も終夜当直、向かいの房に寝具用意しあり。彼らが寝るのであろ

う。〔略〕

遺書、遺品、今までの人のは全然届いていない由で、非常手段をとって貰うより致し方がない。彼らは一人の人間を闇から闇に葬ってしまうのだ。

今夜（註：原文「昨夜」ヲ改変ス）司令が申し渡しをうけているのを次の私が待っている間に起こったエピソードを書いておこう。下着がなくて寒いのでどうもおちつかずにいると、例のバラード軍曹がやって来て葉巻をやろうかという。そんな強いものは要らないというと、「そうか」といいながら火をつけて、"Don't worry about, that's pretty easy."（註：心配することはない。何でもないことだ。）という。

小生曰く、"I am not worrying about, just cold. We've got no undershirts."（註：心配してるんじゃない。寒いんだよ。下着をくれないんだ。）

"You will get one more blanket. If you put undershirt on, doctor cannot examine your heart."（註：毛布をもう一枚やるよ。下着をつけているとお医者がお前の心臓を検査できんからな。）やれやれ寒いことだ。小生曰く、"I want to get drunk tomorrow night."（註：明日の晩は酔っ払いたいもんだ。）

彼曰く、"Oh, oh, that's no good for me, it troubles me. Hey, does everybody know that I am a hangman?"（註：おやおや、そいつは俺にはよくねえよ。それには弱るんだ！　ところで、なあおい。みんな俺が首吊り人だってこと知ってるのか？）

"I don't know, may be, they know."（註：さあどうだか？　多分、知ってるだろう。）

"What they say about me? Do they like me?"（註：で、俺のことをみんな何ていってる？　皆、俺が好きか？）

"I don't know."（註：僕には分からん。）

"Probably they don't like I appear in 5 block. May be next time I will hang Shimizu."（註：俺が五棟に顔を出すのは、皆好かんだろう。この次は多分清水を吊ってやるかな。）

彼、処刑人は、人を殺すことなど鶏をしめるくらいに思っているのだろう。

例の天狗衛生軍曹は小生通訳をしていた悪因縁で極めて優し。バラードまた然り。

その他、判決申し渡しの二世通訳は日本語英語共極めて拙《つたな》し。小生自ら直接に話そうと思ったが、まあ止めにした。

眠る前に看守が、煙草はいくらでもあるから入用のとき看守にいえという。

最後の睡眠だ。お寝《やす》み、お母さん、妹よ、弟よ。淑子はもう汽車に乗っているだろうか。もう家に帰って寝ているだろうか。

四月六日（木）

明るくなって目がさめた。起きろといわぬからそのまま床にいていろいろなことを思ってみる。この室は三十号室だ。だから五棟へ移る前、田代氏と越川氏がいたところだ。向かいは四十五号室で鳥巣さんと冬至さんがいたところ、昨夜冬至さんが別れるときにいったことなど思い出す。

二十九号室に司令がいる。三十一号幕田、三十二号田口、三十三号榎本、三十四号藤中、三十五号成迫。この配列は考えてみると、興味深いものだ。即ちこの中に二人の老人がいる(頭の禿げた)。ところでその老人達は一人で冥土へゆくのは嫌だといい張って各々若武者をお供に従えた。若武者というのはこの中四人までは未婚で裁判当時は皆五人共二十歳台であったのだ。死刑囚棟二年の生活で二人は三十歳台になったけれども。

これはあたかも内火艇がカッターを引っ張っているのに似ている。一隻の内火艇は少しばかりましなので三隻のカッターを曳き、もう一隻の内火艇はオンボロなので二隻曳いているというわけだ。そしてカッターと共に果てしなき悔恨のウェーブを引きながら行っているわけだ。絞首台は四つの筈だから、この組み合わせが一蓮托生の組み合わせになるわけだ。ところが内火艇は何《いず》れも頼りないから、各カッターはジョンソンモーター(艇外発動機)を皆用意していなければならぬ。剰《あまつさ》え我々幕田、田口、小生の組の内火艇はキリストの天国へいらっしゃるわけだから、岸を離れた途端に曳索《えいさく》が切れてしまうわけだ。そこで三隻のカッターはジョンソンモーターをカタカタいわせながら、ブッつかったり離れたりしながら無駄口を叩き合って行くわけだ。

やはり三つ子の魂百までで、海軍さんらしいポンチ画を画いたわいと思っていると、食器の音がして看守が"Are you hungry?"（註：腹が空いたか）と来た。起きろという意味だ。布団をたたんで窓を開ける。今日は雨降りだ。不思議な因縁で今までの処刑には大体雨が降っている。お天道様もとうとう拝めずじまいということ。

洗面終わり体操をしていると食事を持って来る。飯が山盛りに来た。いかなる巣鴨の勇者といえどこれだけは食いきれまい。それに奈良漬にスープ（ポタージュ）。例の我々を悩ますグリーンピースの砂糖煮、コーヒー、これは正に珍無類の取り合わせだ。朝食の怪物に辟易《へきえき》して、概《おお》ね半分くらいで御遠慮申しあげ、さて机に向かって一気にここまで書いた。

四十五号室には元鳥巣さんのいたところに布団を敷いて看守が寝ている。前におる看守があくびをする。隣の誰も物音を立てず、暖房機のドレーンがコトコト薬缶《やかん》のような音のみ立てている。静寂、天窓に音を立てて雨が降り出した。今午前七時三十分。

生の最後の輝きのギラギラする如く、私の想いは後から後から出て来る。字が乱雑になってしまったが筆の運びのもどかしさを感ずるのだ。さて暫く休む。司令が部屋を変えた。私の良き友フレンチックが動哨をしている。

私は三月三日に第二番目の感得することがあった。そしてそれからは実際一刻を惜しんで本を読み坐禅をして来た。いい換えれば、現在を最善に生きるべく努力して来た。そして多くのことをなし遂げたように思う。それはいかなる動機にも目的にも基づくものではなかった。ただ私はそうせねばならぬという内心の要求が極めて大であった。現在にして振り返ってみると実に不思議な因縁だと思う。その経過中に於て六名の人達は減刑され我々七名は今ここにいるわけであるが、スタートに於て私はこうなることは予期していなかったけれども、実に不思議な仏の導きによるといえよう。仏とは自己の内心を見よである。ここに来る前、成迫君や北田君とよく話し合ったのだが、実際、我々はもう再び世に出るようにはなっていないといい合ったものだ。それは三人暗黙の中に完成しつつあるのだということを意味していた。私は死刑囚棟二年の生活がなかったなら、仏道に入らしてもらえなかっただろう。そして今この機会は一年前でも三月三日以前でもいけなくて、今日この日でなくてはいけなかったのだ。私は米軍というものによって与えられた判決とか、或いはお互い同士のいろいろな経緯を含めていおうとしているのではない。従って米軍によって与えられた死に喜んで服する等という馬鹿げたことをいっているのではない。左様なことは公平なる歴史が後日裁くものだ。私はこの生の現在という一点を凝視し、今まで歩んで来た私の道を振り返ってみたとき、私のなし得たことに満足しているかどうかということだ。慶大で商業政策を学んでいたとき、その教授が"My work is done"（註：なすべきことはなし終わった）といって死ねるかどうかということをいっていたが、私はそれをいい得るといえよう。

実際、私は私自身を見出したのだ。世の若い人達はしっかりと自分を見つめることをやってもらいたい。私は二年間悩んだあげく、昨年六月突如として新しいものを見たのだ。それは私にとって、生涯かつて無かった歓喜だった。自分の大きさを発見したのだ。換言すれば尊厳を。そして第二期三月三日より私は内方へ沈潜して行ったのだ。私は段々足が地について遂にしっかりと踏んだのだった。それからは私は瞬間瞬間を疎《おろそ》かに生きなかった。否放逸たらんことを戒めた。それはそうせずにはおられなかったのだ。一刻一刻が尊かったのだ。

今週私は曾てなかったほどに本を貪り読んだ。そして、私の内証の確実なることを多くたしかめ得たのだった。それで今、私は心気爽快といおうか、腹の中まで清潔なように思うのだ。私のいうことは誇張ではない。

私の生涯にやって来たことには数多くの過誤がある。そして数多くの迷惑をかけまた御恩になり通しだった。普通ならば、何も御恩返しをせずに死んでゆくという御詫びをせねばならない。しかし私はこれでいいのだ。御恩返しができたというのか、できるのだと現在形でいうべきかは知らないが、一つの完成を私は見たような気がする。私は不遜かも知れない。しかし或る完結を私は見ているように思う。そしてそれは私の内にあるような気がするのだ。間違っているか否か知らない。しかし私はこれより表現法を知らないのだ。

ここまで書いて来たとき呼び出されて、指紋採取をされる。念の入ったことだ。指が真っ黒になってしまった。石鹸で洗う。

昨夜から私の意識を反省してみると、概ね自分のことと身辺のことしか考えていない。それと母や妹や弟、それと親戚の人々、友達のことも多少考える。実際私は類《たぐ》い稀なる慈愛に満ちた人々の中で温かく育った。私はこれら寛大と善意に満ちた人々に対して満腔の謝意を捧げ、それらの人々の多幸を祈る。母は、戦争で父を失い、また私さえも失うのである。その悲嘆は到底私の察知し難いところである。しかし堪えて下さい。これは私がいうのはおかしいことですが。そして、章を立派に育てて下さい。弟は立派な人間になりましょうから、未だ幼くて分からないかもしれませんが他日、この手紙を見せて下さい。敗戦の苦悩をじっと受けてそこから数多くの教訓を学び取って下さい。

昨夜司令が連れ出されるとき「どうも不味《まず》いことになって申し訳ない」といった。私は今更責めようとは思わない。ただ苛責と悔恨の重荷を負いつつゆくより、有り得ざる決定に死んでゆくことは考えようによってはつまらぬ馬鹿馬鹿しいことではあるが、同時に不思議に気が軽いことである。昔から冤罪や自己の主義主張のために死んでゆく人々の従容《しょうよう》たり得し理由も解る。三人を処刑したことに対し七名を死刑にする等という残虐行為を、一九五〇年、聖年の復活祭前日に平然とやるような彼らキリストを冒瀆した人種が神の恩寵やキリスト教をいくら宣伝しようと何になろうか。恐るべき偽善者である。かかる国が支配するこの地上の国等は所詮呪われた世界でしかない。驕《おご》る者ついに久しからずである。絞首刑の判決をして二年間生殺しにして、さて人殺し道具の利き工合を試そうというわけだ。宜しい、やり給え。

これが彼らのいう人道であり正義なのだ。それは、お上品且つ陰険に人を苦しめることなのだ。

最後の二十四時間を過ごした。房の図を書いておくことは参考になるだろう。今私が向かって書きつつある机から始めよう。それは房の壁に直角に取りつけてあって折り畳みできるものだ。机の上には珠数と灰皿が置いてある（註：絵三枚あり、左に挿入せるはその一枚なり）。

これら一連の絵を描いていたら看守が来て似顔を書けという。余りよくできなかった。五棟では今頃宗教集会をやっているだろう。田嶋先生もがっかりしておられたようだが、残った人も失望しているだろう。

短歌

七人が警《いまし》められ行く夜《よ》の廊の果《はたて》には見ゆ　鉄《くろがね》格子

起き出でて窓を開けば粛々と春の雨降る煙れる街に

已《すで》に知る刑い、渡しを待つ間《あい》は徒らに寒し夜の石廊に

暗き室に米軍将校ら並び坐って我が死《しに》をいう

たど〳〵しき日本語にて通訳が我等が死《しに》の宣言読むも

腹が空いたので聞いたらまだ十時半とのこと。

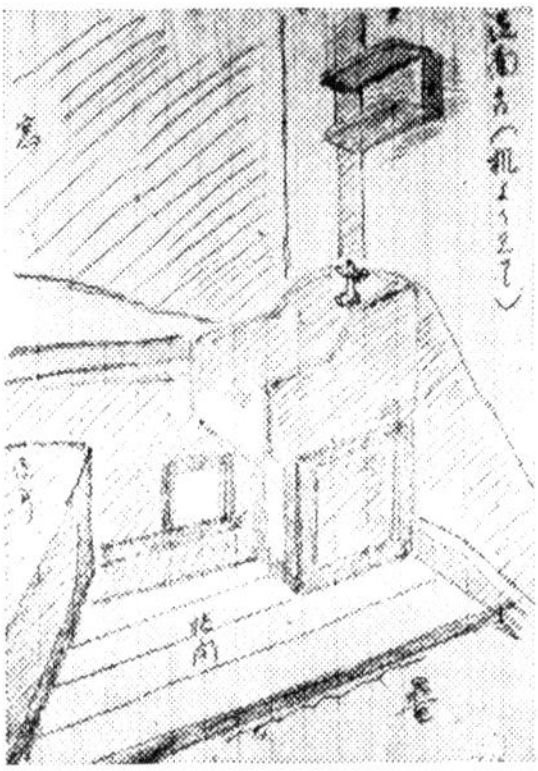

これらの手記は一人一人に宛てて書くのが正しく且つ礼儀深いことかも知れないが、私にはそれがもどかしいのだ。そうした一人一人を思いつつ、書いたところで、内容は同じことになって、私の最後の記録を刻々書いてゆこうと思う企図を妨げるようになる。そして私が正確に歩んでいる道を知らせることにはならないかも知れない。それで私はこの文章を何らかの手段で若し欲する人があるならば印刷謄写等の手段で頒って貰いたいのだ。それで私自筆の手紙を

差し上げられないことを諒承されんことをお願いする。一人一人を意識して書いた手紙は形式的になり易くもある。

私の良き友フレンチック君に手紙をやろうと思ったら、食事に行っているとのこと。かれこれ十一時半であろうか。後十三時間だ。考えてみると昨朝からほとんど休まずにこの記録を、考えが起こる度に書き続けている。大変空腹を覚えた。

遺書を書いているときリンゴが配給になった。食い終わった頃昼食。フレンチックに手紙をやる。彼大いに喜ぶ。昼食五目飯（肉、人参等）、大根煮付け汁（醬油）、沢庵、桃の缶詰。昼食後フレンチックがリンゴを一個くれた。幕田氏昼食後何か歌えという。

あと、一食を余す。最後の晩餐のみ。昼食のとき母を思い涙とまらず。
1、最後の手紙書き居る机の前にして壁に彫りある「宿命」の文字
2、已《すで》にして襟除かれし装束に「P」の字黒し上衣にズボンに
3、昼食を終りて後のひとゝきに遺言一通認《したた》めにけり
4、五目飯食いつゝ涙止まずけり看守に顔をそむけたりけり
何か虚のような時間が過ぎてゆく。ラッパが聞こえる。静寂、遺品は一切届けられないとするならば日記も届かない。所感の一部を北田氏に渡しておいたからそれを見て貰えばよいと思う。親しく私をお導き下さった岡田閣下夫人に手紙を来週出すつもりで果たし得なかった。住所は田嶋先生が御承知のことと思うのでよろしく伝えておいて貰いたい。

榎本氏が自作短歌の朗詠を始めた。大いに宜し。

ヴィジット（註：相互の訪問）をさせぬかといったがノーという。大いに騒ぐべし。

ここに書きし短歌若干は獄友諸兄に公開されて可なり。但し秀歌というべきものに非ず。この手紙は（忘れぬ裡に書いておくが）母に渡さるべきもので、これを印刷なり謄写刷なりで頒つべき人、欲する人、何人《なんぴと》でもということにしよう。ここで鉛筆を削って貰う。

死というものは直面するならば何人も冷静に迎え得るものだ。我々が恐れている死は抽象的な頭の中に考えている死なのだ。死は何人も一度は迎えるのだ。いい換えれば凡ての人が死刑囚なのだ。

私はユーゴーの『死刑囚最後の日』を読んだが、あれは頭の中で考えた死の尤《ゆう》なるものだと私は思う。誰も無理に求めて死刑囚となる必要はないが（刑法上の）死刑を待つところの二十四時間をかくも平静に過ごし得たということは奇蹟ではなくて事実なのだ。

Ballard軍曹来《きた》りて見回って行く。交代回り来り、来るや否や毛布を被って眠り始む。さて小生も少し休もう。

寝ていると巷の騒音、特に汽笛が聞こえて来る。司令は昨夜申し渡しのとき、彼一人で済むようにと何度もいったのにといいし由。（註：この司令はマ元帥宛ての嘆願書を今当局に出しておいたからとて出発前私にその写しを下さった。本項の末尾に載せておく。）それは再審後のことだ。神に対し申し訳する必要はない。彼は初めから逃げ腰だったのだ。そして最初の命令は誰にもよらず彼の独断によって発せられたことは間違いない事実だったのだ。

　彼の讃歌を歌うものは歌ってもよい。それは石垣島事件を除いての話だ。それから我々の事件まで類推することは当を得ていない。彼の性格の弱さがこの事件に致命的であって、取り返しのつかないことにしてしまった。それは彼自らが、人世の終わり、今に於て知り得るのだ。

　事実はそれでよい。それで私は今この事件から多くのことを学び取って貰いたいのだ。事実を糊塗せずに、真正面から見て貰いたいのだ。司令には私は個人的にもこの事件に関しても負うところが多いのである。局外者は私の言を忘恩的というだろう。私は彼を非難しているのではない。再びかかる似たようなことを起こしてはならないということを悟って頂きたい。かかる種のことが、横浜裁判中の最も重い判決を起こし、若い有為の人達をかくも多く道連れにしたのだ、ということを率直に知って頂きたいのだ。それが我々の死を少なくとも、もう一層意義あらしめることなのだ。

　もうそろそろ薄暗くなり始めた。春の日は暮れ易い。

　自己犠牲にのみ人は生き得るのだ。屈辱と不名誉のうちに埋れてはならない。それは他人の意想のうちにではない、自分自身の中に自分を滅してしまうのだ。それは絶対的な零であり虚無なのだ。統一者たる絶対の世に還ることではないのだ。

　もう直ぐ夜のとばりが降りるだろう。そして人の寝静まる頃我々七人は和やかに還るのだ。自然に。そして再び昼を見ないのだ。

外は依然として糠雨が降っている。国電の警笛が響いて来る。

今日は一日、根限り書き続けた。戦争中に多くの同期生が死んだ。遠い南海で戦勝を信じつつ。

敗戦の後に永らえて獄に死なんとするのだ。今日が三十分過ぎたら。

フレンチックがくれた林檎を噛る。甘し。土の香がする。

ここで紙が尽きたというと少し待てという。

紙が来るまで用を足す。間もなく便箋が来た。彼らは序《つい》でに靴紐を持って来て靴に通している。このボロ靴で行くのだ。よたよたと。

巣鴨にいた人なら誰でも思い出すあのドタ靴だ。看守が廊下を掃き始めた。埃が濛々と立つ。三時三十五分。午後は割合に時間の経つのが遅い。

ゴールデンバット二十本はまだ吸い切れない。吸いかけに火を請求すると新しいのを吸えという。半分くらいの吸い殻が沢山溜った。許されし最後の贅沢か。リンゴの芯が酸化して赤くなり横たわっている。看守達夜番の連中はよく眠っている。また一しきり静寂が支配する。

呼び出されて行くと司令が洗礼を受けるための通訳。帰りに司令が握手しようというのでして来た。帰ると丁度田嶋先生が来ておられて遺髪と爪を剪《き》る。皆の人から宜しくと伝言あり。

冬至さんが戒名を請求された由。

看守共がラヂオを持ち込んでやり始めた。例のアメリカ式の歌、音楽騒音の代表物。今四時十分頃。

ラヂオが「帰れソルレント」をやり出した。好きな看守がいて声を大きくした。勤務中の看守が食事のため去って行く。看守一名睡《ね》むたがって去らず。

田嶋先生より最後の看経用に般若心経戴く。後八時間。ラヂオ曰く、四時四十五分、例の音楽を続けている。向かいの房に看守が『コリヤーズ』（註：雑誌名）を拡げて仰向けになって見ている。扉の外に手錠とバンドが用意してある。それらに黄昏《たそがれ》が忍び寄る。

少し腹ごなしに運動する。今五時。食事を用意する音がする。全部一緒にさせてくれるかどうか怪しい。

果たして配り始めたので田嶋先生よりの話で一緒になる。

大いに飲み且つ歌う。歌の数々愉快になる。六時半に至って止む。看守来て様々に事件のことを問う。

日は全く昏《く》れた。徒らに投光器光る。

些《いささ》か酩酊したり。もはや何も書くことはない。

二伸

最後の夕食は豚カツ、刺身、すし、味噌汁（豚肉入り）、コーヒー、リンゴ、梨、ブドー酒、田嶋先生を交えて八人なり。

看守ら疲労して睡たき如し。田嶋先生来られるまで横になる。暫くの後、般若心経、観音経をあげ静坐す。落ちついた静かな気持ちでやれた。有難し。

一切が終わった気がする。煙草を吸いつくす。処刑準備も概ね完了しつつあり、今八時十分前。

二十八時間の記録と題したが二十四時間と改むべきかも知れない。これ以上何も思いはないし、また最後まで書いてもそれらは外へ出るべきことを期待し得ないから。

お寝みなさい。お母さん、淑子、章子、

井上勝太郎

母上に捧ぐ

石垣島事件にて四月七日巣鴨にて刑死する

井上乙彦

嘆願書

マッカーサー元帥閣下

私は四月七日巣鴨監獄にて絞首刑をうける元石垣島海軍警備隊司令井上乙彦であります。私独りが絞首刑を執行され今回執行予定の旧部下の六名及びすでに減刑された人達を減刑されんことを三回にわたり事情を具して嘆願いたしましたが、今日の結果となりましたことを誠に遺憾に存じながら私は刑死してゆくのであります。

由来日本では命令者が最高責任者でありまして受令者の行為はそれが命令による場合は極め

て責任が軽いことになっています。戦時中の私達の行動は総てそのように処理されていたのであります。

若し間に合わばこの六名を助命して戴きたいのであります。

閣下よ、今回の私達の絞首刑を以て日本戦犯絞首刑の最後の執行とせられんことを伏して私は嘆願致します。

これ以上絞首刑を続行するは、米国のためにも世界平和のためにも百害あって一利なきことを確信する次第であります。また神は不公正及び偽瞞ある公判によって刑死者を続出するは好み給わぬと信じます。なおこれを押し進めるならば、神の罰を被るは必然と信じます。

願わくは刑死しゆく私の嘆願書を慈悲深く広量なる閣下の御心に聞き届け給わんことを。

井上乙彦

——前記の嘆願書を書いた司令井上乙彦氏の遺書——

井上乙彦（五十一歳）〔元海軍大佐。石垣島警備司令。神奈川県横須賀市。妻（千鶴子）。〕

遺書
昭和二十五年四月五日夜於巣鴨絞首刑前。今朝文彦が面会に来てくれて誠に嬉しうございました。面会前今週はあぶないと感じましたので文彦にも来月千鶴子の面会は望みない旨申しておきました。

ゆくりなく初面会に来し次男永遠《とわ》の別れと知らず帰りき

朔日《ついたち》に母が来るという伝言に「それまで生きず」と次男に答えぬ

文彦も一人前の立派な男になった姿を見てすっかり安心しました。こんなに高くなったと立ちあがって見せたときに、千鶴子の面会のときはいつもこれが最後ではないかと思っていました。

幾度かこれが最後の面会と思えど口に別れはいわず

すでに戦場で幾度か死地に陥っていたのが今まで生きて来たのをもうけものだと思って下さい。

二十一年の大晦日に拘引されて以来、父なき家をかよわい手で支えて来たのですが、この五年間の苦しみをいつまでつづけねばならぬか判りませせぬが、誠心の吾が家にはいつかは必ず神様のお救いがあると確信しています。私の魂はそれを祈っています。

私の魂は天にも浄土にも行きません。愛する千鶴子や和彦や文彦や千賀子といつも一緒にいるつもりです。今日までは牢獄に繋がれて手も足も出ませんでしたが、魂がこの身体から抜け出せば、いつでも、どこへでもすぐ行ってあなた達を助けることができます。助け入用なときやまた苦しいときはお呼びなさい。いつでも助けになりますから。

私は齢《よわい》五十一歳になって人生五十年を過ぎて命の惜しいときではありません。また生きていても最はや米食虫に過ぎぬと思う体です。しかし愛する妻子が戦犯の汚名で処刑された者の家族であるということを考えると可哀想です。

当分は肩身の狭い思いをし、またあるところでは白眼視されるのを思うとたまらない気持ちがします。くよくよしてもきりがありませんから、私が息をひきとる四月七日の正午を境にして気持ちをきりかえて再出発の覚悟をきめなおして下さい。

この遺書がいつ手にとどくか判りませんが、若し着かなくてもあなた達の更生の覚悟は決まっていて、新生活に邁進なさることができるのを確信して行きます。

あとで墓も不用です。お葬いや告別式などの儀式、殊に饗宴類は私のためには無用です。

墓立つな葬いもすな飲み食いでわが魂を慰めんとすな

貧しさと寂しさの中でこのような形式的な慰めを求むるのはあなた達が幸福になる道ではないと思います。

千鶴子は幸福な家庭に人となり結婚生活の後半は忍苦の生活でありました。私の力の足らなさと運命の悲しさを今更兎や角いっても仕様がないことです。せめて三人の児を立派に完成することによって後生の慰めにして下さい。入牢までの二十年は振りかえってみれば夢のようです。苦しかったことも今となっては皆楽しい思い出となって浮かんで来ます。しかし終戦後は父に逝かれ母代わりの伯母を失い今また私の悲運を諦めよと簡単にいって片づけるには重過ぎるとは思いますが、（ここまで昨夜の原稿を写しながら書いて来て（午前九時頃）指の指紋をとりに引き出されました。手は汚れていますがこの手紙に指紋はうつりません）私達の身に持って生まれた業《ごう》だと思わねばなりますまい。私には今日を除けば、家庭生活は御礼の申し上げようのない感謝の生活でありました。私の足らなかったこと、至らなかったところを今思い出して愧《は》じいっています。

　この宵に迫れる生《いのち》よ願はくば静かにこの日過させ給へ

和彦、文彦はおとう様の児としてはでき過ぎた児です。しかし父の欠陥も遺伝されていることをよく知っておいて修養して矯正して下さい。兄弟で話し合い、またお母様にお話しすれば全部判ると思います。今の能力をどちらに向けてどれだけ伸ばすかは相談し合えば自ら決定できると思います。

お母様に話しておいたことは文彦の話によってよく判っているように思います。

一度の落第で決して落胆し給う勿れ。

千賀子は永く別れているうちによく育ってよい児になっていると聞いて喜んでいます。情操教育の最も大切なこの時機に父なく母は忙しくて可哀想です。お母様のよい性質を承けているのできっと立派な女性になると確信しています。

よいお兄様達がいますからお兄様達も千賀子を今まで以上に可愛がってやって下さい。

　おかっぱの愛娘《あこ》が匂える乙女ごになりゆくときに国起るべし

国元には一度も便りを致しておりませぬ。

形見分けとかそんなことは何一つできませぬから御心配せぬが宜しいです。

絞首の友○君と準備室に曳かれて来ていますが、皆しっかりしているのには敬服とも感激とも何ともいいようがありません。ただ頭が下がるばかりです。

前から責任者である私だけにして、あとは減刑して下さいと幾度か願ったが、終にこの結果になって本人にも遺族の方にも誠に相済みません。

公判以来弁護に嘆願にたくさんの方々にお世話様になりましたが、御礼の方法もなく死亡通知も出せるかどうか判らず止むを得ぬことだと思います。

辞世　　井上乙彦（五十一歳）

昭和二十五年四月五日夜

最期《つい》の夜にせめて妻子を夢みむと牧師帰れば即ち眠る
絞刑の宣告をまつ廊にいて最期の風邪をひいてしまいぬ
「笑って行く」と署名してある壁文字を遺書おく棚のわきに見出しぬ
絞台に吾が息たゆるたまゆらを知らずに妻子待ちつゝあらむ
石垣島に逝きしこゝだの戦友の遺族思《も》ひをり最期《つい》の夜ごろを

春雨に肌寒き今日床のべて今宵限りの生愛《いのち》しむ
遺書かくと硬き芯欲り監守よぶ若き友らの声がきこえ来《く》
室々の前を過ぎつゝ常のごと遺書かきている友に声かく
春雨のけぶろう街にしみじみと今宵限りの名残惜しみぬ
朗々と囚舎《ひとや》に響く声はりて辞世吟ずる齢《とし》若き友
夜ふけなば絞刑につく此の夕洗礼の儀式いま壮厳す
独房に燭をともしてうやうやしく神父は吾に授礼し給ふ

補充注文カード

定価 1870円 税10%

(株)講談社エディトリアル

書名 わがいのち果てる日に
——巣鴨プリズン・BC級戦犯者の記録

田嶋隆純 編著

本体1700

注文数　　冊

ISBN978-4-86677-088-8
C0030 ¥1700E
9784866770888

書店(帖合)印

(株)講談社

売上カ

書　名

わ

田嶋隆

東京都文

電話　0

罪業感と戦争観

戦犯に対する世の批判は、硬軟種々あろう。ある外交官出身者は、昭和二十五年十一月、ある雑誌に私の載せた戦犯死刑囚の短歌を見て、家族への恋情以外何らの反省も懺悔もないと、激烈なる怒りの手紙を寄越された。

その意味では本著に録した遺書の中に、例えばルソーの懺悔録の如き深刻な自己反省は述べられていないようである。ひとつには、これが日記の如きものでなく家族へ語り残す立て前のものだからでもあろうが、それにしても、果たしてこの人らは全然そのことに無関心であったろうか。

思ってもみるがよい。若く逞しい生命を縊《くび》り奪《と》られるという運命を前にして、何故自分はかくなったか？　と考えぬ者が果たしてあるだろうか。この人らは、身心をこの一点に消耗し尽くしたはずである。

そしてある人は、子供にはどんなことがあっても、人を叩かせるな——それをくれぐれも妻にいい遺していった。

「たしかに、叩いたは悪かった」と、しみじみ述懐する人達を、私は今でも巣鴨でしばしば見ている。しかし――それが何十年という刑期に値し、あるいは絞首台にすら上らねばならぬとは‼

ここに突き当たって、死刑囚達はますます苦しんだ。「命令」の責任問題もまた、大きな苦悩の種であった。

全然人違いで、あるいは一組織体の一員としての行動ないしはその地位の故に、あるいは全く捕虜を見たこともないのに、死刑を宣告されたというようなそれぞれの見解を持つ人達は、「罪悪深重の凡夫」――「十字架を負える者」――そうした徹底的罪業感により初めて、仏の声、神の言葉が聞かれると一応知りながら、そして宗教的な自己反省に鏤骨《るこつ》の努力を傾けながらも、ともすれば現実における「悪」の解釈に割り切れぬ不満を覚え勝ちとなるのだった。

神の前で裁かれるならば、喜んで絞罪にも服しよう――そうした気持ちの彼らの眼に映る占領軍総司令官の布告は、いつの年、いつの時でも、日本国民に「神」を説いてやまなかった。日本に初めてクリスチャンの首相が出たとて絶大なる讃辞が呈せられていた。のみならず死刑囚の人らは自分達の眼で、自分達の耳で、勝者の側においても戦争中同じようなことをしていたことを見聞していた。ガダルカナルで、ニューギニアで、あるいは内地でさえ、戦友達のあるいは同胞非戦闘員の痛ましい数々の死に、悲憤の血涙を呑まされて来た。戦後比島の投降キャンプの中においてさえ、勝者側の有り余る物資を眼前にしながら、飢えや疾病を救われることなく、千、二千と斃死《へいし》してゆく状景を目のあたりに見て来た者もあった。さらに、外地の刑務所や巣鴨においてさえ種々の体験を持っていたのである。それ故に彼らは、勝者と共に神の前で裁かれんことを、心より渇望していた。自分らに鞭をあて、自分の家族達に石を投ずるこの日本の同胞と共に、浄玻璃《じょうはり》の鏡に立ちたかった。

そのときこの人らは、決して自らの「善」をもって抗弁するのではなく、自らの悪をお互いに曝け出し合いたかったのである。

この人々は罪深き人類の一人としてさえも、自分達の「存在」を認めてもらえぬ不平等に泣いた。もし仮に法律上の罪ありとしても、自国民の同じ罪科を審《さば》くとき、果たして同じ量刑を与えたであろうか。しかし、自国の法律に死刑を持たぬ国々が、夥《おびただ》しい数の絞首刑を宣告している。あるいは自国民には頻回の行刑上の恩典を与えていても、そしてそれ故に五十年までという、世界でも特異に長い刑期区分を設けてあるにかかわらず、戦犯に対しては、ただ刑期のみ無暗に長く科しただけで、何一つ恩赦の道を残さぬ国もある。精神錯乱者でも、不治の疾病による瀕死者でも、絶対に刑の執行停止を受け得ないという法律が、果たして地球上どこの国にあろうか。この人達はまた日本国の法律を羨望し、国内犯の刑期のあまりにも自分達とかけ隔った軽さに、新聞をとり巻いては驚きの声を放っていたのである。

「正義」の槌を叩き「人道」の鐘を鳴らす以上、自分達も、せめて同じ一個の「人間」として裁いてもらいたい――そのぎりぎりの望みをさえ捨てて、彼らがただひたすら回心懺悔の道を進まねばならぬというならば、それはこの人達に聖者たれと要求するものではなかろうか。

かくて人々は、自己の運命を、現実的には「戦争」に帰する他はなかった。戦争なるが故に、かつて、すべてを合理化した「命令」と同じく、勝者の「悪」もまた「善」に帰せられてしまう。

戦争は破壊であるが故に、一切の不合理が合理化される。勝者も敗者も「不合理」を強要するのが戦争である。「まことそらごと、ひとつとてあることなき」この現実の地上で、戦争こそ正に不合理の母体である。

もし人類が合理を愛するならば、二度と再びこの不合理を繰り返すべきではない。「我らの轍を踏むな」——とは、彼らの血を吐く如き絶叫であった。

ある者は、地上を去る最後の日、与えられた林檎を、二人の子の名を記した紙片に供え、戦争絶対反対‼　と叫んだ。

「命の大切なことがよく分かりました」と父に訴えて逝ったある者は、妻への遺書に、「私は馬鹿正直過ぎた。子供は絶対に軍人にするなと子々孫々に伝えてくれ」と頼んでいる。

今日しきりに論争されている再軍備が良いか、悪いか、政略的な内幕はもとより私の知る限りではない。ただ、私は仏教徒として人を殺すことに讃する気にはなれない。しかも、たとえ自衛軍だとて殺人を本旨とせねば鉄砲やタンクを持つはずはなかろう。釈尊を攻めた敵は、何の抵抗もなく、王城を明け渡して、平然と去り行くその後ろ姿に茫然自失したという話がある。

私が以下に抜粋した二通の遺書も、何らかの意味で批判の資となれば幸いである。

榎本宗応（四十六歳）

〔元海軍大尉、石垣島警備隊甲板士官。宮崎県児湯郡上穂北村。妻（しず子）。〕

遺書

父上様、母上様、兄上、姉上、重輝、鼎三、芳尚、その他皆々様、すべさんやみやさん、永らく御世話になりました。明朝午前十二時三十分二河白道とやらへ参ります。戦争がいかに残酷なものであるかをよく覚えていて下さい。永遠の平和へ御努力あらんことをお祈り申し上げます。何者にも怨を持たれず平和な心持ちで御暮らし下さい。昨夜申し渡されました。昨日まで写真を見ました。皆様の顔のしわまでよく見入りました。〔略〕急いで書いてをりますので筆の乱れを御容赦下さい。今日まで元気に暮らして来ました。現在体重は着物を着たままで十七貫百六十匁です。〔略〕明日は吾が魂は帰って来ます。〔略〕

最後の歌を詠もうと思うがなかなか詠めない。今便箋を二つ並べて書いています。調殿へのと。十二時になると「心経」を読んで（一緒に）逝くことになっています。ただ書くのに忙しいばかりで心持ちはおちついています。

最後《つい》迫るとき故郷の山や家谷川までも思ひめぐらしにける

最後《つい》の時もわずかに迫る今もまた懐し故郷の人らを浮べみる

午後八時十五分、あと三時間十五分すれば出てゆかねばならぬ、誰もお怨みあるな、みんな命は惜しいのだ、命はただ一つだ、みんな命を大切にして長生きして下さい。病気をせぬようによく注意して、食べ物に、仕事に、よく気をつけて体を弱らせないよう、命が迫るにつれ、命の大切なことがよく解りました。

常には我が命をも忘れてしまいがちです。常に命に気をつけて下さい。

我が最後《つい》は既に来りぬこの夜更けいざ立ちゆきて永遠に瞑らむ

× × ×

しず子

永年よくつくしてくれました。御礼をいいます。明日午前○時私は冥土へ旅立ちます。いつかは帰って来るものと思いいたらむも甲斐なく永遠に還らぬ、それはわが肉塊だ、しかし生命は永遠に続く、そして魂は直ちに皆のところに還る。明日からは皆のところにいる。決して嘆くな、私はこの世の苦しみから解放されるのだ。しかし死にたくはない、楽になることは確かだ。生き残りし皆には誠に気の毒、それを思えば断腸の思いがする。しかし仕方がない。戦争に於ける犠牲だ。個人として人殺しするような心持ちは私は微塵も持たなかった。軍隊にいたがためにかような身の上になった。本事件は数回ことわった。ことわった揚句無我夢中になってしまった。そして司令や副長やその他の者が、己が生きんがために虚偽の申し立てをした。軍隊に於ける等級は止むを得ない、その責任はとらねばならぬ。しかし最初から司令や副長が本当のことをいってくれれば問題は無かった。司令も副長も死ぬまで本当のことをいわぬ人達だ。鬼とも怨んだ。しかし明日は一緒に死にゆく人達だ、人間は人間によって生かされまた殺される。善悪は何《いず》れにせよ人間の世では共に亡びる。もちつもたれつだ。ここに於て考えねばならぬことは克《よ》く考え石橋をも叩いて渡らねばならぬ。そして並の人たることだ。私は余り馬鹿真面目に働き過ぎた感がある。子供にもよくいってきかせて教育して下さい。中道、即ち並の人間になればよいのだが、これが一番至難だ。子供は軍人にはなすな、時勢が変わってもだ。これは子々孫々に伝えよ。

必ず悲しき運命に遭遇することがあることを思わねばならぬ。軍隊の如き命令等の制度のあるところではどうすることもできないことがある。これは単に運命とは考えられない。仏教ではこれを因縁因果によるものと説いている。しかし軍隊のことは特別だ。これに踏み入れないに限る。戦争がいかに残酷なものであるかということはみなよく知ったことと思う。

永遠の平和こそ望ましい。しかし私は生きてその平和を見ることができない。

家の方針はお前の思い通りにすればよい。私は、もう何もいう資格はない。またいうことはできない、それは自分ができないからだ、子供やその他のこと一切は頼む。

子供を可愛がってやってくれ、私の分をも。これから農村も不景気で困難を来《きた》すことと思うが、またよき風の吹くこともあらん。辛抱して元気に暮らして長生きをして下さい。〔略〕（四月六日午後三時）。

×　　×　　×

世都子さん

父さんは明朝午前十二時三十分に冥土の祖母さんのところにゆきます。祖母さんも待っていられるでしょう。どうか元気に、母さんをたすけ兄弟仲よくむつまじく元気に暮らして下さい。近所の方々とも仲良くしなさいよ。

いろいろと書きたいこともありますが、取り急ぎ涙が出るので書けない。残念だが仕方はない。しかし父さんはこれで楽になるのです。しかし世都子さん達を思うときは断腸の思いがします。

良き夫を得、人に好かれる好い人になって下さい。熙典、洋さん達も元気に勉強し、並の人、中道の人になりなさい。余り偉くならないことです。戦争は残酷です。永遠の平和に努めなさい。では母さんを助け、兄弟姉さんにも良く援け合って仲むつまじく暮らしなさい。〔略〕

――故藤中松雄氏の妻に宛てた遺書――

光子、長い間苦労と心配をかけてきたね。心からすまなく思っています。これが遺書となることを自覚して書いているが、あれ思いこれ思い、全く何から書いてよいやらさっぱりわかりません。それでも浮かんできたままを書いてゆこうと思っています。

私もいよいよ今晩の〇時三十分頃可愛い香代子、光夫、兄さん達がいるお浄土に召されてゆくことになり、君や孝一、孝幸とも別れねばなりません。

〝別れ〟――なんと悲しいことでしょう。幼児の赤ん坊でさえ別れてゆく真似をしてみせると必死になっていやいやをします。まして永遠の死別であってみれば、言語に絶することです。しかし私はそうは思いません。

〝死〟それは永遠に亡びるものではなく、ただ姿が変わるだけで、罪科に汚れたこの身を捨てて、仏に生まれ代わらして頂くのです。そして今後は勿体なくも仏に生まれ代わらして頂き、君や孝一、孝幸を終始よく守り導くことができるかと思いますと、いい知れぬ喜びが湧き仏恩の有難さ、不可思議なる本願のお力にただただ感泣せられます。合掌。南無阿弥陀仏南無阿弥陀仏、静かに君を思うとき、誰か書き残していったように、

母のような、妹のような、または我娘のような心地がしてなりません。

光子。

三月二十九日の新聞をみて（註：当初四一名の死刑者を出した同ケースに対する第二回目の減刑発表あり）、またまたびっくりされたことと思います。そして今度の報道でどんなに嘆き悲しまれたことか。

だが、今日ただ今、私がかような環境でこうして君への遺書を認《したた》めていることも知らず、ひたすら夫の身を案じつつ一生懸命麦の手入れに励んでいるであろう君を思うと胸をえぐらるる思いがします。

ここまで書いたとき、伍長がりんご一個持って来ました。これは昨夜、導師田嶋先生がお出になったとき注文したものと思われます。

昨夜、執行申し渡しをうけて後四十分ほどして田嶋先生が私の部屋を訪れて下され、同じ部屋の中で先生と三十分位話し合いました。当時先生がまっ先に口にされたことは、「藤中さん、ほんとに気の毒ですね、言葉もありません。あなたと成迫さんは他の人と立場も違い残念ですね」といわれました。……私が話したことは或いは宣告されるときからの態度等は先生がくわしく真実を知らして下さると思いますから略します。

そして先生は何か食事について特に欲しいものはありませんかと尋ねられましたが、老いし父母上様、君や子のことを思うと……察して下さい。

それでできますならば、何か果物二個お願い致します。私は食べたくはありませんが、二人の子供に父として最後の愛情を注ぐ一片にでもなればと思いお願いしたわけです。

先生の言葉で強く強く私の心を打ちましたのは「お子さん方も可哀想ですね。しかし藤中さん、心配しなさるな。できる限り激励してあげます」といわれたことであります。

そのとき心から感謝致しました。

忘れないうちに書いておきますが、田嶋先生、今井先生に、くれぐれもよろしくお礼をいって下さい。それと書くべきところに忘れて書かなかったり、暇がなくて書かずにいることもありますから君からもよろしくたのむ。

夫の死……それは君にとっては片腕切り取られるよりまだまだ悲しいことだろう。それらは過ぎるほどよく分かります。だから光子よ、悲しいのに泣くな、嘆くな、とはいえません。むしろ、悲しければ泣いて泣き通せといいたいほどです。だがいつもの手紙に書きましたように、悲しさ、苦しさに溺れ、へこたれてはなりません。苦しみ、嘆き、悲しみによって心の底からにじみ出る涙の中にこそ尊いみ仏は宿って下さるのです。

「女は弱し、されど母は強し」という言葉があります。二人の幼子を抱えてゆく君の前途は苦難連続のことと思いますが、どうかがんばって下さい。女は弱し、されど母は強しの言葉通り女は弱いでしょう。されど母は強く男々しく荒浪をのり越えてゆくことと固く信じています。

可愛い
孝一
孝幸　様へ

四月六日午前十一時三十分頃
父

(註：この紙片には、りんごを二つ載せたそのしみ跡がついていた)

遺書

可愛い孝一、孝幸さん。今父の前には可愛い孝一、孝幸様へ、その下の方に父、四月六日の午前十一時三十分頃と書いた紙があり、その上にリンゴが一つのせてあります。その意味は母ちゃんへの遺書に書きましたから書きません。

孝一、孝幸さん。父はあと六時間くらいしたら、こうちゃん、たかゆきちゃんにも別れてみ仏の国へ召されて逝くことになりました。そうするとこの世にはもう父の姿を見ることはできませんね。

孝一、孝幸ちゃんはきっと淋しがるでしょうね。しかし兄さんである孝一さんは、父がいつかの手紙に、父はたとえ死んでも、父の生命はいついかなるときでも孝一、孝幸ちゃんの心の中に宿っているのですから、父に会いたいときは、み仏を念じ父をよびなさい、そうすればいつでも父はあらわれますから、と書き送った父の言葉を覚えていることと思います。

若し忘れていたら母ちゃんに、も一度、百度読んで頂きなさい。

以下は大切なことから書いていきます。刻々時間が過ぎていきますから。

父が忘れることのできない可愛い孝一、孝幸ちゃんに最後の言葉として最も強く残しておきたいのは、

「父はなぜ死んでゆかねばならないか」

ということであります。父が死ぬばかりでなく、父が死ぬことはおじいちゃん、おばあちゃん、母ちゃん、孝一、孝幸ちゃんにとっても最も悲劇なのです。その悲しい悲劇はときに生活上の苦しみともなってきます。そうした結果をもたらした原因は何でありましょうか。それは全世界人類がこぞって嫌う、いまいましい戦争なのです。父は今となって上官の命令云々という時間の予猶はありません。戦争さえなかったら命令する人もなく父が処刑されるが如き事件

も起こらなかった筈です。そして戦場で幾百万という多くの人が戦死もせず、その家族の人が夫を、子を奪われ、父を兄を弟を奪われて泣き悲しむ必要もなかったのです。

だから父は孝一、孝幸ちゃんに願って止まないことはいかなることがあっても、

「戦争絶対反対」

を命のある限り、そして子にも孫にも叫んで頂くと共に、全人類がこぞって願う、

「世界永遠の平和」

のために、貢献して頂き度いことであります。

孝一ちゃんは、たった一人の弟の孝幸は限りなく可愛いでしょうな。そして孝幸ちゃんは、たった一人である孝一兄ちゃんが限りなく慕わしいことでしょう。

たった二人の兄弟だからな……。

ここまで書いていたら先生が来て下さり、髪と爪を切って頂く。またお出になると意釈礼拝聖典と観音経を頂く。

取りいそぎ走らせる。孝一、孝幸ちゃん兄弟が、親しみ愛し合うのは兄弟として当然なことであります。それればかりじゃ世界は平和にならないのです。肉親の兄弟を愛し合うように、他人も愛してゆかねばなりません。家中が親密なように、それを他の家にも他の国にも及ぼしてゆかねば平和建設はできないのです。

孝一、孝幸ちゃん。父がいないため老いの身もいとわずにおじいちゃん、おばあちゃん、お

母ちゃんは、孝一、孝幸ちゃんのために御苦労なさっているが、決して決して忘れないでね。

可愛い可愛い可愛い孝一と孝幸ちゃんよ。

特に兄である孝一ちゃんは、しっかりして母を助け孝幸ちゃんの面倒をみて下さいね。父は孝一ちゃんは誰より母思いで、そして弟思いであることも一番よく知っております。だから、父は安心して御仏の国へ行くことができます。これは孝ちゃんのおかげです。有難う、孝ちゃん感謝する。

父は孝一、孝幸ちゃんに何一つしてあげることができなかったな。それが父は一番残念です。可愛い孝一、孝幸ちゃんに父は何一つしてあげることができなかったが、それだけ母ちゃんの御苦労を察してね。

孝一、孝幸ちゃん。父がいないからといって力を落としたり、ひねくれた人間にならないでね。他の友達には父があって、自分達にはないとか思わないでね。

父はいないが、孝一、孝幸ちゃんには永遠に御親様がいられるのです。

父にあまえることも、叱る父の声を聞くことも、慈悲に充ちた愛を甘受することはできないが、孝一、孝幸ちゃんは合掌の姿、これは人間が持ついかなる宝より尊い姿なのです。

以上書いて夕食にな（る）。

そのことは先生にお願いして書かない。食事に一時間ほど費う。

孝一、孝幸ちゃん、母ちゃんは自分の家のこと何もかもさしておいて孝一、孝幸ちゃんの愛に尽くして下さっているのです。だから母ちゃんのいわれることは誰よりも真実であり、真に孝一、孝幸のことを思ってのことでありますから良く聞いてね。そして母ちゃんに心配かけないことです。

孝一、孝幸ちゃん。分かるかしら。母ちゃんによく読んで頂きなさいね。父が小さいときもっと勉強していたら、もっと分かり易くそしてもっともっと沢山書けると思いますが、勉強しなかったため、こんなことしか書けません。

でも、死を数時間後に控えて、こうして書き得ることは不思議でなりません。これはみ仏様が守っていて下さるからであります。

孝一、孝幸ちゃん。一生懸命勉強しなさいね。お友達で上級生の人は兄さんだと思って親しんで、下級の人は弟と思って愛情を注いでやることです。（こんなことは日記に書いておいたからよく読みなさい）

孝一、孝幸ちゃん。まだまだ書き度いが、水丁方へ全然書いていないので、それを今から先生がお出になるまで書こうと思っています。その後また書きます。

ではお元気に、仲良くすることよ。

そして報恩念仏を唱えましょう。お念仏をしていると、死は四五時後に迫っていても、自分は死ぬのか……と思うくらいです。全く不思議だな……。

そう思うのも親様に抱かれているからです。有難いことですね。

南無阿弥陀仏

合掌

父　藤中松雄

可愛い
　孝一、孝幸様　へ

昭和二十五年四月六日午後七時三十分頃

最後の晩餐

昭和二十三年十二月A級処刑のときには、いわゆる最後の晩餐としてそれぞれ希望の食物を饗されたというが、その後相次ぐB、C級処刑には何らの考慮も払われていなかったようで、事実翌年七月に私が初めて立ち会った佐藤氏の場合もそうであった。

五棟の人達の間で「刺身が出た日は処刑を覚悟せねばならぬ」といい慣わされていた如く、ぶつ切りの鮪《まぐろ》の刺身が、アルミニウムの食器に盛られて来た。その宵は翌日の夜には、悲しき別れを告げ合うことが多かったらしい。しかしこれは在所者全員に行きわたるのだから特別の御馳走とはいえない。

最後の晩餐という考慮がようやくBC級にも払われたのは、翌昭和二十四年八月、直江津俘虜収容所付き軍属四人の処刑時からである。このとき彼らは不当なる断罪に腹を据えかね、強硬に特別待遇を要求した。係のコーカー中尉が非常に親切な人であったから、所長によく斡旋したのであろう。独房前の廊下はずれ、六坪ほどの空床に白布で蔽《おお》った食卓が設けられ、ずらりと並べた希望食に一本ずつビールが添えられた。

これが先例となったらしく、以後は刑の執行宣告と同時に、必ず所長が希望食の申し出につき付言していた。

私が問い集めた希望食品目をまとめて、所長まで許可を仰ぐわけだが、いつも弱ったのはその英訳である。

「先生、八丁味噌の赤だしで短冊に切った大根を入れてもらえたら――」……「今生の名残りにふぐの刺身を、とかねがね考えていたんですが」……「私は白身の刺身なら何でも結構です」

――

それでなくても、一つ一つ字引きをひきながら書き出す程度の私では、いよいよもって訳しようがない。通訳はつかぬし、ふぐを食べさすとなれば、その説明に一汗どころの騒ぎではなかった。もっとも、さすがにふぐは許可とならなかった。

大抵の場合、それぞれの希望品目から一応なるべく共通したものが選定されて来たようで、従って握り寿司、刺身、味噌汁、豚カツ、果物などであり、コーヒーはいつもふんだんに供された。

あるとき、これはハムの希望者のためらしく味噌汁の中にハムが入っていて驚いたことがある。

ところで、これらを食べるのに、箸は支給されない。ナイフ、フォークの如きは、ますますもって自殺用具となる怖れがあるから、結局匙一つで刺身も豚カツも食べるわけであった。

私は、食缶にぶち込まれて来たままの刺身をアルミの食器に盛り分けたり、醤油をさしたり、いわばこの晩餐の主人役を務めるのが常であったが、ときに意地の悪い兵隊がいて、私の食べ前を全然持って来ず、私が所長の許可あるまま主張し続けたところ炊事場から残飯を集めて来たこともあった。

アルコール飲料の供されたことは何としても皆の大きな喜びであって、それも初回だけビール、その後は常に葡萄酒となったが、皆四、五年にわたる禁酒生活のため、結構良い機嫌になり、手拍子をとりながら次々と唄がはずんでくる。遂には私にまで、是非唄ってくれとせがまれるのには、いつも断るのに閉口させられた。まだ二十代のかつての青年将校達が、「春のマロニエ」「新妻問答」などと唄っているとホロリとさせられる。「誰か故郷を思わざる」と合唱している中に誰の目もうるみ出し、それを吹き飛ばす如く「軍艦マーチ」の声を張り上げたりしていた。

「遺書も書いたし、食べたいものも食べたし、もうこれで思い残すことはない」——そうした言葉を何度となく私は聞かされた。

「トンカツを食ったからには、さあ、いつでも連れてゆけ‼」と笑いながら満腹を撫でていた人もあった。

五時から始めて約一時間ないし一時間半、賑やかに唄い嘶して、何ら憂いの翳も見えぬ有様には米兵達も度胆を抜かれたらしく、驚嘆の眼を見開きながら遠巻きに立っていた。

死刑囚の面会

日本の刑務所と異なり、巣鴨では死刑囚のみが手錠をはめられた。しかし下腹部に置いたその手錠の両手首をつなぐ短い鎖の上は、さらに腰バンドから前に垂れた太いベルトで押さえられ、そのベルトは褌《ふんどし》のように股間をくぐって、背部で緊縛固定される。だから両手首は下腹部に固着したまま動きもあえない。

ピストルを帯びた兵に前後を挟まれながら、この姿を面会の網窓に見せることは死刑囚にとって何より辛いことであったらしい。妻はまだしも、母親と子供にはどうしても見せたくないので隠すのに苦心する、とはよく聞かされる述懐であった。各面会窓の左右には互いに隣が見えぬように目隠し蔽《おお》いがついているので、隣から腰を低め、窓框《まどかまち》の下に手錠を隠したままさっと自分の窓まで横すべりして腰を下ろすと、見せないで済むのだそうである。しかし会っているうちには、三重網窓で顔も定かに見えぬため、母親から、もっと近寄ってくれといわれる。近寄ると余計顔が暗くなり、見えにくいのであって、むしろ後ろに下がったほうがよいのだが、そうすると手錠が見つかってしまう。

しかし、それより一層辛いのは、涙がポロポロ頬を伝って来ても拭くことができないことである。頑是《がんぜ》ない子は「やあ、父ちゃんが泣いてる泣いてる」と囃し立てる。その笑顔をも最後の別れと見守ればますます涙が頬を伝う。瞼をパチパチさせたり、頬をゆがめたりして涙を振り落とそうとする苦しさは、全く「本人になってみなければ分からぬ」というのも当然だろう。

子供の記憶にそうした最後の父の姿を残したくないために、遂に会わず仕舞いで逝った人もある。ある人は暑い真夏の最中、狭い面会室で蒸された子供が水をせがむので、看視兵に頼んでもらってやったのは良いが、ほの暗い網窓に真っ白な小さい喉を仰向けて呑む姿が見える。これが末期の水かとその無心に呑む喉元を向こう側の妻と二人網を隔ててじっと見ていたという。

「お父ちゃんにあげるんだ」と持って来たキャラメルやビスケットなどを、懸命に網目から通そうとするのにも、随分辛い思いをさせられたようである。

面会から帰った子供が、味噌こしを頭に冠って「面会だ面会だ」とはしゃぐので母親が泣かされたというが、その手紙を見せられた父親達もまた巣鴨で泣いていた。

そうした面会を終えて私の許へ訪ねて来られる死刑囚の家族達には何とお慰めしてよいやら今度は私が弱らされるのだった。

「暗い方ばかり見て取り越し苦労してても仕方がないのだから、必ず明るい方をごらんなさい」

そういって慰めるのが常であったが、わずか四十五分の面会のため、東北や九州から、戦後のあの混雑した汽車を命がけで来られ、その旅費の工面も実際並大抵ではなかった。明日知れぬ夫に別れ、子供の手をひきながら宮城《きゅうじょう》を見せていると、進駐兵と手を組んだ女達が颯爽と闊歩して来る。ある家族はその皇居前広場の芝生で子供が見つけたからとて、四つ葉のクローバー一枚、夫に渡してくれと宅まで持って来られた。

大丈夫ですと慰めたところで、もとより私に成算があるわけではない。特に困ったのは一つのケースで何人かの減刑発表があり、それにとり残された家族の方と会うときである。覚悟を決められたであろうとはいい条、望みを捨て切れぬが人情である。石垣島ケースの井上勝太郎氏の令妹及び幕田氏の母堂が面会帰りに寄られたときなども、前年より引き続きすでに半年近く処刑がなかったたし、あるいは私達の助命運動が功を奏したかとの自惚れもあって「もう大丈夫ですよ」と慰めて帰した翌日、途端に呼び出しが来たのには、私も面食らった。

幕田氏の母堂は処刑約二週間後にようやく遺髪を受け取りに来られた。「誠に申し上げようもなくって……」と私の声を聞くなり、「くやしい」と畳に泣き伏された。その瞬間までは、もしや倅がどこかに生きているのではないかと半信半疑でいられたらしい。全く慰める言葉とてなく、あいにく巣鴨行きの日でジープが迎えに来ていたので「夜行でお疲れでしょうからお休みになって……」といいおいて出かけた。その夕方、最後の模様を話したが、それでも未だ信じられぬようなふうであって、それから今井知文氏宅に案内し、帰りに平井駅に来たとき初めて、どうやら事実と分かり出して、「ようやく今、足が地につく思いがします」といわれた。

母堂はその後昭和二十五年の夏、浅草寺境内で催した平和観音の千僧供養会に山形からわざわざ上京しておられた。チラッと参会者の中に見えたので、是非泊まっていただこうと思いながら、私も忙しい中の立ち話で「後でゆっくり」と約束して別れたところ、すぐ引き返して来たのにもう見えない。場内にスピーカーで呼びかけたり、上野駅で終列車まで待ってもみたが遂に逢えずに終わった。そのため一層御心情が偲ばれてならない。

死刑囚と仏教

死刑囚棟の図書架の本に挟まれた紙片に「死の洗礼を受けずしては、真の宗教家、芸術家、思想家たり得ない」と書いてあった。これを読んで私は冷汗三斗《れいかんさんと》の思いをしたことがある。

刑の判決を受けて、二年あるいは三年、終日終夜を生死巌頭に立つ思いで自己窮命に傾ける体験は、我々仏徒すら及び難い真剣さを持つはずである。従ってその人らを前に何を説き、どんな教誨《きょうかい》をし得るというのか、私はつくづく考えざるを得なかった。

宗教は所詮自己自身の体験であり、体現である。説法は、いわばその賦形薬《ふけいやく》に過ぎないのであって、ちょうど人体自らが病気を癒やすに当たり、薬剤がその補助となる関係にも似ていよう。しかも、下手に「安心」の押し売りのような話をすれば、たちまち反発の念をそそる危険が多分に感じられた。というのが、別項にも述べたように純宗教的な「罪」と法律的ないしは一般的な意味における「罪」とが、ややもすればこの人達に混同され易く思われたからである。

またこの人らは、宗派的にもすでに一応自分の拠りどころを定め、そこにそれぞれ落ち着いていた。こうした教育、職業、年齢等もそれぞれ相異する人々に、私が真言宗という自分の一派のみを固持し、その難解の宗論を強調することは避けねばならなかった。

それ故、私は努めて普通仏教の立場に立ち、主として仏教の根本事項を概論的に説明することとした。

元来口下手な私の話がどれほどの功徳《くどく》を伝え得たか、むしろ私は疑問をさえ抱いており、彼らより贈られた謝辞が全く当を失していることだけは確かである。私は自らの無学とかつ各組わずか二十分内外しかない法話時間を補うために、しばしばプリントを配布して、各自独房で読んでもらうことにもした。

正法眼蔵《しょうほうげんぞう》の「生死の巻」や、高神覚昇《たかがみかくしょう》師の書かれたノートから「生と死」の部分を謄写配布したりしたが、ほとんど毎回半紙一枚宛てしか渡し得ぬプリントを、待ち構えていたようにして受け取ってくれた。もっとも興教《こうぎょう》大師の「臨終最後の用心」には、最終頁のプリントを渡し終わってからこれは失敗だったと気がついた。というのが、これは同大師が母のために記したものであったが、病死者が息を引きとらんとするとき合掌して念仏すればよいというだけのことで、刑死を待つ日々をいかに生きるかの問題とはいささか隔たっていたからである。私は来世のことについてはほとんど口にしなかった。わずかに地蔵菩薩の話で肉親への愛情に触れながら、ぼんやり来世の問題を浮き出させただけであったと記憶している。六大や曼陀羅の説明による仏教の宇宙観ないし世界観、あるいは三ないし四法師による人生観の説明などをする一方、音羽ゆりかご会その他の子供会からしばしば紙芝居を借りてやってみせた。

「貧者の一灯」「ピルリ姫」「人魚の話」その他各種の仏教的童話を前後十五、六回は見せたろう。ある人は膝の紙に大急ぎで一枚一枚絵を写しとっていたが、聞けばその走り書きの下絵をもとに綺麗な絵と文を自分で工夫し、子供達への手紙にするという。そのため私は童話の材料にふさわしい経典を探して、貸してあげたこともあった。

こうした私の態度にもかかわらず、五棟の人達は、差し入れるどの仏教書にも嚙りつくようにして終日目を通していた。そしてお互いの間に仏教時間を設け、許された一日一回の訪問時間から週二回をそれに充《あ》て、一室に四人ずつ集っては真剣なる討論をされていたようである。

浄土はこの世にありや来世にありや――との問題で一週間、四人が摑《つか》み合わんばかりに口論を闘わした揚句、「結局結論は出ませんでした。もっともそれが当然でしょう」と笑っておられたこともあった。あるときは、私から借りた仏教大辞典を机に、大あぐらで経典の勉強をしている姿が網扉越しに見えて、思わず微笑させられた。

さればといってこの人達に「安心」を口説し、無理強いすることは妥当でないと思った。この人達の真の「安心」は、死刑の執行停止であり減刑である――と私は堅く信じた。私が助命運動に奔走し、教誨時間の大部分をその経過報告に費やしたこともそのためであり、また、それを聞く皆さんの生き生きと輝く眼から、私の確信は一層深められた。

では、一体この人達の仏教観ないし仏教的体験はいかなるものであったろうか?

それを語るには、本書の随所に載せた彼らの遺書ほど適当なものはなく、私はそれをもって読者それぞれの批判に委ねることとしたい。
以下に集録した遺書ないし遺著もまたその意図に出ずるものである。

一九四九年五月二十六日

苦悩する青年へ

幕田　稔（三十歳）

〔昭和二十五年四月七日刑死。海兵出身、元海軍大尉、石垣島警備隊特攻隊長。山形県山形市東原町。母（とめ）。〕

私のこの拙い幼稚な一文は巣鴨死刑囚として、一年半に及ぶ長い期間に於て血と涙をもって贖《あがな》った唯一の貴重なる体験である。体験の果実である。実際のところ私は宗教の書もあまり読まなかった。現今の宗教の、宗教家の在り方に不満だったのである。にせものをつかんで随喜して死ぬよりは潔く苦しみのまま死なんと覚悟して牛の歩みの如く一歩一歩ただ自己に忠実に自分の道を歩いて来たと思っている。そして遂に最後の窮極が翻然として、眼前に現れたのである。否漸く宗教の出発点に達したのである。求めんとして勇敢に苦闘する者には必ず与えられる。あとは見るものを眼前に見たのであるから、不動の信念を常住堅持し、自ら行き着くところまで行くまでである。

宗教の行方は無限である。世の苦しみに女々しく打ちひしがれる者は人生の敗者、真理の敗者である。生死を超えて、絶対の真理、絶対の仏を求めようではないか。最も悲惨なるこの世界の矛盾、苦悩に沈める巣鴨の死刑囚にさえ、無限の希望に輝く、青空が開けているのです。世の苦悩になやむ若き青年男女にこの一文を捧ぐ。

嬉しくて怖ろしいような実感

昨夜は何とはなしに考えているとき、自己がそのまま大宇宙に拡大され、大宇宙そのものになったような不思議極まる実感を得る。

おかしいと思い初めから考え直してみたり、頭を振ってみたが、絶対の実在の実感が眼の前にあり、少しも動かない。絶対に間違いでないと確信する。一時は気が狂ったのかとも思ったが、気狂いでも、神秘的な迷妄でもなければ誇張でもない。今まで心のどこかに曖昧模糊なるところがあり、心がせき止められているように感じていたが、それが見事に除かれたようである。

「今までこんな簡単な、しかも明瞭なことに何故気がつかなかったのであろう」と不思議な気持ちが、しきりなり。くやし涙とも嬉し涙ともつかないものが、ポタリポタリと落ちる。筆で書き止めることは不可能に思われるが、できるだけ吾が心内の体験に忠実にその実感の経過と思われるものを拾いながら書いてみよう。

てんやわんやに終わらなければよいのであるが。

×　　×　　×

「人間は自然に属する存在であろうか。果又《はたまた》自然から独立した非自然的存在であろうか」こんな質問をすれば、大概の人は直下に、「勿論《もちろん》人間は自然に属する存在である」と答えるに違いない。かくいう私もそれに異議はない。しかしここで一寸考えてみよう。「果たしてこの答えをした人は真底からそのように、観念しているか」と。

私にはどうもその言葉通りにその人が真に自己を観じそのように真に生活しているとは思えない。一応人間の理性はそのような答えをさせるであろう。しかし人間の心の隅のどこかには無意識の中にその反対の答えを蔵しているのを否定できない。即ちその人は自覚せずして半分嘘をいっているのである。心を潜めて考えて下さい。人間のこの矛盾の存在は何に原因し、何故存在するのか私には分からない。

が、これは人間に先天的、必然的な矛盾に根ざし、所謂《いわゆる》理性と自我の感情の両極端に分かれて、人間の中に対立のまま存在するところのものであるように思われる。

この永劫に調和できない両立するものを、人間が必然的に持っているからこそ、人の世に苦しみと悩みが絶えるときがないのであろう。人生は根本的にはこの二つの対立の争闘であり、人間は理性と自我の二重生活をしている。平常の状態に於ては無自覚な人間はここに気がつかない。

丁度人間の感覚は地球が静止していて太陽系がその周囲を回転しているという自我を何の無

理もなく作り出し、その人は何の不都合も感じていないようなものである。しかし一度人間の理性が呼びおこされるとき、人間のこのような感覚が作り出した自我を絶対に誤謬《ごびゅう》なりと断定できるのである。

この例のように人間の利害、生存に何等関係が生じないときに於ては、理性と自我の相克は人間に苦痛、苦悩を与えることはないのであるが、それが一度、如上《じょじょう》の点に直接、間接に関係を生ずるに至れば、堪え難い苦痛、苦悩を人間に与え、人間は無限に苦しまなければならない運命にある。

人間の理性は、「人間は所詮いつかは死ななければならない運命を有する」ことを無条件に是認する。しかし「人間を所謂絶対なる実在と主張する」自我は、その理性の判断を承認できず、甲斐なき苦しみを味わう。人間の理性は美衣飽食の楽しみを味わう当体なる感覚量は限度があり、無限ならざることを知っているが、自我は無分別にも感覚量の無限の拡張を要求し、不可能を追求することに絶ゆることなき悩みの旅を続ける。

こんな具合に、遂に両立できないものを、自らの内部に自覚せずに、自ら把握せずに、蔵して生活している限り苦しみは絶対に絶えるときがない。

しからば、「苦の連続と諦めた」人生から苦を除き、この悩みの世界を真の無苦、無楽なる安穏無事なる境界に転ずるには、この対立する両者の中、人間の存在に本質的でない何《いず》れかを始末しなければならないことは自明の理である。

さてここで考えて見るに、人間の理性こそ人間の全存在に絶対に本質的な当体であり、人間の自我は大教主釈尊が二千五百年の往昔《おうせき》既に喝破されたように、空中に画かれた実体なき夢を実在と誤信する妄想に過ぎず、人間の絶対的存在には関係ない。不必要なものである。矛盾せる二個のものを肯定しながら理想の境を求めんとするのは、余りに虫のよ過ぎる人間の我儘である。

そもそも我等の肉体は、この大宇宙の骨組とも称すべき精妙極まりない因果の軌道の上を一歩も踏み外すことなく、正確に走る業縁によってもたらされた四大五蘊《ごうん》の聚集に過ぎないようである。科学の進歩せる現今と雖《いえど》も、この原理の根本は依然として真であり、かえって科学はその真なることをますます確実に証明していると考えられる。肉体の構成要素をたどり、細胞、原子さらに電子にまで遡れば、万物皆同じものであり、万物のその構成要素が、そのまま人間の肉体を形成していることは是認せざるを得ない。それと同様に人間の存在を継続する生活に必要なる衣食住を考えて見ても、我々の存在に続く関係は製造、加工、運搬等を通じ全世界の人類はいうまでもなく、非情にまで及び、原料の養育等に思いを及ぼすとき、それは太陽光線、宇宙線を介してこの大宇宙にまで及んでいることが了解される。

今まで自我が自己の有と考えていたこの肉体は既にこの物質的大宇宙の縮図であり、大宇宙、森羅万象、共有の相互依存物である。この一肉体ばかりでなく、これは天下万物に共通の理《ことわり》である。

次にこの肉体の一部たる人間の頭脳に客観の万境が、人間の頼りない五官を通じて投影された、その客観の影像が人間の心識なるものを形成すると考えられるが、そうすれば我々の自我と称するものが、無意識に我れ有りと考えている「我なる心」は真に実体なき影像であり、我々が普通何の不思議も感じないで「個別の我」と考えているものの実体はないのである。我れの原因、主人公は客観の万境である。「心即法」である。

万人個有の性格を有するのはただ自我の所産で、過去の無数の業縁により遺伝された各種各様の自我が、自己の内部に造影された客観の影像に交渉して形成せられる経験と交互に影響し合い、本来の自我に新たな自我を加え、万人各様の雑多な自我を形成して行くからに過ぎない。ここでも我々は自我の誤謬、独断を認めざるを得ない。自我は我々人間の存在には、直接且つ必然的に必要なものではないようである。ただそれは本然の我々の本質に、その本来の存在に不必要な雑音を加え、雑色をほどこし、本質、実相を見究めんとする人間の叡智の眼を昏《くら》ますものであるように思える。そして普通考えられているように単なる自我の否定、抹殺は我々の個体の存在の否定、抹殺にはならない。何故なれば、生物としての個体の存在の根本要素たる自己及び種族保存の本能は、自我の出発点であり根本であるかも知れないが、自我そのものではなく、自我はあくまでこの宇宙、大自然から遊離した、個体の存在の本質に関係しない独断的なただの雲霧幻影であるからである。しからば自我と根本から対立し自我の誤謬を指摘し、訂正する不可思議な理性とはいかなるものであろうか。

理性とは客観的に大宇宙、大自然に於てみるならば、それのよって立ち、よって運行している大規範、大律法に外ならない。

主観的に人間の中に見るならばこの偉大なる、雄大なる大律法の我々人間の中に投影され、人間的に人間の中に翻訳されたものに外ならない。否むしろ主観的の理性と客観的の理性とも称すべきものは同一物であり完全に一致すべきもののように思われる。

人間が一個の現象として存在を始めると同時に、二種の本能と共に我々の中に大自然から直輸入された、そのまま投影された、否大自然の中にあるそのままの、大自然の基本的骨格である。神の声であり、大自然の美妙たる鵜の毛ほどの無理もなく流るる大調和である。

この大宇宙の理性の骨幹は因果律である。

人間は因果の法則を莫然と感じ、或いは概念で知っているだけであるように思われるが、よく注意して思念している中に、この宇宙の因果律は、実に規則正しく秋毫《しゅうごう》の狂いもないことが感得される筈である。若し大宇宙のどこかの針の先ほどの一点に於て、この因果の法則に違うような些細な事象が生起せば、恐らくこの大宇宙の現象の秩序は間髪を入れず大混乱に陥るばかりでなく、大現象世界そのものが即座に消滅し去ると思われるほど微妙な敏感なものであると感ぜられる。

一介の塵埃《じんあい》にも等しきほど小なる人間は、自らの内にこの得難い理性を大自然中に具有されているそのままの姿で少しも損われず、鮮明に投影されて有しながら、この大宇宙、大自然の中に存在し、自ら、その理性に随《したが》い動いている奇妙な存在物である。我れが理性で、理性は大自然である。

この理性が人間の社会に関係すれば、人間の中に於て個と多、自と他の矛盾せる主張をする二つのものを調和して、人間社会存立の根本にして、神の声なる道徳を生み出し、大自然の中にあっては春夏秋冬と一分の狂いもなく四季を運行し百花繚乱と咲きみだれ、群鳥競い啼き、時至れば紅葉万山を飾り、万目一面の銀世界を現ずる如く大自然の景観を現出し、ときには小ざかしい人間の計を無慈悲なほど無視して百山鳴動し満海顚倒する大災禍をもたらす。

人間は、我々の住んでいるこの地球、大宇宙は人間を中心にして存在し人間がその主人であり、人間がこの大宇宙、大自然を支配しているかの大錯覚にとらわれている。

しかし実相は人類がこの地球上に出現した以前にも確かに地球、宇宙は存在していたであろうし、生死の輪廻を限り無く繰り返して来た人間は一人として同じ人間はいなかった筈であるが、この地球、宇宙は依然として同じ地球であったし今も同じものである。人類が若し消滅しても、その生存舞台たる地球は依然としてそのまま存在するのであろう。またこの地球上のみを考えて見ても、人類の外に動物、植物、無機物等の世界があり人類の占めている範囲は実にその一部でしかないことを承認せざるを得ない。

こう考えて来ると、人間の無意識に抱いているように思われる人間中心の考え方は甚だしく傲慢な人間の偏見と断ぜざるを得ない。或いはまた「人間は元来大自然、宇宙そのものである」ということを人間自らでは知らずに、自らで証明しているのかも知れないが。

兎に角、人間の自我の画き出す前者の考えは一応間違いである。

また自然を支配し、また征服すると自ら称する人間には果たしてそのようなことが可能であり、実際行っているのであろうか。

人間は科学の進歩を自負する余り「盲蛇におじず」の譬えの如く、科学万能の妄念を抱いているように観ぜられるが、自然科学とは果たしていかなる本質を有するものであろうか。

大観すれば、大宇宙、大自然の中に存在し、潜んでいる大自然の法則を人間が発見するのみのことに過ぎないので、いかに自然科学が発達しようが、大自然の中に存している正確無比なる法則そのものを人間が思いのまま改造し、その軌道をそらしたり、変えたりすることができるものではない。人間の創造ということは実際あり得ない。人間は大自然を支配し征服していると称しながら、その実かえって反対に支配され、征服されているのである。生と死なる自然の法則に完全に縛られた人間は、大宇宙大自然の広大なる、そしてあらゆるものを一切合切含めて滔々と流れる大法則に翻弄されながら、その上あえぎながら漂流しているに過ぎないケチな存在である。但しこのような人間は「自我に縛られ自覚なき無我(註、原文のまま)無中の人間のことであることを付言しておく。

芸術に於ける創造ということも同じように、自然に内在する美を人間の感覚を通して模写翻訳することに外ならず、たとえ客観的自然美の直接の描写でなくとも、人間の頭脳中に形成される美は客観美を基礎にして、構成されることを考えれば、同様であることに思い至ると確信する。

さて人間はこの理性を深く掘り下げ根本にたどり、それを通じて併せて自我の本質を考えるとき、自分がこの大自然に深く根を下ろしている確固たる存在たることを自覚できる。また人間の中なる本質は十方に無限に延長し諸々の恒星、遊星、彗星をも越え、人間の極め得ない広大無比なる、この大宇宙の本質と全く同じであることを実感できる。

試みに考えて見られよ。絶対に一分一厘の狂いもなく正確微妙な規則に従い運行しており、今、現にここにある、この大自然をそのまま我々の中に摂取し、少しも不合理を感じないばかりでなく何の疑問も、何の障礙《しょうげ》をも起こさないという不思議なる事実を大観し且つ深く観ずるとき、大自然と自己とは本質的に同一なものなるを感じまいとしても感ぜずにはいられないではないか。またその大宇宙大自然の中に潜む根本的無限大な意志とも力とも思われるものも、その大宇宙の縮図たる人間を動かしている根本的の生命力とも称されるものと全く同質なものであり、人間が大自然の所産であり、大自然深く根を下ろしている存在であることを考えるときに、この二つの力は完全に連絡し、完全に同じものであり、完全に一致していることを実感せずにはいられない。この辺は理屈が飛躍するが、理論の世界ではない実感の世界で体得できるところである。強いて理屈をひねくり出せば、こんな具合になるというだけである。盲目のような自我の生活を続けていた一個の人間は、払えども払えども除き切れない苦悩を背負った、そしてその本質はむしろ生物に近い己れ一個の外に出でない、憐れむべき、ただの存在であったのであるが、その虚偽の自我を明確に理解し、自らの精神的行を通じ、大死一番の大勇を奮い起こし、殆ど人間存在の根原とも思える頑固なる我儘なる自我をしっかり把握して、改めて自らを深く見究めたときに於ては、最早自己は単なる自己のみの存在ではなかった。

この無限大なる大宇宙と、その組織系統も、根本的な本質に於ても、全く同一にして同質なる自己を発見できるのである。無限悠久なるものにそのまま直結された自己を発見するのである。

「自己即大宇宙」である。ここにいうところの大宇宙はその中のありとあらゆるものを含めて、しかも無限の意志力を内在し、正確無比な軌道を回っている渾然たる大宇宙そのものである。この実感の体得は決して誇張でなく、万人に一様に可能なる、容易な道であると信ずるが、針の先ほどの偽りなく、驀直《まっしぐら》に自己を見つめ、探究した者にのみ可能な道であるとも信ずる。そして自己に対し微塵の偽りをも完全に排除することは死以上の大勇を要するものなることを熟考すべきである。偽りから偽りに明け、欺きから欺きに暮れる現今の社会に生活しているような、ごまかしだらけの不徹底な心境では絶対に不可能である。これは生命をはり、自己を投げ出した実験の成果である。自我を明確につかみ、完全に滅却し去った人間の心識に映じた大宇宙、この大世界はただそのままこの大宇宙、この世界そのものである。万境去来するこの渾然たる大宇宙が仏であるなら、自我なきこの心は仏でなければならない。この平凡な心が釈迦牟尼仏にそのまま通じていなければならない。また十方の諸仏にもそのまま通じていなければならない。道元禅師の所謂「即心是仏」である筈である。

現象が出現する以前の絶対平等なる真如の世界というのは、あくまで理念の世界に於てのみいわれるものであり、我々の実感に訴えられる現実の世界に於ける仏というのは無我を通過せる眼から見られた、この無差別相をも、絶大絶妙なる宇宙の大意志力をも、あらゆるものをひっくるめて団子にしたこの大宇宙そのものである。

渾然たる大宇宙そのものを我として実感できたとき、それに内在して生滅継起する現象なるものは無に等しい空である。無数のその大宇宙の中に内在する現象がいくら生滅継起しても、大宇宙そのものは依然として大宇宙であり、何らの変化もない。やはり別物でなく同一物であるのである。即ち現象を超えた現象、世界を超えた世界であり、「所謂諸法実相」であり、「現象即真如」といわれるところであろう。既に自己即宇宙にまで拡大された自己は無始の劫来より無窮の未来まで絶対に死滅することはない。滅し枯れるのは肉体なる枝葉のみで、その根幹はこの大宇宙が存する限り存続するであろう。この大宇宙は無始の劫来より無限の将来まで同一の宇宙でなければならないから。

その大宇宙なる全実在は釈尊であり、キリストであり、ソクラテスであり、孔子であり、プラトンでもある。総《すべ》てその全実在と同一物であるという意味に於て同じでなければならない。乞食も天皇も何ら変わりはない。釈迦は二千五百年前に滅し去ったのではない。求むるに数千年の過去に遡る必要はない。経典に求むる必要もない。我々の眼前に常住現前しているではないか。我々の眼前にある世界そのものが釈尊であり、自分であり、このことは絶対に間違いなし。

そしてこの眼前の世界は獄庭の新緑に香るヒマラヤ杉に初夏の涼風が大自然の無心なる音をかなでながらたわむれ、庭を隔てた向かいの棟のコンクリート壁には、やわらかな赤黄色の陽の反射が鮮やかに映え、どこからともなく雀の鳴き声が聞こえる平和そのものの境界である。今までこの小さな自己が大自然、大宇宙そのものであることに気がつかず実感されなかったことが、いかしても不思議で仕方がない。実に簡単なことがどうして解らなかったのであろう。解ったことは見たことである。見究めるべきは自我である。人間の迷妄を作為する自我を確かにつかんで開眼一番、死すともまた可ならずや。

×　×　×

「自己の所在如何」。禅宗でよくいわれることのようであるが、いくら自分自身の内を捜しても、そこには見つからない。我々は自らの心内に浮かぶ事象を批判し、見つめながら書いたり、話したりしているのであるが、その自己はいかにあるのであろうか。自分の内部を隈なく潜り、突き抜けて向こう側に行って、初めて真の自己を発見できる。それは無限窮《きわ》まりない、大宇宙であり、眼前に鮮やかに姿を現している。常住坐臥、真の自己は変わらざる大宇宙そのままの姿である。釈尊が「俺は無始の劫来から永劫の未来まで常住不変にしてこの世にある」

といわれたらしいが、これは神秘でも誇張でも、法螺《ほら》でもない。それが平凡なる、しかも絶対なる真実であることが初めてわかった。

×　×　×

真宗に於て西方十万億土の浄土や弥陀の実存を主張するようであるが、若し心のどこかに画にかいてあるような偶像を浮かべている人がいたら、その人に聞きたい。「我々はこの大宇宙を脱出してどこに行かんとするや」と。浄土や弥陀はあくまで方便であることを覚悟すべきである。また「機根のない我々凡夫は云々」と二言目には簡単に凡夫にしてしまうが、人間の中に存在する仏を自覚するのは自己に忠実であるならば、そう難しいとは思えない。余り謙譲の美徳を発揮して、玉を得られるのに最後まで瓦をつかんで終わるのでは仕方がない。危険千万なことである。

×　×　×

親鸞《しんらん》がいった言葉「人間は万人が万人ともそのまま救われているのであるが、ただ本人が気がつかないだけである」が絶対の真実であることが漸くわかった。実に絶対の真実である。が、教祖の意を解せず、文字通り弥陀や浄土に止まっていたのでは親切が却ってその人を殺してしまうようなことになりはしないか。人間は絶対にそのまま大宇宙そのものである。

×　×　×

信ずるということが宗教の真の目的ではない。目的に至る道程であり、宗教の宗教たる所以《ゆえん》は眼前に昭々乎としてある絶対の実在なる事実を見ることであり、信ずるとも信じないもそんなことは問題にならない。眼前の事実を自分で見た者には信ずることは必要でない。否それが宗教の出発点であり、自ら身を挺してそこまで行きつかんとする道程に無限の価値がある。そしてその道程も無限である。最後の到着点に行きついた者は古今未来を通じて、釈迦一人のみであり、あるであろう。

以上の一文は筆者幕田氏が他の死刑囚有志より薦められ、死後に共同の名で本を出版すべく志したときの原稿である。惜しくも一年後に氏は散華《さんげ》された。その最期の二十六時間、すなわち執行の宣告に連行されて以後刑場に消え行くまで、彼は自らの精神的動揺に真剣なる瞳を凝らし続け、果たして一年前闊然として眼前に見え、心に摑み得たものが真なりしや否や、文字通り命を賭して検討し続けたのである。

氏は、死の直前、私に伝言を託された。

「先生‼　やっぱり私は間違っていませんでした。このことを五棟の連中に是非報《しら》せてやって下さいませんか」

そういって会心の笑みを満面に漲《みなぎ》らしつつ氏は、ひょいと死の扉をくぐり入ったまま、遂にあの男らしい風貌を永久に消してしまった。

以下は氏がその最後の気持ちを赤裸々に記した「報告」である。蓋《けだ》し彼は遺書を書くということ自体甚だしい逆理であり遺髪、戒名等ことごとく矛盾なりとて、これを退けていたのである。

閑語

夜九時頃処刑言い渡し式あり。承認の署名を求められるかと考えていたが、なかった。署名はとにかくこりごりである。全く強制（註：あるいは暴力）により署名させられ、それが自発的自白になる苦しい経験は二度と繰り返したくない。

死によってすべて御破算になるのではない。言い渡し式が始まるのを、外の廊下で椅子に腰かけて待っているとき、ほんとうに落ちついた気持ちになって考えたら、死というものはないように思われる。かねがねの不死の確信が絶対間違いでなかったことが、絶対の立場にのぞんで確証されたと信ずる。

私の肉体は滅びる。生命も消散するであろう。霊魂というようなものがあったら、それも無に帰するであろう。しかし現在の私は永遠に存続する。この世界、宇宙は残っている。

昨年五月二十五日夜、突然私の脳裡に深き確信を以て浮かんできた、自己即宇宙――道元の言葉をかりていえば、尽十方世界というようなものであろうか――の意識は現在に於ては私が死んでも、世界は残るというほのかな確信になって残っているのである、と考える。

死ということ、が昨年五月以前に考えていたような感覚で、私に迫って来ない。実在の死として感じられない。この感覚は私の幻覚としてほのかに私によみがえって来たように最初は考え、言い渡し式が始まる頃まで消え失せるのではなかろうかなど危惧に似た思いがしたが言い渡し式が終わっても依然として残っている。私の頭脳に、ほのぼのとしているのであるから、今の私には死というものが殆ど平常生活に於ける感じと異ならない。恐らく読む人は誇張と受け取るかもしれないがそうでない。勿論明日のことはわからないが、現在の心境は、五棟の三階でいつものように起居しているときと少しも変わらない。

　こんなわけであるから理性的に考えてみれば、署名したことが私の死後どうなろうと私の知ったことではないのであるが、私は現代即永遠の私の残生に対し、莫迦げた高圧的な圧力に屈したくなかったのである。私の良心に対し、私の内なる仏に対し厳密に忠実でありたかったわけである。

　いくら考えても、軍隊の組織内に於て命令でやったことが、この現実的な世界に於て死に値するとは考えられない。原爆で死せる幾十万の人間を生かして私の目の前に並べてくれたら、私は喜んで署名もしよう。そうでない限り受諾できないのである。

　大体この世界に於て、人間の行為に対し罰し得るものはいない筈である。罰し得るのは自分自身だけである。自分自身の内なる仏があるのみである。あえて他を罰するのは人間の増上《ぞうじょう》慢《まん》なり。神仏を知らざる、神仏にそむきたる者である。宗教的見地からすれば、この世界の法律は仏に対し神に対し最大の侮辱を与えていることになると確信する。人間各自が各々自分自身を自分で罰し得る世界は理想である。現実に実現不可能なのかも知れないが、少なくとも、現在の世界の人間はあまりに人間の仏性を無視し、ないがしろにしていることがここにおいてはっきりと了解できる。

自己三十年の過去を静かにかえりみるとき、三十年間の罪業の深きことはたとえ私が減刑になり、娑婆に出ても、短い一生にては、とても払いきれるものではない。

自己即世界、絶対無なりと感じても、正直なところ三十年間の罪業の量は山をなして、私を圧しさろうとするように思われる。

私の全身的懺悔も体力の弱まってゆく今後はとても望み得ない。この辺で肉体が消滅してしまうのも清浄なる感なきにしもあらず。正直なところ私は今回の判決に対して死に値するとは思わない。私の三十年の生涯の懺悔として死んでゆくだけである。私の心を深くみつめしとき、人間は必ず一度経験しなければならない死を無視して、永遠に自分にだけは死がないというような考えを持っておった。それはそれでもよいのであろうが、一度現実の死を深く勇敢に凝視して、人間の死は実際に終ではないものだとの自覚に（到）達するのが仏教の教えの一点であり、人生を自覚し永世を得る所以であると考える。結果は同じであり、平凡であるが、自覚の内容と根底に於て異なるものがあるのだと確信する。

私も、よくはいかなる経験をとり、このような自覚に達するのか、哲学的の組織ある説明はできないが、西田哲学にいわれる絶対無の体験を得たとき、この自覚が生ずるのであろう、と思う。

永遠なる現在であり、それを透して望み得られるものは眼前に照々乎たる現実の世界である。そしてそこでは永遠＝涅槃＝地獄＝死＝仏、そして究極はすべて無なのである。

あらゆるものを疑い否定し尽くしたとき、忽然として体験される「自己は世界なり」とは絶対無の体験を通過して生ずる自覚であり、生命あるこの具体的事実である。ニヒリズムはこの否定を観念でただ頭の中で否定を行い、具体的事実から離れているところに危険性があると考えている。だから仏教でいわれる無とニヒリズムには生命を内蔵した具体的事実と、初めから生命のない抽象された観念的遊戯との差異があり、仏教の否定をニヒリズムと考えるのは根本的に違うのだと自己流に考えている。体ごと体当たりして体験してゆくのと、頭の中の思考だけのこととは全く違ったものであると考える。

古人曰く「人生は生死一大事因縁をあきらめる道場なり」と。古人のこの気魄が私に無限の勇気を与えてくれ、何となくうれしい。

一昨年九月頃から文字通りただ「仏の実在か不実在か」をあきらめんとして、五里霧中の暗黒を彷徨しつづけた。文字通り寝食を忘れた。精神が全く莫迦げた私の三十年の人生にとり、一点の光明であったと信ずる。よくあのときの精力と根気がつづいたものだと顧みて吾ながら感心する。そして昨年五月二十五日が私の人生の永遠に再生した日であった。何の理屈もない。「吾即宇宙」。

勿論いかにしてそんな結果になったのか、そんなことは夢にも考えていなかった私にわかろう筈がない。ただ釈尊もこのちっぽけな私も、根本に於ては一つであったのだ。

否、釈尊がそのまま私であったと感ずるところから来る、自己の不遜に対する畏怖、気が狂ってしまったのではないかとの自己に対する疑い――この幻覚を払い落とさんとして、頭をふり部屋を見回して異状の有無を確かめたりしたことだった。

次いで世の中の苦労し悩む人々に対して、どうしてこんな理屈も何もない簡単なことがわからないのかとの、憐憫とも忿懣ともつかない涙がぽろりぽろり落ちた。次に頭に浮かんだのは「私は正に処刑されんとしているが、なあんだ、この大宇宙を殺さんとしているのも同じことではないか。知らざるものの阿呆さよ」と腹の底から湧き出んとする哄笑を止めんとするに一苦労したことであった。

この哄笑の衝動はその後坐禅しているとき、しばしば起こり、隣の佐藤氏を驚かしてはいないかと止めるのに骨折ったのが、昨日のことのように私の頭にこびりついて離れない。

「今頃この俺を殺さんとするのは丁度空気を捧げ、たたくようなものだ。吊り下げたと思ったら、あに計らんや虚空の一角に呵々大笑するを聞かざるや」

思わず脱線して大風呂敷をひろげてるような格好になってしまった。

昨日から書き始めた漫談であるが、遺書を書かなければならないので一先ず筆を置く。

外は霧雨がけむっている。

まんだん終わり

四月十六日（註：六日の誤り）

昨日今日の日記

稔は今朝五時少し前に目をさまし、今日は煙草はいくらでも吸えるのだから早速煙草を床の中でくゆらし、復員したとき、母上が私のために買っておいてくれた甘い煙草を、毎朝床の中でふかしたことなどを連想していました。

昨夜は全くよくねむりました。夜半に一寸目をさましてぼんやりしているとき、思いついた短歌を書き留めてまたぐっすり今朝まで熟睡しました。下手なそのときの短歌を紹介します。

網越しに今日みし母の額《ひたい》なる深き皺《しわ》々眼はなれず

老母のかけし前歯が悲しけれ最後《つい》の別れと今に思へば

吾が最後《つい》の夜とも知らず陸奥《みちのく》に帰りつゝあらむ老母思う

夜半にめざめ思い浮べる母の歌ついのかたみと書き留めにけり

今朝は私の最後の朝にふさわしく気持ちよくめざめ、一寸家に帰って寝ていたような錯覚を起こしていました。

それから窓をあけて娑婆を見てやろうとしましたところ、柔らかな暖かな春の雨がけぶっています。今日の夜半は月が出てくれればよいと考えていましたが、春雨もなかなか風情があるもの、場所柄に似ず何だかなまめかしい感じなどがして可笑しなものです。

まあまあ、月もよし、春雨もよいでしょう。向こうの高い煙突から煙が静かに春雨の中に流れています。合羽を着て自転車に乗った人が塀の外の込み合ったバラックの角をまがってみえなくなりました。右手の方に何やら銀行のコンクリートの建物がみえます。

眠くなるようなうっとりとする春雨の景色をながめ終わって、簡単に朝食をすまし、最後の今日だけは私の朝のお勤めの約一時間ばかりの坐禅をやめて、これを書いているわけです。固苦しいことを書くのは全く苦手であり、難しいことも知りませんから、思ったことをありのまま書き留めてみるつもりです。順序もありません。

昨日は偶然の幸運か仏の知らせか半年ぶりで母上に会って本当によかったと考えています。大体覚悟という覚悟はしていませんでしたが、どうも近い内に処刑があるかもしれないとは考えていました。

昨日会ったときは、実のところもう一度ぐらい会えるかもしれないなど考えていたわけです。まさか昨日の晩言い渡しがあるとは、あのとき知らなかったもんで極めて朗らかな気持ちで会えて本望です。この前風邪を引いて寝ていると、久子さんから手紙が来たので心配していましたが、会ってみるとやや肥った顔にやや安心しました。ただ額の皺が急に目立ったのと、前歯が欠けていたのとが少し年寄りになったような印象を私に与え、家の将来を考えると一寸じっとしていられない焦燥を感じました。

午後は曇りで気分がパッとしなかったもんで、午後中大仏次郎の『鞍馬の火祭』の痛快な肩の凝らない小説を読んでおりました。夜は、とばしとばし読んでいた『正法眼蔵』を読もうかと思いましたが、便秘のため頭がはっきりせず、尾崎士郎の『人間形成』なる、これまた肩のこらない短編集を読んでいました。月曜頃から気配がおかしいと感じていたのですが、昨日いつまで経ってもいつものように訪問がないので、おかしいと思っていると、「準備ができたか」などいって来たので、「さては」と思い、直ぐ僅かばかりの遺品と寝具を毛布にくるみ忽ち準備完了。

先ず一本残っていた煙草を吸い、佐藤さんと名残の言葉を一言、二言交わす。

初め、さてはと思ったとき一寸《あっ》と思ったが、忽ち気持ちが落ちついたのは吾ながらうれしかった。後は何のことはない来るべきところに来たという安堵感を覚ゆるだけ。

二年間の囚友に順次に挨拶し、清水君と伊勢君に煙草をつけて口にくわえさせてもらったのは有難かった。

皆さん、悲惨な顔をして送ってくれたが、かえって私が恐縮する思いであった。

言い渡し式を待っていたときの心境は別紙の通り。井上（勝）君や田口君と談笑、少しも深刻な感じがしないのは私自身いささか気抜けした。随分横着になったものだと吾ながら少しあきれ気味、てんで死ぬような実感が湧いて来ない。今も少しもその心境に変わりはない。死ぬまでこのままであることが理の当然としてそのまま今の私に信じられる。

「人間の生死一大事因縁に究むる」という難かしく聞こえまた私がここでいうといささか大法螺に聞こえるかもしれないが、確かにこんな心境に違いない。

考えてみれば人間は必ず一度経験しなければならぬ死をさほど特別扱いするのが間違っている。人間は自らその境遇になれば、誰でもこんな心境になるのだろう。現に私よりさらに若い井上勝、田口、成迫、藤中の四友も実に平然、堂々たるものではないか。

私は殺されるのではない。私は仏法の一行者として心魂を傾けて得た私の体験——を自己即世界宇宙といい、表現するより外仕方のないものであるが——生死の道場たる私の生涯に於て、私自身が実証してみるのだ。その体験が真であったか、偽りであったか実験せんとしているのだ。よぼよぼに老いさらばいて、自然消滅の死を私がせずに済むことを私は感謝する。

こんなことを考えているとほのかな安心感の中に無限の勇気が湧き出るのを私は感ずる。勇気というより「生き甲斐」というのが適当なのかも知れない。実際こんなことを書いているときに遠くに聞こゆる省電の警笛、かすかなる自動車のサイレンの音、それに強烈ではないが何ともいえない、ほのかな安心と喜びを見出し得る。

私の穢い肉体は亡びてこの苦しくまた楽しい娑婆は残るのだ。永遠なのだ。清いことも穢いことも喜びも悲しみも且つ歓楽の街さえも私の無限の安心の代償としてあるのだから、少しもさびしいとは思わない。

《私はこの世界なのだ》

だから私の墓は今咲き盛っているであろう。桜の花であり春霞棚引く龍山であり、千歳山であり、天上に燦《きら》めく星であり、春の朧《おぼろ》の月であり、雪にうずもれた遠山であり、みるもの、聞くもの、私ならざるなしということができます。

それればかりでなく、私はそのまま母上であり、豊、久子、敦子、等々であることを信じて下さい。私は必して（註：決して）死滅してしまったのではないのです。このように私は絶対不滅のところに少なくとも片足は立っている確固たる自信があります。

私も考えてみれば随分親不幸（註：親不孝）をしたものです。戦争中から家をかえりみることもなく、浮浪児のようにさまよいつづけ、たまに内地に帰ったと思うと大怪我をして病院に横たわり、母上の心をわずらわし横須賀くんだりまで再三足を運ばせ、また九死に一生を得て復員したと思う間もなく、巣鴨に無賃宿泊を続け、さんざん心配をかけました。そして今度が最後の親不孝です。しかし私は内心ひそかに誇り、満足しており、この諸々の親不孝の償いになると思っていることがただ一つあります。「吾は世界なり」と何のためらいもなく声高らかに絶対の確信を以て言明できることです。

私は西方十万億土に行くのでも、天上に昇天するのでも、霊魂となってふわふわ飛び歩くのでもありません。私は実にこのまま、この無限なる大自然であり、複雑な人間社会、一分一厘の間隙をはさまず、文字通り理屈なしにそうなんですから、私の絶対真実なる体験を信じて戴ければこれほど安心のできることは無いと思います。

時間と空間と超越して即ちいかに遠く離れていようと、永遠に皆さんと一体なのです。そしてたかが五十年の短い人生などケチなことをいわずに、無限に永遠に母上はじめ皆さんを守護し導いてやろうと豪気なことを一人で今ニタニタ笑いながら考えているところです。否、考えているのでなく確信を以てそうしようと意図しているのです。だから皆さんも、このとてつもない豪気な幸福を得られるのですから私が一寸雲かくれしたように、ただ形だけ見えなくなる悲しみに勇敢に堪えて下さい。

資本を出さずに利益ばかり得んとしても無理なことですから、チョッピリ悲しみのもとでと思い我慢して下さい。

私もこの私の絶対の確信たる「自己は世界なり」との釈尊の、道元禅師の結論を得るまでは、今考えても我ながらよくやり得たと、思うほどの莫大な代償を払っているのです。

一昨年九月頃から昨年五月二十五日まで、真に寝食を忘れ起きて考え寝て考え、飯を食いつつ考えたものです。それも田嶋先生が未だ来られなかったので、岡田氏の一週間一遍の話を聞く外は全く独力で考えました。そして五里霧中の暗黒を仏を求めて彷徨しつづけました。そして最後に全く思いがけなく出た究極の結論が前に述べたただの七語だったのです。自己の内なる暗黒の欲望や盲目衝動と血みどろになって闘いつづけたのでした。

「人生は量にあらず、質にあり」です。

百年生きても夢のようにはかない人生を終わる人もあり、道元禅師のいわれているように「七才の龍女」と雖も道を得た者は千年万年どころか永遠の生命を得られるのです。

人の話を鵜呑みにしないでよく自分の理性に問い正し、自分で納得のゆくまで考える習慣をつけなさい。

「道は難かしいものではなく」「近きにあり」日々の平凡な生活の中にあるのです。ただ本人が本当に生命までも投げ捨てる覚悟で、全身の注意を集中し、平凡な生活の中に深く食い込む爪がかりを発見できるか、できないかの話です。難しい難語や言葉の中に血の通った生命ある仏の教えはありません。日常生活にあることをくれぐれも注意して下さい。

どんなつまらないことでも自分の全身全霊を打ち込んで一生懸命やることです。遊ぶもよし、本を読むのも結構ですが、一日一度は自分自身で真剣にものごとを考えてみることです。

世間の因習や他の考を全く離れて自分自身で考えてみることです。

やがて届くだろうと思いますが、私の日記を参考に読んでもよいと思います。ときどきはぼんやりしてつまらないことなど沢山暇にまかせて書きましたが、一つぐらい御参考になることもあると思います。

私が永生を得て常住不断皆様と共にあることを書き出したら、こうして書いていることが生死を超越して永久に続くような感じになり、意の向くまま、脱線してゆくようです。

兎に角、私は少しも世間のいわゆる死ということに関しては全く無関心で、朝から「ブンガワンソロ」など口ずさみながら全く朗らかですから、くれぐれも悲しまないで下さい。

私の最大の心配は母が年寄りなので、余生を私がみてやれぬことであります。将来も苦しいと思いますが、私の代わりに一致協力して母に孝行して下さい。ただそれを思うと、腹わたが煮えかえるように悲しく且つ私の今の唯一の心配なのですから、皆さんが仲よく協力して貰いながらも楽しい吾家を守って下さい。私も必ず守りますから。

久子さんも早くよいおむこさんを見つけなさい。

豊もできるだけ早く、よいお嫁さんを貰い母を安心さして下さい。敦子さんは早くから苦労のし通しで全く可哀想に存じます。波風の荒い世間ですが、いつまでもいつまでも一致協力したら不可能なことはないと存じます。艱難《かんなん》も何ぞ恐るるに足らんやと存じます。若いときの苦労は薬と昔からいいますから、必ず怖けずたじろがず、朗らかに生活されんことを祈っています。いつもいうことですが身体だけはくれぐれも大切に。身体あっての物種です。敦子も便秘だそうですがどうですか。過度の無理をくれぐれもしないように。私の葬儀や墓の件も別紙に書いた通り、私はあまり好きませんから、私個人としてはして貰いたくないし、不要ですが、どうしても気がすまないならば本当に形だけにして下さい。

爪、遺髪も残そうか残すまいかと随分考えましたが、私の人生観はそんなケチなものではなく、活々と永遠に生きているものでありますから今のところ不必要と思います。

皆さんが陰気な気分でも起こしたら、私の主旨に反しますからやめようと思うのです。

ひとつ私の残っている生きのいい写真でも撮って、必ず生きているのだと考えていて下さい。

私の家に残っているものは適当に母に配けてもらいなさい。どうも少しも死ぬような気がしないで困ります。

実感が湧いて来ない、やはり死なないのです。私の内の深い底から湧いて来る確固たる実感ですから。

いろいろな悩みや仏教上の疑問や人生上の相談事は田嶋先生が快諾されましたから、その都度手紙ででも問い合わせなさい。先生のような人と話しながら死ぬことは私の最大の幸福です。私のここにある遺品は全部で十品です。

仏教に関する綴書兼自作歌一部。日記の一部。綴込―一。一九五〇年の日記「一月七日より昨四月十五日」―一。雑綴「白き山」「小園」「放水路」謡曲等の写し―一。歌譜の写し―一。写経（法華経の如来寿量品と従地涌出品）―一。歌帳「僅かきり作らない」―一。正法眼蔵―一。短歌雑誌綴込、「アララギ」七冊（藤川君）小槐二冊、不二一冊―一。曹洞宗日課聖典―一。書簡類綴込、写真類在中―一。（註：これらは全部遺族に渡らなかった。他の人々も同様）〔略〕では皆さん、私の永生を信じて田嶋先生のいわれるように決して暗い気持ちを起こさないようにして下さい。

雨も晴れ、うらら寒い雲模様になりました。朝から書き続けなので手が疲れたので一寸休みます。また書く暇があったら書き遺します。〔略〕

久子、豊、敦子様、私の生活信条の一つは人に過度に頼らぬことです。自分の全力を尽くして天命を待つにあります。真の独立から自由が生まれると信じます。自分で一人立ちできない人は人生の落伍です。自分のことは自分で処理する覚悟を持ちなさい。それで失敗したら他もうらまず自分でも納得がゆくでしょう。

今度の件でも最初から私は自分では全力を尽くしたと信じます。そして今の今まで全力を尽くして勉強して来ました。決してものごとを中途で投げてはいけません。だから私は形の上では権力に敗れましたが、真の意味の人生の勝利者だと深く確信しています。

どんなに苦しくとも、歯をくいしばって自分でやり通す覚悟を持ちなさい。人間の能力は皆五分五分です。努力如何でどうでもなるものです。

私はこの先も最後まで私の全力を尽くします。否永久に。

数時間と雖も私は決して投げません。最も有効に使うつもりです。悲惨なる東洋民族の勃興を見つつ、そして彼等のために死ぬると思えば気持ちがよい。誰が何といおうと、私の心中に燃えていたものはそれなんですから。今から日本人も大人にならなければなりません。

皆さんもその心算で一人立ちで人生を歩く決心をしなさい。だからといって母上はじめ年長の人のいうことはとくにきいて考えなければいけません。間違いのないように。〔略〕

父上も実に気の毒なことをしましたが致し方ありません。若い者は先人を勇敢に踏み越えて進まなければなりません。過去をくよくよしているのは年寄りだけです。斃《たお》れるまで前進あるのみ。

書いていると懐かしさの情が次から次へ順序も連絡もなく出て来て限りがありません。私も人生あと五十年として二十年生きていても、ただ酔生夢死するのがオチであるかも知れません。今のぐらいが丁度よいところだと思います。私の決して年寄らざる印象を皆さんに残して行けますから。

執行は今夜半の十二時半過ぎだそうですが問題にしていません。世の中には死より困難なことがいくらでもある。死を怖れ、たじろいでいるようでは一大事因縁どころか何もできない。死の解決は仏教の一大事因縁解決の副産物に過ぎない。ここまで書いていると午後二時頃かと思います。一休み。

ついの朝の庭にけぶれる春雨を網窓《ど》をあけてしばしみにつる
吾が最後の林檎にあれば思いきりかぶりつきたり紅き林檎を
遠きとおき自動車の警笛ときおりに房に死を待つ吾に聞こえ来
しん〳〵と更けたる房に眼さめいて刹那《せつな》のときが惜しくなりけり（昨夜）
朝《あした》より曇れる網窓にひる更けて薄き明りがしばしさしけり
吾が死なむ夜は月出でかしと欲《ほ》り居しが今日は曇りて午後も更けたり

近頃少しも短歌を作らぬ私が推敲もしないので作ったのですから判らぬかもしれませんが、よく読んで下されば、私の気持ちの一端ぐらい判って下さることと信じます。今少し前、榎本君が自作の短歌一つ隣の房から皆んなに朗詠して聞かしてくれたので急に作りたくなって作ってみました。

敦子さんよ、久子さんよ。豊君よ、本当に幸福な人生を送って下さい。私の家の不幸は父上と私で十分だと思います。そしてくどいようですが母上を大事にして下さい。

　遺書かき終えしが隣房の友の口笛かすかに聞ゆ

私の実際のところ、機械のような人間に監視されて生きているのはほとほといやになっていたのでした。今晩で総て結果がつき、あっさり解き放れるかと思うとほのかに満足を覚ゆ。

小松さんにも一遍書きましたが母上よりもよろしくお願い申し上げます。

遺髪、爪を田嶋さんが折角とりに来てくれましたのでやりました。薄暗くなってしまいました。先生と一緒に最後の夕食を直ぐ摂ることになっています。ラジオをかけてくれたので洋楽を聞いています。

また雨が降ってきました。朝から遺書を書き通しで疲れて聞くラジオ音楽は無上に楽しい。

田嶋先生は先を考えないで瞬間瞬間を楽しく過ごせといわれた。その通りだ。

忘れていたが「かいみょう」もいらないのだが、やはり幕田稔がよい。親がつけてくれた名前だ。〔略〕

（夕食）僅かの酒で大分酔ってしまって、ブンガワンソロ、ラパロマ、アロハオエ、二人の擲《てき》弾兵《だんへい》等大分犬吠埼《いぬぼうさき》をはりあげる。四年ぶりの酒で大分よい気持ちだが、矢でも鉄砲でも持って来いとまでは今少しだ。最後の夕食を食い終わる。宿望のトンカツ、ハム汁、にぎり鮨、刺身、洋梨子の御馳走である。一同極めて朗らかな会食、「元気でいこう」とは一同の声。

今晩の死出の旅も、小学生のとき、遠足に行く前夜の未知の地に対するほのかな好奇心に似たもので、私は待っているだけである。

正法眼蔵を通読しようと思いながら、身の衰弱のため要点を拾い読みきりできなかったのが残念である。

自分の深奥の心と照合しながら、読まなければならないので時間と根気を要する。豊でもいま少ししたら、私の遺志と思い通読して下さい。坐っては読み坐っては読みしないと分からない本だ。自分で判った分きりしか理解できない本である。

ロシヤ、フランスの翻訳小説をも少し読んでみたかった。しかしトルストイの『戦争と平和』ぐらい胸を打たれたものは皆無であった。勉強は一生のことだから、こつこつ倦まず撓まず、死ぬまで続けて下さい。――あせらずに――それでも人生の重荷が肩から下りたような清爽軽快な気持ちもしないでもない。あせると失敗する。一事ずつ十分嚙みくだいて急がぬようにしなさい――何ごとでも同じです。

酒が少しさめかけて来たが、仲よくして生活してゆくのを考える安堵に似たものが胸に起こる。くれぐれも私はいわゆる死んだのではありません。

こういっては何だが、道元禅師のいっている要点はピタリと把えている自信を持っているのだから。病気などでいやだいやだと思い死ぬのとわけが全然違うのですから。私は先にもいった通り、自分の確信をこの私の人生という道場で自証するため自ら死にとび込む心算でいるのですから、だから必ず生きているのだと思い心を強く朗らかに明るく持って下さい。

この題にもだから、わざと遺書などと爺むさいことをいわずに「昨日今日の日記」としたのです。また明日も明後日も生きて続いてゆくという意味をもって。

別のは漫談と題をつけて下さい。題をつけずにしまいましたから。BでなくAの方です。真っ暗くなってしまいました。窓を開けていると真ん前の方に赤と紫の、やや右手の方に緑のネオンサインが見えます。世界は醜くもあるがまた本当に美しいと思います。

今日も便秘で腹が張っている。が二年間兎も角気をつけた甲斐あり、歯痛も痔もことなく過ぎたのはうれしい。

今日夕食のとき、榎本氏が入道頭をして襟の破れたボロボロのシャツを着て喧嘩の後のような格好で酔っぱらい、はげ頭をして、莫迦に色っぽい小唄など歌ったり、詩吟を唸ったりしていたのを思い出すと可笑しくてたまらない。

一寝入りしようとするが、やかましくてなかなかねむれない。吾々の日常生活に於て起滅する意識は死の意識と本質に於て同じものであるようだ。吾々の生活はどれをみても一生に一度きりないものであることに変わりはない。

どこまで書いても限りがないので夜も遅いからこれで止める。

元気に朗らかに仲よく、皆様、母上様。

若き世代への勧告（抜粋）――信仰と幸福――

成迫忠邦（二十六歳）
〔元海軍一等兵曹、石垣島第二迫撃砲隊先任下士官。大分県南海部郡木立村。〕

私は子供のときの生活をときどき思い出す。母はよく他所《よそ》の人に、私が他の兄弟と違って、七つのときから般若心経を読経するようになったことや、母が仏壇の前で読経を始めると、食事をしていても直ぐに止めてその傍へ座り、両手を合わせて一緒に読経していたこと等を物語っていた。これと同時に思い浮かべられるのは仏壇の奥の金箔の御堂の中に安置されていた不動明王で、私はそれに向かって小さい両手を合わせていたのである。勿論物心のついたばかりの私には仏とはどんなものか判る筈はなかった。しかしただ何となく有難くて拝まずにはいられない気持ちであった。そして母が拝むから私も拝んでいたのだ。生長するにつれて拝み方もお留守になったが、それでも小学校の五、六年までは可成り真面目に拝んだものである。ときおりは近所から奉公に来ていた叔母に代わって朝のお初を供えたこともある。ところがそれ以後、日と共にいよいよ仏壇と遠ざかり母から注意を受けたことも度々ある。これらは私の幼きときの一篇の思い出に過ぎないが、しかしこの思い出を通じて反省させられるものがある。この一篇の物語は単なる童話として見過ごされていいだろうか。

私の幼時の如く人が拝むから私も拝む、人が有難がるから自分もただ有難がる。一体仏教信者とはそんなものであろうか。また宗教とはそういうものであろうか。世間にはこのような信者が相当数あるのではないかと思われる。仏教でも基督教でも苟《いや》しくも宗教と名のつくものは決してそんな単純な真似ごとではない。私達は単に仏教であるから信ずるのではない。また基督教であるから信ずるのでもない。ただ絶対の真理、人力を以て如何ともなし難き妙不可思議なる力に対する帰依《きえ》である。宇宙の万物を動かしているところの真理の力こそ神であり仏である。その前には自《おのず》から頭が下がり、それに帰依するのである。況《いわん》や仏教中の一派とか基督教中の一派を信ずるのではない。ただ自分にとって唯一絶対と思われる真理を信奉するのみである。私達衆生もこの真理、更に別な言葉でいい表わせば永遠にして全一なる大生命力、これを本具しているのである。この本具の生命力を名づけて如来と仰いでいる。この力を生かして行くことが信仰である。それは小我を捨てて大我に目覚めることである。

自分という個の存在が念々不住、何ら確定したるものでないことが真に理解されたとき、ここに自身が本具している大生命の力を自覚される。この力に乗託して行けば、生死を超越した生活が可能となる。この生命力に南無（帰依）するところにまた真の生の喜びと平和を感じ、万法一如の世界を見出し得るのである。

村田太平先生の書に「信仰は自己を捨てることである。即ち無我になりきって生きることである」とある。蓮如《れんにょ》上人は仏法は「我なしに候」といわれ、道元禅師は「仏法を習ふことは自己を習ふなり。自己を習ふことは自己を忘る、なり」と。また基督は「心貧しき者は幸福なり。天国はその人のものなればなり」「人若し嬰児の如くならずば天国に入ること能わず」といっている。

小我を捨てない限り聖道門、浄土門に帰依しようと、真に救われる道理はないであろう。しかしながら信仰を得たからとて、外的苦難がすっかり無くなってしまうわけではないと思う。仏を信ずるが故にそのお陰によって、艱難苦労に打ち勝つ筆舌に表現し難き力、妙不可思議なる力が与えられるのだと信ずる。

肉身のある以上何人と雖も悩みは絶対とれない。しかしそれに倒れてはいけない。その悩みに左右されてもいけない。そのためには有限の生命なる自己の一切を無限の生命に託してその大いなる力によって生活することがどうしても必要になってくる。私達が幾分でも仏に近づき真理を探究すると、おのずから自己の力の余りにも弱いのに驚き、偉大なる力に総てを捧げずにはおれなくなるのである。ここに宗教の本領がある。自分自身を否定することはややともすれば、厭世感が起こり勝ちであるが、その否定することによって真の自己を把握することができるのである。

一体人間として最大の恐怖は何か。それは死である。生きたい、飽くまで生きねばならないということが人間最大の本能であるからだ。私は極刑の宣告によって人間のもつ最大の本能を切断され、最も恐ろしき死に直面させられた。判決当初、私はこの死に悩み、死と過去の生活、希望等のあらゆる感情が錯綜して、立っても居てもいられぬ苦しみを味わった。

昼間は読書をしたり英語の勉強をしたりして、どうにか心を紛らすことはできたが、夜周囲が静まり、枕に頭をつけると、昼の間紛れていた心痛苦悩が再び浮かび上がり、苦しさの余り転々と寝返りを続け、その恐怖の猛威に悶えたのであった。私は自然にこの煩悶に打ち勝つべき他の何ものかを求めるようになった。これが二、三ヶ月も続いたであろう。その後友人と讃美歌を歌ったり読経したりしたのが、その間は何もかも念頭から去り三昧の境に入っていても、止めると煩悶はますます自分を苦しめ、揚句の果ては神を怨み仏をなきものにし、自暴自棄にさえなりかけたのだった。それに耐えきれず絶対の力に縋ろうとするが、見出し得ず、遂にはまたも世の中には神も仏もあるものか、こんなものは人間が勝手にきめたもので絶対ないとまで思った。また若し神や仏があったならば、この自分をこんな境遇に陥れる筈もなく、仮に何かの間違いにしてもかくまで俺を苦しめるのかと思うとき、一切が信じられなかった。ただ朝夕、故郷の老母や縁者に詫び、感謝を捧げることによって心を慰めていたのである。私はかくて絶望のどん底に叩き落されていたのであるが、計らずも或る日、友人から永遠の生命というものについて話を聞き、私は今までの自分の考えに大きな疑問を抱いた。これが後日、私が信仰に目覚め心の平和を得る機縁になったのであった。

その後、この死刑囚の棟に信仰に厚い方が新しく入って来られたので、その方に教えを受け、また花山先生の指導を得て信仰の道をひたすら進むことができるようになり、初めて自己に目覚めた。そして人生の価値を独房生活の中に見出し、そよ吹く風にさえ、いつしか感謝の念が起こり、周囲の白壁は体操の要具代わりとなり、屋外運動では日光に歓びを覚え、桜花緑葉を心から讃美し、しみじみと自然の恩恵の大いさを感じ、嘗《かつ》ては敵視して来た米兵を兄弟友人の如くに思い、ときには感謝状を送る等、心境は一変して来た。要するに感謝の気持ち、これがとりもなおさず自己にとっての幸福ではなかろうか。

では一体幸福とは何か。これは人生の最高理想であろう。一般に幸福を地位や財産に求めているようであるが、これらは欲望満足の材料ではあっても幸福そのものではない。私達の真の幸福は信仰の生活の中にある。世間には幸運に恵まれて巨万の富を獲得したもの、或いは稀なる高い地位を得たものもあろう。彼らは果たして自分の財産や地位に満足したであろうか。教主釈尊はいう「人生は苦なり」と。一つの欲望の後に他の欲望が待期し、充たされても充たされても究極の満足はない。羨望された巨万の富も、そして地位も、時代の変転の前には、はかなく壊れて行くのであり、幸不幸は表裏一体の如く循環して果てしがないのが人生の常態である。限りなき欲望に追われる人間は今日一日の満足を感じ幸福を味わうことすらなし得ない。常に未来に向かって満足を求め、幸福を追って生きている。これでは永遠に真実の幸福を得ることができる筈がない。最も大切なことは現実の生活に感謝しつつ生きるということであり、これは仏を戴いた生活にのみ味わい得る境地であろう。仏を見失い信仰に逆らった生活こそ最も悲しく苦しい日々ではなかろうか。そしてこの信仰の道は老若男女を問わず、凡《およ》そ人たるものが正しく美しく生きるために不可欠の道である。若し世の人々が私達の境遇を想像し、それと自分を比較するとき、たとえ直ちに仏恩を感ずるには至らなくても、幾らかの幸福感を抱くことであろう。ましてや、その人達が信仰に目覚めたならば、自分が自由の天地に生きていることを知り、眼前には極楽浄土が展開され、その環境に於て活達自在に飛び回る真の力を自覚し、今までの冷たい人生観や世界観に暖かい血流を戴き、幸福を満喫するに違いないと思う。私はこの気持ちを一人で抱いているのが勿体なくてならず、この機会を通じて少しでも世の人々に解って戴きたいと思って菲才を顧みず拙筆をとった。万一にもこれが世の人の幸福、平和日本、世界平和の実現に少しでもお役に立つならば、私としてこれ以上の喜びはない。

ある死刑囚の記録

田口泰正氏が「私の信仰に就《つ》いて及び希望」と題して就任当時の私に寄せた一文は左の如くである。

田 口 泰 正（二十八歳）

〔東京水産大学中退。学徒出身の元海軍少尉、石垣島警備隊第一小隊長。北海道小樽市厩町。菩提寺＝同市富岡町、日光院。〕

私の家庭は仏教（註：真言宗）を信仰致しております。また祖先崇拝の意味に於て神を祀っております。故に私は幼少の頃より随分と神社仏閣へも詣でました。また海軍入団直前にも私一人して数日間の旅行を計画し、伊勢神宮から奈良各寺を回って高野山にも詣でたものですが、当時の私には信仰のいかなるものか、その本来の意義を理解することはできませんでした。ただ自己の心が大変に清浄になったように感じたことと、大いなる利益が授けられたように感じたことのみでありました。たとえ当時の幼稚な心故、明確な目的がなかったとはいえ、かような薫習こそ人間にとって絶対不可欠なものと思います。絞首刑の宣告を受けて一年有半、今頃になって初めて信仰の真髄を体感させて戴いた次第ですが、絞首刑宣告当時、家の信仰、真言の教えを私の信仰として行きたく思いましたが、参考書とて殆どなく、縁あって弥陀の信仰に入ったものですが、種々なる教典を読んでいるうちに、私は方便のために随分と迷わされていることを知りまして、私が真に絶対にして無碍《むげ》なる生活指導者として仰ぐに足る人は悟りを開かれた釈尊以外に無いという確信に達しました。故に現在の私の信仰の対象は釈尊以外にはありません。釈尊の教説に対して絶対の信仰を持っているものであります。ただ教典には非常に方便が多いので、方便の中に秘められた真理を体得することこそ絶対必要であろうと思います。若し吾人が方便をそのまま信じているのなら、それは明らかに「いわしの頭も信心から」といったことになってしまうと思うのであります。現代の信仰書を読んでいると、この方便と真実の教えとが入り交じって了《しま》っているように思われてなりません。極端にいえば、あまり方便を多く使用するので、それが現代の人間にとって超現実的なものとして、軽視されるのではないかと思います。仏の教えはそんな架空なものではなく、絶対の真理であり、永遠なものにして現実的なものであると思います。現在の私は宗派には全く拘泥しておりません。釈迦如来の人格に対して、言説に対して、その真髄を至心に信楽しておる次第です。私のこの考えは間違っておりましょうか、先生には永年仏教哲学を研究されて、それらのことに関しては知悉《ちしつ》されていることと思います。どうか真実の教えを、方便を超越した真実の教えを御教示下さらんことを切に懇願して今後の御指導御鞭撻を御願い致します。

田口泰正　合掌

田嶋隆純先生

昭和二十四年六月三十日朝記す

この願いを私に寄せて、約一年仏道に精進した彼は、最後の記録にいかなる心境を書いたであろうか。

わが最後の記録

自昭和二十五年四月五日午後八時
至　〃　四月六日午後十一時　於巣鴨拘置所緑地区

私に対して絞首刑執行の期が急迫したことは、はや数日前から判っていた。最終審の結果が発表されたばかりがその理由ではなく、看守などの挙動からそれが十分に察知されたのである。それのみか、筆には到底表現できない予感があった。昨夜（昭和二十五年四月四日）囚友

W氏より死刑囚の死の予感について伺ったが、全く同様のことが私にもあった。霊感の不可思議を否定し得ないことを死に臨んでまざまざと体感した。これは一笑に付されないことだと思う。この数日間は何かしら、いやな気持ちであった。全く平常通りであったとは断言できない。昭和二十三年三月中旬、横浜の公判廷で死刑の宣告をされて以来、二ヶ年余り仏道に精進して来たにもかかわらず、この様かと誰かに叱られるかも知れぬが、事実なれば致し方ない。だが、このいやな気持ちの中に、否、このいやな気持ちを超越して大きな諦観を持っていたことを私は断言できる。だから特に落ちつきを失うようなことはなかったのだと思う。これこそ如来の大智であり、大慈でなくて何であろう。要するに我が心に二面の活動があったわけである。幸いなることには正見の面の方が強かったようである。

さて遺品の整理もできて、夕食後の読経も終えて暫くすると連行に来た。このときは既に特に動揺するようなことはなく、元気一杯、同囚の人達に最後の別れの挨拶をして、緑地区独房に入る前に着ていた衣類全部を脱ぎ、他のものと交換する。房に入って鍵をかけられ、網戸の前に看守が二人立っている。早速この最後の日記を思い立ち書き始める。このときに到っていよいよ来るべきものが来たという感じである。と同時に何となく重荷を降ろしたような気分になった。少々胃の具合が悪いので、衛生兵に白い玉の薬を二つもらって服用する。息のある間は体を大事にしなければならない。

生ある間は最後まで有意義に暮らすのだ。午後十時頃、階下の房で当拘置所長より通訳を介して罪状項目の決定及び絞首刑宣告を言い渡される。罪状項目に不明の点があったので質問したが、実に簡単な一文である。署名はなかった。わが意に反したものであれば、勿論署名を拒否するつもりであったが。……

房に帰って来たときジェーラー（看守）に時間を伺ったところ午後十時五分という。時刻の経過が実に早いように感じられてならない。早速この日記の続きを書き始める。

今はすでに実に明るい気持ちである。煙草はキンシであるが、一本ずつ差し入れてくれるので喫いつつ筆を運んでいる。書き忘れたが、私の絞首刑執行は昭和二十五年四月七日午前十二時三十分頃と宣告された。あと二十有六時間の生命である。田嶋先生が隣室に来られたらしい。幕田氏のかん高い声がきこえる。一寸《ちょっと》筆を休めて愚作三首、

明月の如く澄みたる心にてあと一昼夜の生命を思ふ

田嶋師の訪れならん隣房より朗々として話声きこゆ

池袋のネオンは今夜影もなし巷の人らはや寝つらんか

田嶋先生が私の房に来られて三十分ばかりお話しした。際限なくお話ししたいが他の人達の都合もあり、田嶋先生の御健康のことも心配である。この短い時間に家の祖父母、父母、弟のこと、私の心境から最後の晩食の献立のことまでお話しして来た。日本酒にトンカツ、ハム、寿司、白身の刺身、果物としてリンゴを希望した。名残を惜しみつつ田嶋先生と明日を約した。時刻は午後十一時五十分。家族あての最後の言葉は明日書こう。今夜はこれからぐっすり

寝につこう。最後の一夜をぐっすりと寝るのだ。祖父母様、父母様、弟よ、お休みなさい。

明けて四月六日午前五時過ぎ、起床した。口をすすぎ（歯磨き、歯ブラシの給与なし）洗面してガラス窓を開き十五回ほど深呼吸する。外は春雨がけぶっている。実に静かな朝だ。巷の人はまだ目覚めぬ如く、遠く望見される山手の屋根屋根も寂《しず》まりかえっている。一夜を越した私の今の心境も静かである。ただブリキの吐水板に落つる雨滴の音がいつもと異なった音律を私に感ぜしめる。

昨夜は床に入ってすぐには寝つかれなかった。二十有八年の生涯の思い出が走馬灯の如く廻り、楽しい思い出も苦しい思い出もすでに皆なつかしかった思い出として甦って来た。こんなことでは容易に寝つかれないと思ったので、同時に明日の一日間の活動のことを考えて一切何も考えまいと努力した。一寸苦しかったが、そのうちに寝に入ったようである。五時過ぎの起床まで何か夢をみたようである。何の夢だったか記憶に残っていない。もう窓は随分と白んで来た。午前六時頃であろうか。

最後の夜のあかときにしてあわれ〱どよもし長し汽車の警笛

午前九時頃、係将校二名により最後の指紋をとられた。左右両指各々と五本全部のとを二回繰り返す。大尉はラッキー一本を私に与えて火をつけてくれた。中尉は「昨夜はよく寝られたか」と質問する。「然り」と答えても何ら顔に反応の色は見られなかった。房にもどって十時半頃大体遺書を書き終えた。

今頃田嶋先生は五棟三階の旧友に釈尊の日にちなんで、先週来の約束たりしレコードコンサートをやっていられることであろうが、昨日まで一緒に苦患に堪えて来た友らはいかなる心境で流るる音律に耳を傾けていることであろう。あと十数時間後の寿命に迫った私も全く感慨無量である。変化流転の常に絶ゆるなき現実がまざまざと身に迫る。

ただ今作った一首、

家族らに遺す言葉をひたすらに書きつぎいたりいまだ現身《うつせみ》

十一時頃、外人牧師が二人来た。井上乙彦氏のところに行ったらしい。クリスチャンだから――仏教徒たる私のところには寄らずに帰られた。一寸横になりかけたら、はや昼食である。昼食の前にはリンゴ一個ずつ配給があったので食べかけたら昼食で、来た献立には色御飯（肉、人参入り）、スープ（ネギ入り）、大根、玉ねぎの煮つけ、沢庵、ミカン缶詰に日本茶である。量が通常より多いので、とても食べきれない。ミカン缶詰は特配まで貰って食べた。

何思ふともなく鼻毛抜きいたり昼餉《ひるげ》終へしあとのひとゝき

ふるさとの林檎畑のつぶら果にかえす日光《ひかり》を今思ひつゝ（リンゴの差し入れあり）

榎本氏が午後に作ったという短歌三首朗詠す、なかなかよい歌で拍手が起こる。

人が恋しい。何となく人が恋しい。榎本氏もきっと人が恋しいので短歌の朗詠を始められたのであろう。性別、年令を問わず、人が恋しいのは恐らく稀《まれ》にして、特異な環境にのみ限られるのではあるまいか。今の私なら数時間ぐらい一人でしゃべれるかも知れない。先ほど誰か看守に他房訪問の許可を求めていたが拒否された。人間の心中にある普遍的な何ものかがかような衝動に駆り立てるのであろう。

朝な夕なに我が帰りを待ち給ふ父母弟よ最後の日の暮れ――

午後三時三十分頃、田嶋先生が今日初めて来訪されて遺品として髪及び爪を切られる。バラバラと白紙に落ちる黒髪、白毛が全然交じっていない。爪は自分で親指、人指し指、中指の三つを切った。田嶋先生に御伺いしたところ、確実に田嶋先生が家宛てに御届けされる由、安心する。午前午後にわたって田嶋先生の法話があったため遅れられた由、早くも我らの処刑を知った既決の人達及び昨日まで一緒に暮らしていた人達よりくれぐれもよろしくとの報せを聞く。友らの一刻も早き出所と健康多幸を祈って止まない。

先ほどからすぐ目の前にラジオが音楽を奏している。英語放送である。日本語の放送を聞きたいような気になった。かような欲をいったら際限がないが――。

もうすぐ最後の晩餐だそうである。田嶋先生を中心に七名一緒にできる許可があった由、田嶋先生から伺って嬉しく思う。最後の食事をこの上もなく味わう。心境は相変わらず寂かだから、愉快に美味しくいただけるだろう。午後五時半頃より一時間ほど最後の晩餐をする。田嶋先生を中心にウイスキーで乾杯、御馳走をいただく。注文の通り寿司、トンカツ、マグロ刺身、味噌汁、コーヒーにリンゴ、梨の果物。十二分に堪能して余興に入る。

十分酔うほどアルコール分は体に回らなかったが相当よい気持ちで歌い始める。世界的名曲から流行歌、渋いところまで続出する。私の伊那節で最後の晩餐を終わり、各人それぞれの房に帰る。ただ今の時間は午後六時三十分、あと六時間、――これだけの寿命である。――

間もなく田嶋先生が最後の訪問に来られるかも知れないので、わが生涯最後の日記もこれで稿を閉じねばならぬかも知れない。

辞世

ひとすじに世界平和を祈りつゝ円寂の地へいましゆくなり

泰正

では日本よ、同胞よ、祖父母様、父母様、弟よ。御機嫌よろしゅう。さようなら。

昭和二十五年四月六日午後七時

於巣鴨拘置所内緑地区第三十二号

お父様

お母様

懐《おも》えば二十有八年の生涯、無上無碍の愛情の中に何一つ不自由なく育てて下さいましたことは今日即ちわが、最後の日に於る最も大きな思い出として、感謝として、私の心の中に充満しております。それにもかかわらず、心配のかけ通しで何らなすところなかった泰正の不孝をどうかおゆるし下さい。

宿業の催すところと大悟して今は実に澄みきった心持ちにて筆を走らせております。泰正の刑執行は昭和二十五年四月七日午前十二時三十分頃と申し渡されました。

お父様

お母様

徒《いたず》らに泰正の死を悲しむのをどうか止めて下さい。かようにして逝くべき泰正の宿業であったのだと諦められて日々を有意義に元気に楽しく御暮らし下さいますよう希望して止みません。これが泰正の最後の希望であり、御願いであります。幸いなことに、弟はもうすぐ一人前になって私の分まで祖父母様父母様に孝養をつくし得ることと信じております。どうか守の長所才能を御賢察の上、十分に発揮できますよう御指導おねがい致します。泰正の葬儀は一切不要でございます。これは私の信仰の上から、常日頃有している所信でございますので、ただ朝毎にでも、家の仏前に於て皆様と霊の対面をさせていただけば、それがかえって私には嬉しく思われます。共に楽しくわが生涯を暮らさせていただき且つ御指導御鞭撻を賜った親戚、諸先輩、諸先生各位並びに朋友諸賢に山々よろしく御言伝致します。

お父様

お母様

くれぐれも御体を大事に、御多幸と御健勝を御祈りしつつ、御機嫌よろしう。

昭和二十五年四月六日午前八時三十分記

お父様

お母様

泰正

遺書集

小野 哲

佐賀県出身、陸軍大尉、25歳
比島　於マニラ
昭和二十一年七月十六日　絞首刑

日記より

六月一日

昨三十一日四人の被執行者がでた。四月二十五日からずっと無かったので、或いは何かの原因で刑が一般に軽くなるのではないかと噂して皆希望を持ちかけていた。反面収容所長の巡視、検査とか、食事時間の切り上げとか、些細の変化にも、皆神経を尖らしていた。占いをやったり、裁判の判決がやや軽くなったのかと神頼みをしている反面、所長の巡視等のあった日は、或る獄舎等、服装を整えて、呼び出し（執行のため）に、直ぐ出られるように準備したり等。かくして、昨三十一日は刑場長がやって来た。皆覚悟していると果たせる哉、金網張りのトラックが、護衛兵を連れてやって来た。米将校が名簿を出して、舎内に入って来て呼び出す。皆固唾《かたず》を呑んで水を打ったように静かになる。何も知らぬ豚でさえ、屠殺の気配のときは何か緊張するのだ。全てを知っている人間のことだ。そして各人が、日本の無条件降伏の条件のために、身を捧げるのだと、大部分が諦め、一部が誇りとしている吾々のこと。この時間の死刑囚の心理こそ、至高至美の厳粛なものであろう。

「アッ森本中佐……アー迎中尉、鶴山大尉……今日は四名だ……」

銃を持った兵を連れて、米将校が自分の監房の前を通るときの死刑囚の気持ちは何ともいえぬ。ときに一寸《ちょっと》でも立ち止まったりしたら《ドキッ》と来る。さてこそ平常の馬鹿話に「もう生きているのが大儀になった。早くやってくれぬかな」ということになる。出て行く人は皆微笑を浮かべている。見送る吾々の気持ちが却って苦しいのかも知れぬ。檻付きのトラックは刑場へ出て行く。獄舎からは恒例の「海行かば」が湧くように起こる。未決の日本人も襟を正して見送っている。米人歩哨もションボリとなっている。今日は掛り米下士官も吾々の舎から逃げるようにして遠ざかっていた。その心に対して吾々は無量の感謝を持っている。

ここに一群だけ日本人でありながら、無関心のような顔をしているのがいる。是非このことは日本に知らせたい。それは米人近く使われている、腹一杯飯を食って丸々と肥えながら働いている連中だ。或る人が彼らの一人に、「少し態度を考えろ」といったら「吾々も大分考えているのだが、米軍は死刑が日本人に及ぼす影響を非常に考えて心配しているので、なるたけ吾々は無関心の様子をしているのです。心では皆泣いていますよ」といった。彼らは停戦前に武器を捨てて投降した者が大部分と聞いたことだけを書いて多くの議論を止めよう。真の人道違反者、売国奴、悪鬼は内地へ帰って泰平の夢をむさぼっている。「俺は正しいことをやっている」命令を忠実勇敢に実行している。或いは「悪いことをやっていないから大丈夫だ」として安心した人が戦犯の罠に陥っているのだ。俺は危ないと思う者は、凡有《あらゆる》手段によって逃れているのだ。

国民よ…… 帰還者により事実を確認して人道日本を築いてくれ!!

またしても取り返しのつかぬ死刑を行う裁判の不当に対する憤りが循環して来る。「俺の死期も近いようだ」といわれる河野中将を見て可哀想に感ずる。

トラックは刑場へ消えた。午後五時一寸過ぎだ。「今から最後の晩飯か、恰度良《ちょうど》いな」「また始まったから次からはバタバタと行くぞ、八月中には比島のＰ・Ｗは全員帰るそうだし、七月四日は比島が独立するし、米国の独立記念日だし、大体皆六月中に片づくぞ」「マア良い、来いといわれたら行くし、ビール飲ますといわれたら飲むし、十三段を昇れといわれたら昇るし、いわれる通りするよ。嫌だといっても止めることはできんことだからな」「次はどう考えても俺の番だ」「俺も危ない」「〇〇も来る頃だな」「畜生この歩哨だけだ。被執行者が出たら喜んで騒いでいる。今までのは皆ショゲてしまったのに俺はこんなのは知らぬ」「マア良いよ沢山の人間だ。でき損ないはあるよ。日本人だって同じではないか」「しかしまあ…」「オイもうこの話はよそうよ、来るまで暢気《のんき》にやったが勝ちだぜ。多吉さんの玉チャンはどうなったい」

さすがに今日は歌声も聞こえず、全獄舎はヒッソリしている。最後の日のことを考えて不覚を取らぬように、もう一度肚《はら》を定めるようにぐっと力を入れたら、何か熱い力が出たようで、落ち着いて口笛でも吹きたいような軽い気になった。舎内は早くも饒舌が始まっている。時間も過ぎて眠くなった。今日もまた安眠の時間を与えてくれる。天に感謝して楽しく蚊帳《かや》を吊って寝転んだ。

朝眼が醒めてみたら、女学校に学芸会を見に行った同級生が張り切っている夢が醒めたのだった。清々《すがすが》しい気持ちがして窓を見ると、刑場のあるマキリン山が美しい。フッと今朝明け方執行されたであろう四人のことが思い浮かんで一瞬瞑目してしまった。

今週からはマッカーサー司令部への書類の送達、命令、伝達の目次を考えると、私も一日一日と生命を数えねばならなくなったので、朝飯を食ってから暫くサボッていたこの日記をまた書き始めることにした。

六月二日

内藤さんが出て行った。午後五時〇分。八時から九時頃までに執行される筈。笑って行った。私は鉄格子から手を出して握手した。「何《いず》れ直ぐ私も行きますからね」「ハイヨ、エエ場所取っといて上げましょう」。外に出てから未決の方へ向かって、「イヨウ、今から行きますぜ。サヨウナラ、ハハハハ……」と両手を挙げて挨拶して行った。歩哨の米兵も盛んに鼻を拭っている。収容所長の大尉も門のところで内藤さんの肩を叩いて涙を拭いた。獄舎は「海行かば」だ。やがて各死刑囚からは笑い声が出始めた。不覚にも俺は今度は《俺じゃないかな》と胸が塞がった。残念。

内藤さんには一昨日、彼の妻から葉書が着いて、彼は「その真心を知っただけでも、死んでも心残りは無い」といっていた。彼はその葉書で彼の無罪を証明する強力な証人が名乗り出たことを知って、再審嘆願を出した。しかし遅かった。というより刑まで米軍が差し止めていたのかも知れぬ。已《すで》に刑執行の命令は、この無罪の好男子に下されていたのだ。彼の述懐を聞いて無実を押しつける天を恨んだものだ。

六月十八日

父母へ……一人息子のくせに御傍《おそば》にもいず、また偶《たま》に御会いするときも、子供らしく優しい言葉も出せなかったのが、今なお残念です。しかし武骨な佐賀人らしいところだと許して下さい。奉天で御会いしたときも、今度こそ甘えた言葉でも使おうと思って、いざ御会いしてみたら、やはり昔ながらの御両親の顔を見たら気易くなって、ついきつい言葉が出て、母上が、「貧乏人の子はやはり貧乏人の子だ。オットリしたところがどうしても出ない」と淋しそうにいわれた言葉が耳に焼きついて、済まなさに苦しめられています。今度こそ本当に親孝行の真似でもしてみたいと思っていたのに。

打ち続く御苦労に大分年も寄られたことでしょう。そうです、奉天で会うたときは、父上の白髪と母上の皺がギクンと、私の胸を刺しました。私はお陰で立派に成人していると自信を持っています。二十五年の人生は御両親の絶対の愛に見つめられていたことを回顧して今痛切に感じます。日本のために先立つべき私の我儘《わがまま》を今一度許して下さい。御両親に取っては私を失うことは、人生の終止を意味するほどに大きいことでしょう。私の最大の希望、憧れ、それは御両親の御幸福です。私を可愛い、と思われ、私の望みを果たさせてやろうと思われたら、是非御身を大切に。そして天命のまにまに楽しみを以て暮らして下さい。切に切に私は絞首台に上っても意識のある間は一心にこれを願っています。若《も》しも変に落胆して自滅の道でも取られるようなことがあったら、私はいかに悲しいことでしょう。お別れしてから四年か。いかに暮らしていられるか気に掛からぬときはない。私は今立派な男になっています。この男を御見せしたいためにこの記録を書きました。御笑覧下さい。私はこの文章をいつまでも書き止めたくはありませんが、私は今、何だか天国への旅を急がねばならぬような予感に襲われていて、また別のことも書かねばなりません。あっさりと止めます。では、呉々も御身御大事に。好々爺、好々婆さんとなられて天寿を楽しまれるように。

六月二十四日

今日は月曜日である。毎週木或いは金曜日には四人ずつ死刑が執行されている。先週の木曜日には、大西部隊が四名やられた。順番からいえば何か変わりでもない限り、私が今週執行されることになっている。昭和二十一年六月二十七日或いは二十八日が小野哲の人生を閉ずるときとなりそうだ。

毎土曜日一枚ずつ支給される葉書は浜の川村伯父へ出した。誕生日大正十年四月二十五日から起算して二十五年約九十日、すなわち九千二百二十日ほどの人生だ。一日一日が暮れて行く。飯を食って息をしているだけの人生だ。

死の近きを観念した人生というものの一般の人生に比して何が違うかといえば、希望皆無という一語に尽きる。嘗《かつ》て太田大佐と裁判所で話したとき「小野大尉、死を感じたときはどんな気持ちだ」と聞かれて、「全然希望が無いですね」と答えた。太田大佐は何回も頷かれておられたが、何かやって来て暫くするとまた私を見て「そうか希望が無くなったんか」と独り言のようにいわれた。また暫くして同じことをいわれる。至極同感の模様であった。その太田大佐は責任を一身に負うて刑場に消えておられる。

やはり希望が無いのに関連するのであろうが、その結果次のような心理現象が起こる。

1、今後の娑婆《しゃば》の責任、ウルササがないために解放されたような自由さ。今さら功名心も、飾り気も欲もない。いろいろ気を使う必要もない。ただ今日を最大限に享楽するだけ。

2、死という大きな問題が目の前にブラ下がっていて、日常のことは問題が小さくなり、何でも馬鹿らしくなり、癪《しゃく》に障ることもない。獄舎の規則に反したとかで、米人に注意されてもピンと来ない。なるほどそうかなの程度で、どんなにきつくいわれても癪に障ることはなく「そうですか」といわれるままになるだけのこと。また米人や一般の者がヘマをやっているのを見てもただ目に映るだけだ。

3、米国の悪口、自分の昔のにがい思い出等も気楽に発表できる。

4、死刑囚もマラリヤの予防薬を飲まされる。今さらどうということもないが、米人としては規則上具合が悪かろうと思って飲んでやるだけのこと。食物も味覚本位だ。栄養の、どうのと考えはしない。しかしまあ栄養価のあるものが通常旨いには旨い。

ときどき雑念が入って来る。私も命令を受けて事件を起こした。命令を受けて行った者が死刑にならんで懲役になっている者が多い。この原因は、師団長、特に参謀、連隊長の腰抜けにある。やるせない憤りが湧いては、不甲斐ない上官を持った不運と諦める。恐らく師団長は生きて帰るだろう。そして厚顔無恥《こうがんむち》に私の家族等を聖人顔して見舞いに来れば上出来の方で、多分は一顧もしないだろう。

差し迫った死は一ヶ月前の私の心境を左右した。状況に大きな変化を与えた。飽くまで私は個的なものの無なる純粋全を否定するけれども今私は全的なるものの大きく発展して来たことを感ずる。お人善しの牧師は手柄顔して純粋全であったと。他へのお説教種にするくらいの死にようができそうだ。

一日一日と死に近づくのを感ずる今日悠々となってしまった。死刑を執行するから来いといわれたら、そうですか、と出て行ける気持ちだ。ひたすら人類の幸福を考えて。そしてなお滓のように影の薄くなった個的なものが潜在しているのを認めぬわけには行かぬ。キリストでさえも死の直前、自己の命を絶った天を恨んだということを聞いた。それでこそキリスト教は真理であると思う。

死刑の執行命令を受けてから、機会があればまたそのときの心境を書いてみよう。

今は三時四、五十分、あと暫くで夕食だ。今週の刑が今日ならばあと一時間程度に、お迎えが来る筈だ。八時か九時には天国行きにブラ下がるわけだ。
画では表わせぬが、室内十人の顔は見透しで一房内と変わらぬくらい見えるのだが、下手で何とも仕様がない。マキリン山（麓に刑場のある山）が見えるが、美しい山だ。高さ千米、経ヶ岳か琴路岳を思わせる山の姿、今日は頂上を雲で隠している。

一、若いいのちの血汐は希《のぞ》む
　ぐっとへったでおいらのおなか
　第二キッチン御飯の用意
おいしく食おう今日もまた
今日は来るかなお迎え車
来たらこいつが最後の飯だ

二、綺麗なお山よマキリン山よ
何の因果か刑場抱いて
すらりとそびゆるその立姿
しのび泣くよに白雲呼んで
やはり嫌かよほおかむり。

六月二十七日
いよいよ今日は問題の木曜日です。あと飯を昼夕に食えば、最後のサンドウィッチと林檎《りんご》が食えるでしょう。日によりビールも出ることがあるとか。佐賀人の意地です。笑って眠りますよ。できる時勢が来たら、胡麻豆腐とボタ餅を一度供えて貰いたいものですね。恐らく十時間足らずの息の根になって来たようですが、慌ただしい気もせず、今の窮屈な生活から脱せそうな気がして妙な楽しい気持ちです。
昨夜の夢には浜、鹿島のいとこ諸君全員が来てくれて、愉快に遊んでくれました。おんじさん、おばっちゃんも、ニコニコして遊ばして下さいました。今嬉しくて仕様がありません。お向かいにいる種市大尉（二四）「しかし考えてみると馬鹿臭いですなあー」「うーんそうだ、強姦罪で死刑になるただ一人の戦争犯罪者の貴様が、この中でただ一人の童貞とはこれ如何に」「ウワハハハハ」浩中将も笑われる。実際種市大尉は、厳格な連隊長の下で軍務に熱中して未だに童貞で、色話が出ると珍しそうに黙って聞いている若者。しかも彼の罪状は強姦だけです。「貴様の良い顔がたたったんだ。法廷でヒリッピン女の証人にほれられたんだなあ」「どうもそうらしいですなあ。何とも思っていなかったんで黙っていたら、強姦を押し売りされたんですよ」「女難とはこのことか」

この種市大尉に較べたら、私の方は未だ良い方。事実はあるのですから。「しかしやはり命に従うのは良いこととこそ思え、決して悪いとは思わずにやったことで、ブラ下がるとは面白くありません」「とやかくと文句いえば愚痴ばかり、敗戦罪と諦めるが良し」（浩中将）

やはり運命と諦める他は安心立命はできません。戦争裁判の不当不法を議論すれば、最後は「負けたのが悪いんだ」という結論で終わります。

ここは内地帰還者が一度入れられて、出て行くところで、良くその出入りが判ります。ニューギニヤの私の部隊の連中もこのように楽しく帰ることでしょう。彼らの嬉しい顔を想像すると、私も力強く、また嬉しいですね。何だか私の死を決定さしてくれるような気がして。訪れる彼らがあれば宜敷くいっておいて下さい。

或る人が昨日、全然知らない規則に反したといって、1／3に減食されている。他の者が、随分許してくれるよう申し出たが納れられぬ。

マニラの裁判と同じだ。やはり負けたのが悪いんだということになりました。この人は至極明朗な人で、講談が玄人《くろうと》並みで、明日は木曜でお別れの人があるからといって講談をうんと進めてくれました。実に面白くて、腹が減っているだろうに、よくもやってくれた好意に、もう少し生きる欲が出た、というのが一致した意見です。昨日は区切りの良いところで切り上げて貰って皆せいせいして「いや心なく死ねる」……希望なき人生は無意味だということが判る話でしょう。

六月二十八日（金曜日）

昨日は、来るか来るかと思っている中に午後の時が過ぎました。また一日生き恥曝《さら》すのかと気合抜けのようなホッとするような気で、整えた出発準備を平時態勢に改変しました。娑婆に必要な煙草巻きもやった。暗くなってから、各人の馬鹿話で時を過ごした。田布尾軍曹曰く、「本当に考えれば気が狂ってしまうくらいだが、マア何かにつけて皆無理して良く笑うなあ」。木曜日なければ金曜日にある。今日は必ずある筈。

今日もまた改めて死に直しだ。下腹にぐっと力を入れて、心の準備に不覚を取らぬようにしなければならない。死を嫌でない者はある筈が無い。しかし本心を丸出しに嫌だ嫌だというよりは、口で平気だという人を見るときの方が、確かに気が落ち着く。例えばトランプの占い等を神経質にやって、盛んに気にしている雰囲気よりも「ああまた一日生き恥曝すのか」「いや今日もまた一日生き儲けですよ」「ハハハ小野大尉のように毎日儲けていたら世話はないなあ」の方が良い。昔の武士道とか、武士気質《かたぎ》、躾というものは良いところを衝いている。

今日は父母の夢を見た。良いものだ。一日何か温かいような楽しさで包まれている。父母よ、達者で暮らして下さい。

皆規則を知らなかったのだからといって、三上少佐の減食罰が解けて、各房に守則が貼り出された。……右の各項に反せる者は厳罰に処するとある。なるほど死刑囚にもさらに厳罰があるわけだなあと皆感心する。多分あと数時間で私の息の根も止まるだろうと思える今一寸面白い。また米国人は、黙っておれば、「悪いと思っているから黙っているのだ」と取るから意見はどんどんいわねばならない。三上少佐もどんどん意見を出したから良かったわけだ。大分日本人とは観念が違っている。

今午後五時五分、終《つい》に今日はお迎えが無かった。一寸可怪《おか》しい。今日無いとすれば、今週は無いのか？　どうも理由が判らない。来週となれば七月だ。そして木曜日には米国の独立記念日で比島国の独立日だが、今の調子では吾々の刑には無関係であろう。肩のこりが、一寸取れたようだ。鉛筆も研いで準備していたけれども明日は土曜日だ。また一寸刻みの生活をせねばならぬ。神経を使えば大して骨の折れる人生ではある。

今日もまた楽しい夜が来た。各人の隠し芸の出し合い、楽しい夢路。

七月二日

今日もまた先週と同じ調子でやって来た。早くも火曜日、今週の木曜日は米比のお祝いだから、今日が危ない。

考えても同じことだし、書いてみても仕方のないことだ。もう余りのことについては書くまい。

七月五日

昨日は米比の祝いだったが、吾々には何の関係もありませんでした。

今は午後四時半ですが、あと半時間で、刑場への迎えの車が来るだろうと思われます。あるいは来ないかも知れません。

入獄以来七十五日間になりますが、このショウ軍曹（Sergeant Show この前軍曹になったばかり）が私の獄舎の係をやってくれましたが、良い人間でした。今年二十八才で東洋人のように思いやり深いところがあり、万事規則で四角になっている米人中で融通が利き、チャッカリした頭の良さで光っています。物分かりの良い年を取り得た好米国人です。私は終始彼に感謝して、温かく生活することができました。私が世界で一番好きな米人です。私は刑を執行される場合に残すべく感謝の手紙を彼ただ一人のためにに書いておきました。政雄叔父上の宛名を手紙に書いておきましたから、あるいは御手紙が来るかもしれません。また彼から手紙が来なくとも、この書類を見られたら、ショウ軍曹宛て礼状を出しておいて下さい。米人は特に写真が好きです。私の好きな大榎の下で撮った奴があったら、それを一枚と、私の将校姿の奴と、何か叔父上の家族でも判るようなのとを送って下さい。最寄りの駐屯軍米兵あたりへ頼まれたら届くと思います。実際兄弟の無い私は、彼は兄のような気がします。大隊長をやって年寄り臭いと自覚する私でさえも、年上だと見るほどの彼です。では宜敷く。(叔父上へ)

七月十日

ただ食って息をしているだけの生活が続いて早くも八十日目だ。このところ二週間死刑の執行が無いけれども、ただそれだけのことであって、やはり希望を絶たれていることに変わりはない。死を今か今かと待機しているのだ。この頃の獄中の一日の生活は、

朝日を覚ましてみると未だ暗い。仕様がないなとまた眠りに掛かる。四時半か、五時くらいだろう。ヒョッと気がついてみると、もう明るい。早く起きても何にもならぬから、そのまま寝転んでいる。早く起きると手持ち無沙汰で困るのだ。とくに腹が空いたのが気になりだしたら大変だ。アチコチの同類項が起き出しても、なるべく起きないように努める。それからやおら起き上がるべく、暇をかけて床《とこ》を上げ、洗面をやり、煙草を二本くらいスパリとやる。

それから目をつむって寝台に静坐して、自分

を今日あらしめた種々の思いに感謝してから、トランプで運勢を判断してみる。気の向くままやって寝転がる。やがてラウドスピーカーが第一キッチン御飯の用意という。やがてキッチンボーイが朝飯を差し入れに来る。足らぬながらも腹に収めて、また一プクやっていると、米人が便所ボーイというところの日本人とやって来て、夜間の便器を取り出し掃除させる。朝飯は七時半で八時半頃終わる。朝食後、各人は逐次ガード付きで独房から出て大便に行く。大便が一通り終わるとやはりガードが付いて、二名ずつ十分乃至《ないし》十五分の散歩が始まる。他の者が散歩している間はまたトランプを並べたり、整理したり、単調なことをやっている。独房だから相手がなく一人ゲームで極めて単調だ。飽けば寝転ぶ。気が向けば歌う。但し腹が減ることに注意せねばならない。同じような話題で皆が馬鹿話をする。この話も数ヶ月の顔だから、話題が尽きている感じだ。この記録もこの時間にやる。私を見習って大部の人が書いている。主として暇潰しが目的だ。ガードが好い人間だと、ガード相手に片言の英語で相手になる。月水金は水浴をやる。一名ずつ下士官見張りの下でやるので午前は掛かる。十時頃までに散歩が終わる。

いつの間にか、待っている第二キッチン御飯の用意のラウドスピーカーがやっと鳴る。十一時。配食のときやって来る曹長等が来て賑やかになると、またキッチンボーイが昼食を差し入れる。やはり食った直後に空腹を感ずる食事だが、一日中で一番の上等だ。甘いココアが出るのは内地人に取っては驚異だろうが、吾々は味噌汁が恋しい。大体豆粉入りの肉味の乾燥野菜スープで、ときに小さなチーズが一銭天プラの半分くらいのがつくことがある。

午後はいよいよ以て暇だ。十一時から四時までに十五分くらいの散歩と一、二回の小便がこの五時間の単調さを色づける。小便はペースコールという。大便はシェッツコールという。散歩の間に独房を検査される。そうだ煙草吸うのも一つの変化だ。ギブミーライツ（Give me light 火をくれ）と歩哨から火を貰うのだ。歩哨の人の好さ悪さはこの火と小便に連れて行くことに敏感に表われる。何とか暇潰しを工面しているうちに三時半となると、便所ボーイが便器を持って来てくれる。彼らとの会話は厳禁で、反則者は一ヶ月の絶食（一日一回食）となるのだ。彼らは軽く部屋を掃除して帰る。また一沈黙の後、第三キッチン御飯の用意が聞こえる。一汁一菜だ。今日のように木曜日或いは火、金には食後（四時半頃）から五時まで誰も一言も発せず、外部の気配を気にしている。来るなら五時に刑場行きの車が連れに来るのだ。五時が過ぎると今日は無いというて声が出始める。六時頃電灯がつく。八時頃までワイワイ話している。夜は一番ノンビリするのと書物等不自由なのとで、皆が一番話をする習慣になっている。

八時頃からこの頃は三上少佐が講談をやっている。「大菩薩峠」等長講十三、四夜に及んだ。玄人並みだ。約二十日になるが三上さんの種は尽きそうにない。三上さんが来る前は各人の野暮な隠し芸の出し合いだったが、このところ皆この講談を一日最大の楽しみとして聞き入る。十時半か十一時頃まで中休み二、三回を入れてやってのける。講談が済むと皆感嘆これ久しくしてから、安心して蚊帳を吊って寝る。

今独房での話題を拾ってみると戦争裁判のコキ下ろし、戦場の思い出、戦争間の生活、特に豪華時代の思い出、食物の話、痴話、漁、猟の話、内地の想像話、米軍に対する批評。

七月十六日

森田判助氏に御礼の葉書を出すことを忘れていて今心残りだ。十三年の暮れ頃は大変御世話になった。判助さんといえば、鹿島人には懐かしい名だ。判助さんが屁フイ出したという薬の臭いが、小学校に良く漂って来たものだ。今日は米人の佐官の巡視があったりして、刑執行の徴候大だ。あと数時間後の今日か明日か。何れにしても今週の葉書をくれる土曜日には生きておられぬらしい。

森田修君には宜しくと頼んでおいたが。

終に刑場行きが来ました。あと数時間の命です。仏教の森田さんが付き添って下さっています。最早《もはや》何もいうことはありません。

私は軍人として、軍人らしく命を国に捧げたつもりで参ります。

私の死生観は今日白熱しています。やはり全個の両面はありますが、文面に感ぜられるかも知れない未練さは殆ど無いようです。立派に成仏します。

米国が対日政策を立派にやり得ないことを憐れんでいます。

家、国を思う心は尽きなく湧いています。死の直前の今なお、皇国及び父母、親族御一同の幸福を熱望しています。特に母上取り乱して今後の人生を棄てられないよう心配しています。

それでは皆様御達者に、左様なら。

部隊諸君、畝《うね》は君らを待っている。元気で帰ってくれよ。

辞世

今日よりは生れかわりてすめぐににかえり尽せることとぞ嬉しき

小林大佐殿

長い間の御厚情有難うございました。葉隠《はがくれ》武士の子、ドッシリとして参ります。御体大切に後の戸（註：独房の戸のこと）じまり宜しく頼みます。

森田修君

もう帰ってボタ餅でも食っとるだろう。俺の分まで食ってくれ。散歩のときに会ったのが永別だったね。

先に寝る。後の戸締り頼むばい。

小野　哲

天皇陛下万歳

昭和二十一年七月十六日

満淵正明

石川県出身、陸軍大尉、32歳

米　於横浜（巣鴨）

昭和二十一年九月六日　絞首刑

小サキ者へ

昭彦ヨ、私ガオ前ノ生レタノヲ知ッタノハ昨年ノ四月北千島カラ内地転属トナリ、旭川ノ連隊ニ入ッテシバラクシテカラデアッタ。北海道ニツク前、船ガ敵ノ潜水艦ニ撃沈サレテ九死ニ一生ヲ得タガ、持チ物ノ全部ヲ失ッタノデ、早速家ニ要請ノタヨリヲ出シタトコロノ返事ニ、私ノ父カラ三月男ノ子ガ誕生シテ母子トモ健全、有馬ノ産院ダッタノデ、ソノ夜神戸デハ大空襲ガアッタガ何ノコトモナカッタトノコトヲキイテ、ヨカッタト思ウト共ニナンダカ、泣キタイヨウナ衝動ニカラレタコトヲ覚エテイル。私ノ母ノ希望デツケタトイウ昭彦ノ名モヨクデキテイルト感心シタ。

ハジメテオ前ヲミタノハ、終戦後、千葉県カラ復員シタ九月十九日ノ夕方、疎開先ノ飾磨郡八木村木場トイウ海浜ノ里ヲ訪ネタ時ダッタ。

伊勢トイウ町家ノ店ノ間ニ戦災ニアッタ乾ノ祖母ト同居シテオッタ。アイニク二、三日前カラ暴風雨デ断線ノタメ、アカリナシノウス暗イヘヤデ、ミナ蚊帳ノ中デフセッテイタ。節子ガアワテテ抱エテ出テ、カワイイ顔ヲシテイルデシヨウトイッテサシ出サレ、家ノ人ガツケテクレタロウソクノ灯デ、マズオ前ノウスイ毛ノハエタ大キナ頭ガ目ニツキ、ソレカラ目鼻立チノ整ッタ色白ノ顔ガ目ニウツッタ。頬ノ肉ハナク口ヨリ下ハ見エナイ位小サカッタガ、私ノ顔ヲジット見テイルノヲ見ルト感慨無量ダッタ。ソレマデモオ前ノ母ハズイブン苦労ヲシテイタノダ。窮迫シタ食糧事情デ乳モ足リナカッタシ、頻繁ナ空襲毎ノ待避モ、ナミ大抵デハナカッタダロウト思ウ。私ガ軍隊カラ持ッテカエッタキャラメルヲ乾パンノハイッタウスイ布ノ袋ニ包ンデフクマセルト、オ前ハイカニモオイシソウニ、チュウチュウ吸ッタ。私ハソレデハジメテ父親ノ愛情ヲ味ワッタモノダッタ。

ソレカラ、私ハ休養カタガタ数日ヲ木場デ過ゴシタ。乾ノ祖母ガイタノデ、オ前ガ泣キカケルトヨク交代シテモラッタガ、私モアノ川辺ヤ海岸ヲ歌イナガラヨク抱イテ歩イタ。母ガ手提袋ニオムツヲ入レ、祖母ト私トカワルガワルダキナガラ、隣村ノアル堂ヘオマイリニイッタコトモアル。(尤モコレハ道ガコワレテイタタメ、オ堂ヲ目前ニ見ナガラ海辺ノ景色ノイイトコロデ遊ンデ帰ッテシマッタコトモアル) ソシテイヨイヨ引キ揚ゲルトイウ前日、弁当持チデ母ガオブッテ近クノ姫路ニ出カケタ。オ城ハノコッテイタガ、帰リニハ雨ニフラレテ、背負ッタ上カラ私ノ持ッテイタ将校マントヲカブセテ歩イタノデ、異様ナ風体ハ人ニ怪シマレタヨウダ。モシオ前ガ将来コノオ城ニノボルコトガアッタラ、生レテ半年グライダッタ頃、ナキ父ニダカレテコノ天守ノ五階ノ窓カラ四方ヲ見タコトガアッタノダ、ト、ドウカ思イダシテオクレ。

木場ヲタッタ日ハ、イヤナ風雨ニナッタ。傘ノワキカラ雨ガマイコンデ、ヌレテヒエルシ、電車ニナカナカ乗レソウモナシデ、ヤメテ出直スカト話ガ出タ位ダ。ソレデモ、祖父ガツイテキテクレタオカゲデ、トモカク無事ニ神戸ノ箕岡通ノ宅ニツイタ。グッショリヌレテ、カゼヲヒキハセヌカト大分心配シタガ、ソレモヨカッタ。今マデモ病気一ツシテイナイ処ヲ見ルト、オ前ノ体質ハ大丈夫ダ。コレデ体力サエ練ッタラキット立派ニ成人スルト思ウ。二、三日滞在シテ十月ノ初メ私ノ勤メ先ダッタ三重県ノ多度ニ向カッタ。アイカワラズ、輸送難デ電車ニ乗ルトキ、ツブサレハセヌカト母ガズイブン気ヲモンダモノダ。ムズカリカケルト例ノキャラメルヲフクマセテ、機嫌ヲトッタ。多度ニツイタトキハ、既ニ暗クナッテイタ。ソレカラ多度神社ノスグ下ノ古風ナ家デ親子三人水入ラズノ楽シイ生活ガ始マッタ。私ハ昼ハ社務所ニ、母モヨク薪トリヤ菜園ノ手入レナドデ、外へ出タノデオ前ハ一日ノ大半ヒトリデイルコトガ多カッタ。サイワイマダ這イ出サナカッタノデ、広間ヤ表ノ細長イ部屋デ小サナ布団ノ上ニネカサレテイタノダ。神戸ノ家ナラバ誰カニ守シテモラエルダロウニト、可哀想ニ思ッタガ、ドウシヨウモナカッタ。私ガ昼食ヤ退庁後ニ帰ッテミルト、ヨク布団カラコロガリ出テ涙ダラケノ顔ヲシテ泣イテイタモノダ。ソトデ家ノワキヲ通ルトキハ、サカンニ泣声ガ聞コエテイルガ、門ヲ入ッテ玄関ノタタキニカカルト足音ヲキキツケテピタリト止マル。障子ヲアケテ部屋ニ入ルト、キョロキョロ見回シテ姿ヲサガス様子ハ、トテモイジラシク、白衣ノママヨク抱キ上ゲタモノダッタ。タマノ休暇デ昼モ家ニイル時ハ全ク楽シカッタ。コンナ時ハ母モ外ニ出ズ、一日中下ニオカレズ守リシテモラエタ。イロイロノ関係デ遠クへ出掛ケルコトハ殆ドナカッタガ、一度ダケ電車ニノッテ養老公園ニ行ッタ。十一月初メデ紅葉ニマダ早カッタガ、駅カラ滝マデノ道中、大部分私ガ抱イテ歩イタ。ソノ頃マダオ前ハ肉モツカズ、私ノ手ガチットモダルクナラナイ位軽カッタ。肥エテイテモヨク病気スル児ガアルトカ、コンナ時ニハ、楽デイイトカ母ト話シ合ッテ笑ッタモノダ。

オ前ト一緒ニ暮シタノハ僅カニ四ヶ月、今カラ思エバソノ短イ期間ガ私ノ人生ノ花ダッタ。一月ノ下旬、私ガ戦犯容疑者トシテ、コチラへ来ルコトニナッタ時、セメテ親子ソロッテ記念写真ヲト思ッテ出カケタノダッタガ、写真師ノ都合デソレモ叶ワナカッタノハ残念ダ。ソノ後家カラノタヨリデ、オ前ハ神戸ノ祖父ノ許ニヒキアゲテ、メキメキトフトッテキタトキイタ。ヨクソノ姿ヲ瞼ニ画キナガラ、殊ニ刑ガキマッテカラハ、他ノ人ト話モデキナイ孤独ノツレヅレナルママニ、イツモオ前トアソンデイルツモリニナッテハ、ネンネンコロリノ子守歌ヲ童謡デウタッテ過ゴシタ。

オ前ト最後ニ逢ッタノハ六月ノ三日、ココノ面会所ニオイテデアッタ。目ノコマカイ金網ノ向コウガワノ棚ノ上ニ足ヲナゲダシテ、横ムキニスワッテイタ。私ヲ見ルト何トイウコトナシニ、ニッコリト笑ッタガ、頬ニ肉ガツイタノガ目立チ、ソノ白イ顔ガ白イ服ニヨク映ッテ、トテモ可愛ラシク見エタ。私ノ生後百日目ニトッタトカイウ写真ヲ思イ出シテ、ヨク似テイルト思ッタ。キメラレタ時間ハ三〇分ダッタ。オ前ハワリニ機嫌ヨク遊ンデイタ。時々ムズカッテハ、オ菓子ヲモラッテ口ノマワリヲ黒クシナガラ、ヨク私ノ方ヲ向イタ。ツタイ歩キハスルトノコトダッタガ、イヨイヨ別レルトキ、棚ノ上ニ立上ッテ、母ニ支エラレナガラ、只ニコニコト笑ッテミテイタ姿ハ、死ヌマデ私ノ脳裏ニヤキツイテイル。コウイッタトテ、オ前ニハトテモ思イ出スコトモデキナイデアロウ。マダ何モシラナイデ、幸福ダト思ウト、私ハ独房ニ帰ッテカラ涙ガ出テ出テ仕様ガナカッタ。昭彦ヨ、ヤガテオ前ハ父ガドウシテ死ンダカ教エラレルトキガコヨウ。父ハ米軍ノ軍事法廷デ死刑ノ宣告ヲウケタノダ。

昨年ノ五月二十六日ノアケ方、マダ日米ノ戦イノタケナワダッタ頃、東京ヲ空襲したアメリカB29ノ一機ガ、チョウド私ノ駐屯シタ村ニオチテ来タ。ソレハ落下傘ガ開カズ翼ノ傍ニ落チタ男デ大腿骨折ソノ他ショック症状ヲオコシテイタ。カケツケタ軍医モコレハ駄目ダトイイ処置ノ仕様モナイトイッテ帰リ、憲兵隊長モコレハツレテイッテモ途中デ死ヌカラ、隊デ適当ニ処置シテクレトイッテ、ホッテイッタモノダカラ、私ガ部下ノ境野曹長ノ意見ヲイレテ彼ニ介錯サシタノダ。ソレハアノ場合ソノ人自身ニトッテモヨカッタコトダト私ハ思ッテイルガ、ソレハマタ当時ノ戦ウ国民ノ士気ヲ昂揚スル結果トモナッタ。ソノアトデ、新兵ノ一部ガ幹部ノ指揮ヲ受ケテ試シ突キシタ事実モアルガ、スベテハ国家ノ危急ニ際シテ、御召ニアズカッタ軍人トシテ、ソノ職分ヲ最モ忠実ニ果タシタマデノ事ダカラ、私ハ部下ノ行動ノ責任ヲスベテ一身ニ負ッテ法廷デモ決シテヒルマナカッタ。

タトエ判決ハドウアロウトモ、ソレハ当時ノ敵国トシテノ目カラ見テノコト、私ハ日本人トシテ何ラ良心ニハズルトコロハナイ。ソレハ戦死ト同ジダ。アルイハ戦死ヨリモ悲惨ナ死デアルカモ知レナイケレド、彼等カラ憎マレルコトガ深カッタダケ、ソレダケ戦ウ日本ノタメニ、オ役ニタッタノダトイエナイコトモナイ。何ニシテモ敗レタモノハ弱イ。日本ノ悲劇ハマタ直チニ私ノ家庭ノ悲劇トモナッタノダ。

昭彦ヨ、コンナコトデ、早ク父ヲ失ッタ悲運ヲ徒ラニナゲイテハイケナイ。マタ単純ニ勝ニオゴル敵ヲウラムヨウナセマイ考エモイケナイ。日本ニハ今新シイ光ガサシテイルノダ。タトエ武力ハ有シナクテモ、世界ノ最高文化国トシテ、アメリカ等モ見返スヨウナ国ニナルコトニヨッテ、ハジメテ父ノ恨ハハラセルノデアルコトヲドウカ覚エテイテオクレ。

昭彦ヨ、私ハ父トシテ、何ニモシテヤルコトガデキナカッタ。ホントニスマナイト思ウ。アトニ残ッタ一人ノ母ハ、オ前ヲソダテルタメニキット人一倍ノ苦労ヲサレルコトダロウ。決シテ無理ヲイッテ、心配ヲカケルノデハナイヨ。ソシテイツデモ人ニホメラレルヨウナ子供、立派ナ日本人ニナッテ、母ヲヨロコバシテアゲルノダ。ドンナ苦シイコトガアッテモ、決シテソレニマケテハイケナイ。死力ヲツクセバ必ズ先ハヒラケマス。ナントイッテモ、身体ガモトダ。マズ身体ヲウントキタエナサイ。ソレカラドンナ仕事デモイイカラ一生懸命ニヤルノダ。勉強スルトキハ勉強、用事ヲイイツケラレタラ用事、社会ニ出タラマズソノ職業ニ全力ヲウチコメバ、キット成功シマス。父ノイナイオ前ハ、オジイサンヤオバアサン、叔父サンヤ叔母サンソノホカ多クノ人々カラ、キットイロイロオ世話ニアズカルコトト思イマス。ドウカソノ方々ノ御恩ヲ決シテワスレナイヨウニ。

コノ三冊ノノートハ、父ガココヘハイッテカラ思イウカブママニ少シズツ書キトメテイッタ雑文ダ。北原白秋ハ後年、モシ自分デ邪宗門ヲ発刊シタ当時死ンデイタラ、私ニ対スル世評ハ今ト随分変ッテイルダロウトイッタガ、私モモシ長生シテオ前ノ生長ヲ守ッテオレタラ、ソノ時ノ思イ出ハコンドハマタ違ッタモノニナッタカモ知レナイ。荷田春満トイウ人ハ臨終ニ際シテ、ソノ著書ヲミナ焼棄テタトイウノデ今学界カラ非常ニ惜シマレテイルガ、私ニハ春満ノソノ時ノ気持チガ深ク共鳴ヲヨビオコスヨウダ。ココニカイタコトハ、全ク我ナガラアキタラナイ。ソレニモ拘ラズ破リタクテ破レナイノハ決シテ世間ノ人ニミテモラウタメデナイ。昭彦オマエノ薄イ縁ガコレデ少シデモ補ワレレバト思ウ故ニコソダ。

昭彦ヨ、父ハイヨイヨアスアサ犠牲壇上ニ上ルコトニナッタ。今私ノ心境ハ丁度吉田松陰ガ安政ノ大獄デ斬ラレル時ト同ジデハナイカト思ッテイル。

死ノ直前私ハ（幸ニ許サレソウダカラ）次ノ二ツノウタヲ高唱シテ死ノウト思ウ。

天皇陛下ノ万歳三唱モ最後ニツケ加エテ。

海行かば水漬く屍山行かば草むす屍大君の辺にこそ死なめ省みはせじ（国民歌）

身はたとへ武蔵の野辺に朽ちぬとも留めおかまし大和魂（朗詠）

筆ヲオク。今日ヲツムル時、瞼ニウツルノハ節子ニ抱カレタオ前ノ可愛イ笑顔、ソシテ場面ガ一転シテ、立派ナ青年ニナッタオ前ト相変ワラズ節子ノ母子相対シテ、楽シク何カ語リ合ッテイル美シイ幻ダ。

昭彦ヨ、ドウゾ元気デ立派ニ大キクナッテクレ。

サヨウナラ

昭和二十一年九月五日　　満淵正明

遺　書

御両親様

長らくいろいろと御世話になりました。いよいよ明日の朝、犠牲壇上にのぼることになりました。死に臨んでも何等の悔いもありません。吉田松陰の心境と同じです。いささかなりと国の為に尽し得たことは本懐とするところです。

どうぞいついつまでも、お元気で御暮し下さい。

やはり心に懸るのは昭彦のことです、どうぞよろしくお願い致します。

九月五日夜　　満淵正明

親切だった村人のたれかれの顔が思い出されます。おひまが有りましたら、父上からその代表としてヒヨシの村長か、エモトの鵜沢区長さんに葉書で唯御礼の言葉だけでも伝えておいて下さい。

九月五日　　満淵正明

信沢　寿

群馬県出身、陸軍軍医中尉、41歳
英国　於シンガポール
昭二十二年二月二十五日　絞首刑

遺書（二十五日午前四時書く）

かたわらに秋草の花語るらく亡びしものは美しきかな

と牧水は歌っておりますが、私は本日午前十時半、この美しき仲間に入ります。特に歴史的日本敗戦の犠牲となりて、シンガポール・チャンギー監獄の絞首台上の露と消えて行きます。私の埋められるところには果たして秋草の花が咲いているや、いな名もなき熱帯の雑草にて近く覆われてしまうでしょう。

昭和二十一年六月二十日、英シンガポール極東軍事法廷に於て、俘虜を虐待せる罪により死刑の判決を受け、昭和二十二年二月二十五日執行さる。上司の命令により俘虜の患者の診断区分を日本軍同様に実施し、軍隊区分により患者を就業、練兵休、入室に各区分し、就業患者を労役に使用せしめたのが、非人道的行為として、俘虜虐待の罪に問われ、死刑の判決を受けた理由です。総ては宿命です。誰か甘受せねばならぬ運命を私が背負って行くわけです。死亡せる多数の俘虜のこと、その家族のことを思うと諦めもつきます。私亡き後は智恵子を守り、どうかあくまで頑張り通して下さい。

天は私の家族に幸いする秋もありましょう。遠きシンガポールの草葉の下より幸福を祈っております。委細は親友村岡茂雄氏に携行を依頼せる手紙に書いてあります。それでは永遠の別れを致します。天寿を完うせられんことを。さようなら。

越し方を思へば空し今朝の露

於シンガポール

軍医中尉　信沢　寿

信沢つね殿

信沢智恵子へ（二月二十四日午前七時）

智恵子さん元気ですか。お父さんを覚えておりますか。智恵ちゃんの御手紙を遠いシンガポールで読みましてお父さんは泣きました。段々大きくなりますとお父さんがどうしたかということがわかります。智恵ちゃんに靴やシャボンなどいろいろ買っておきましたが、お家へ届かなくなりました。お母さんに買ってもらって下さい。良く勉強して良く遊んで、丈夫に大きくなって下さい。生き物は殺さないようにお父さんが頼みます。トンボは捕えてもすぐ離してやって下さい。お母さんのいうことをよくきいて神様や仏様を良くおがんでくらして下さい。今雨が降っております。今日は珍しく涼しいです。高崎は、寒い寒い風が吹いているでしょうね。お山は雪でしょう。お父さんは六年雪を見ません。それでは丈夫に、お母さんお祖母さんに孝行して下さい。

中野久勇

岐阜県出身、憲兵曹長、31歳
中国　於上海
昭和二十三年四月八日　銃殺刑

最後の日記

三月十一日（木曜日）雨天

今日は朝から雨だ。室内も湿っぽい。昨日に引き続き遺書を書く。いざ書くとなると何を書いたらといろいろ頭をひねる。なかなか思うように書けない。母宛ての遺書を途中まで書いて止す。永年筆を持ったことなく、実に書きにくい。広東《カントン》から来た四人並びに久保江、野間氏は希望を持ち生活しあり。我々には希望があるのだろうか。広東から来た妻苅憲兵大尉さんと大阪の思い出を語り、運動時間を過ごす。氏は大阪憲兵隊に長らく勤務しありて大阪の事情に詳しく互いに昔を追想して楽しく一時を過ごす。

三月十二日（金曜日）

今日は朝から母宛ての遺書を書く。事件の内容から自分が今日に至った原因等を詳しく書く。今は全てが過去とはいえ罪なき我々をかくまでも苦しめ、復讐せんとしある告訴人黄子方並びに黄子達に対しては怨み骨髄に徹す。ジャンバルジャン以上だ。いかなることになろうと我々としてもきっとこの怨だけは果たさんと決す。告訴人も告訴人だが、裁判官も裁判官だ。林語堂先生が中国の裁判は裁判でなくて、一種の芸術だと書いた本を読んだ如く記憶しているが、実に然りだ。日本人の常識では到底想像もできないようなことを平気でやり、中国人はそれでなんとも思わないのだからたまらない。今の我々にも全てその式なり。中国人としては普通のことであるから彼らにいわするならば、これでも慎重に而も公平に裁いたというだろう。

文化の程度の低い者から裁かれなくてはならないのだから、なんといってもどうにもならない。今更我々の如き一下士官を殺してみたところでどうなるというのだろう。自分の足元を見よ。国はいかになっているか。あれほどやかましくいった東北三省（旧満州）は現在どうなっているか。国家の経済状態はどうなっているか。この状態で行ったら先はいかになるかを知っているのだろうか。民の真の声は聞こえないのだろうか。実に気の毒な国である。可哀想なのは一般民衆なり。

三月十三日（土曜日）

本日三逸兄さん宛て遺書を書く。特に母上のことを御願いす。処刑されたら、大阪の元勤務先の支店長、並びに工場長（同県人）と友人の永田正方、三峰高二、中村進宛てに通知して戴くよう依頼す。十四時、江湾戦犯監獄の孫先生連絡に来て下さる。四方閣下、佃、倉科、村井氏より便りを戴く。自分が用意していた八木大尉殿、四方閣下、佃、倉科、沼倉、瀬賀、深井、篠原、諸兄宛ての手紙を持って帰って戴く。四方閣下の慈父の如きいつに変わらぬ御厚情には感謝す。小生のことを誰より心配していて下さるようだ。実に有難い自分である。

三月十四日（日曜日）

今日は日曜日、日曜日は気が一番楽である。引き続き遺書を書く。秀子姉さんにはお気の毒である。若くして夫たる兄に先立たれ三人の幼な子を抱えての苦労涙ぐましきものあり。到底普通の女ではできないことである。常に自分は心から敬服しあり。母のこと、子供のことを御願いす。今晩は野間君の発起で獄中演芸会をやる。野間君得意の声で「上海の月」「蘇州夜曲」その他、二、三を歌う。広東から来た妻苅大尉もなかなか上手だ。看守が静かにせよと叱る。それで自分が支那語で看守と交渉する。こちらが強く出れば、彼らは何にもいわない。自分も「アイルランドの花売娘」を歌う。支那人の王先生は同文書院を出たインテリだけあって外国の歌は実に上手だ。英語で「青空」、「イタリヤの庭」等、二、三歌う。彼は朝鮮で生まれたというが、アリランを朝鮮語で歌う、実に上手だ。日本の歌も上手だと聞く。獄中の一時を全てを忘れ愉快に過ごす。

三月十五日（月曜日）

今日は我々にとって一番悲しい日であった。昨夜もあんなに愉快に歌った野間、久保江氏は今は帰らぬ人となる。我々一同誰一人として声なし。しかし最後は実に立派であった。日本人のみがなし得ることだ。十一時の閉門まで野間君は自分の室でいろいろと江湾のことや故郷のことを語る。十一時いつもより少し早く閉門で全員各人の室に入る。十一時半看守が交代し新しい看守来る。暫くすると誰かが来る足音がする。野間君の室の前付近で止まる。野間君が少し大きな声でいよいよ迎えに来たと久保江さんに告ぐ。久保江さんもそうかといい軍服等全て着代え準備をする。野間君は通路の奥に干してあった自分の衣類を取り入れ彼も準備す。実に落ちついたもので、靴を磨き、日誌を書き、後のことを隣室の者に依頼して、我々の前まで来て先に行くからと一人一人に握手をして笑って出て行きました。実に立派でした。我々一同誰一人として声なく、涙ながら見送り、彼ら両兄の冥福を祈りました。二時頃開門と同時に通路に出るも誰一人として語るものなく野間、久保江両氏の室の前に立ち、ありし日の彼らを偲ぶ。なんだか今にも帰って来るような気がする。看守が両君の私物の整理を今日するかと私に聞くから妻苅大尉に相談す。未だ帰って来るような気もし、今日は誰も手をつけたくないということを看守に告ぐ。中国人の方も我々に同情しいろいろと心配してくれる。今後はいよいよ自分らの順番だ。日本男児として恥ずかしくない最後をとげよう。

三月十六日（火曜日）

夜が明けると同時に起床、野間、久保江氏の最後の状況を江湾の先輩戦友に知らすことにする。先ず四方閣下、八木大尉殿、倉科、佃君に書く。九時開門と同時に両君の遺品を整理し今日の連絡で江湾へ持って帰って戴こうと思い、看守に自分が連絡するも、看守長の命令だといって戸を開けない。それで自分はしかたなく一階に降りて、看守長のところへ交渉す。看守長曰く、我々の責任として我々が全部調べて員数表を作り日僑互助会から来たら渡すからそれまでは戸を開けないという。自分も片言まじりの上海語で両君の遺言でもあるし、そしてまた我々のことは日僑互助会と何ら関係なく、全てが我らの私物品ばかりであるから看守長としても何ら関係すべきものに非ずと強硬に出る。看守長としても痛いことばかり突かれるものだから返答に困り、兎に角区長まで報告して指示を受くという。彼らの心の中は責任云々でなくて、遺品の中の良い物だけ欲しいのが良く判る。約三十分ほどすると看守長と看守主任が我々のところに来て、看守長は私に下でいったと同じようなことをいう。そして彼はこんどは国防部の者が来てからでないと開扉しないという。それで自分が今日国防部から来る（差し入れ品を持って）ことになっているから、それまでに整理して重要な遺品は今日お願いし、その他詳細事項を連絡しなくてはならぬと話す。同じ囚人の台湾人孫さんや林さんが今までこんなことのあった場合彼らのことについては、中国人は全然関係しなかったといろいろ昔のことを話す。それでどうやら話がついて、遺品の員数表を作り国防部の人に見せてから処理するということに決定す。

十一時閉門直前に孫先生来たる。差し入れ品並びに江湾よりの便りを持って来て下さる。野間、久保江両氏の遺品も全部持って帰るといわれるから全部持ち帰って戴く。大西少佐から自分に肉缶一を特別に贈って下され感謝す。今日の差し入れはチョコレート、菓子等たくさん送って下さる。

三月十七日（水曜日）

久保江、野間両兄がいなくなり、なんとなく淋しい。広東から来た四名の者がいなかったらそれこそどんなに淋しいことだろう。お互いに元気をつけあって暮らす。同県人の石崎兄から送って戴いた「信心という何を信ずべきや」（友松氏説）を読む。友松氏が江湾監獄に来て、お話しになったものを筆録されたものならん。御厚意に感謝して読む。仏教の教理に対しては、自分も昔から敬服していたが、子供の時代に見せつけられた坊主の不法に対し、どうしても信ずる気になれなかった。仏の教えは実に立派である。今の我々は坊主云々をいっているときに非ず。仏の教えを守り少しでも心の苦痛を救って戴こう。佃君からの便りで次便で仏教日用勤行《ごんぎょう》集を送って戴けるそうだ。心待ちに待つ。

三月十八日（木曜日）

今日仏人神父来て下さる。久保江、野間両氏の姿が見えないので顔色変わる。孫さん林さんのところに行き訳を聞き心より嘆く。彼ら両君は既に洗礼を受けありたり。今は天に昇っていられることだろう。神父は我々に対し我が子の如く心配して下さる。林先生のお骨折りで来週の月曜日に、我々一同も洗礼を受けることとなる。神父曰く「あなたらの肉体を私は救うことができないが、キリストのお名によって、あなたらの霊魂だけはきっとお救いするから」と実に親切であり熱心です。神父は支那語が上手ですから、私が通訳をして神父のいわれることを皆様に伝えました。我々一同も神父の熱情に動かされキリストの子として戴くことになりました。

三月二十一日（日曜日）

日曜日は気が一番楽だ。本当に安心できるのは日曜だけだ。別に命が惜しいとか死ぬのが恐いとかいうのではない。日曜以外の日は一日として安心できない。いつ呼びに来るかも知れないから、常に心の準備をしておかなくてはならぬ。いかなることが発生するとも動じないだけの。こうして毎日待つのは苦しいことは確かだ。しかし僕は生き地獄だとは思わない。男らしく日本男子として笑われないように死ぬには、これぐらいの心がまえが必要なのではなかろうか。死を宣告されている我々だもの、今日あって明日なき命、これが人生、一寸先は暗やみだ。今日も静かに故郷を偲ぶ。思わず涙が落ちる。今頃は手紙も受け取り驚き悲しんでいる母上や兄上等の顔が手に取るように頭に浮かんでくる。最後の最後まで親兄弟に心配ばかり掛けて死んで行かなくてはならぬ自分は不孝者だ。

三月二十二日（月曜日）曇

佃君並びに上山准尉殿宛て先日戴いたお手紙の返事を書く。今日は軍服も新しいのを着、仏人神父の来るのを待つ。午後二時開門と同時に洗礼を受くべき式場の準備をす。暫くすると仏人神父来たる。一人一人が神父の前に行き懺悔《ざんげ》し、キリストの御救いをもとめる。

各人天主を信ずべきことを誓い、いよいよ洗礼の儀式に移る。仮の礼堂とはいえ、儀式はいとも厳《おごそ》かに進行す。仏人神父が原語でいろいろと本を読みながら頭から水をかけたり、首をふいたり、その他いろいろの儀式をなし約一時間にて洗礼を受く。これをもって我々はキリストの子となり教会員となったのだと神父はいう。神父より聖保緑《ポーロ》なる名前を全員戴く。神父曰く、安心して天に昇ることができる。朝夕のお祈りを忘れないようにすべてを天主に捧げたならば救われんと。未だキリストのなんであるか十分判らない。聖書を読んでも、疑問の点多きもだんだんわかって来ることだろう。現在の我々としてはキリストを信ずることによって、少しでも心の苦を救われ往生ができればよいのである。心からキリストを信じ、日夜お祈りを捧げお救いをもとめん。今日は何となく生まれ変わって来たようだ。

三月二十五日（木曜日）

今日は久し振りに好い天気であるから、屋上に昇り朝の運動をなす。昨日に引き続き公教会祈禱書を写し、必要な項目を写し終わる。今日よりこの祈禱書により朝食の祈りを捧げん。明日は江湾より連絡に来て下さる日であるが、今度は別に変わったこともなく手紙を書くのを止す。いよいよ近づきつつあるようだ。常に心を落ちつけ、お迎えを待つ。こうした毎日の生活もなかなか苦しい。心の苦しいとき乱るるときは、仏教日用勤行集並びに聖書を繙《ひもと》き、心の平静を保つ如く努む。

三月二十九日（月曜日）

仏人神父から依頼された公教会祈禱書を今一部写すことにする。明日は江湾から連絡があることになっているし、やることばかりで、なかなか忙しい。運動時間も屋上に昇らず、頑張ったらどうやら冷え込んだようだ。頭が重い。今日は最近に珍しい良い天気で、屋上はとても暖かかったそうだが、鉄窓の中は特に冷えるような気がする。早く床に入って手紙を書きかけたが、寝ては思うように書けないので止す。呉清源の随筆を読む。今晩も、王さんが「イタリヤの庭」「青空」を外国語で歌う、昔を憶い出して懐かしい。

三月三十日（火曜日）

今日は差し入れ日である。孫先生が連絡に来て下さる。内地からの返事がもう来る時分だと思って待ったが、来ていないようだ。本日は上山准尉さんより一通便りがあっただけ。復審準備をせよといわれるのは嬉しいが、こんなことは到底希《のぞ》めないことである。それよりは死の準備はできたかと聞いて戴いた方が現在の自分としてどれだけ嬉しいかわからぬ。名前だけは法治国家といっていばっているが、形式的な裁判、最初から決めてしまっているのだからどうにもならぬ。部隊長の証明書も役に立つこともあるかも知れない。だが我々としては凡《すべ》てを死という厳粛なる尺度で律すべきであろうと考えている。国民大会は昨日から開始されて、大赦大赦と中国人が騒いでいる矢先に、今日漢奸の死刑囚が執行された。差し入れ人控え所で仮法廷を設け、執行の言い渡しをしているのを窓から見たが、あまり良い感じのするものではない。見ているときはなんだか知らなかったが、終了した後にそれを知る。我が身のあのときの心境を想像すると良い気持ちはしない。差し入れ品は今度は物価の高いためだろう前回より大分少なくなったようだ。しかし、これだけの差し入れをして戴くだけでも、我々は感謝をしなくてはならぬ、と皆で語り合う。四方閣下、佃、倉科兄には今朝起きると同時に、手紙を書いてようやく間に合ったが、石崎兄宛てに書いているところへ連絡に来られたのでとうとう間に合わなかった。今度の連絡の際には間違いなく出すことにしよう。今日中国人死刑囚もなんとなく元気がない。盛んに政府の悪口をいう。

三月三十一日（水曜日）

三月もいよいよ今日で終わりだ。長いようで短い一ヶ月であった。よくも今日まで生き延びたものだと感謝す。今日は逃亡記を少し書くことにする。なかなか思うように書けないものだ。この調子で書いていたのでは完成困難ではなかろうか。警備司令部の状況を少しだけ書く。最近はどうしたわけか夜中に目を覚ますを常とす。目を覚ましたらそれこそ眠れない。うつらうつらしている間に夜の明けることが多い。あれやこれやと連想し実に苦しい。考えまいとすればするほどいろいろなことが浮かんでますます眠られない。不孝者か内地の夢はあまり見ない。夜眠られぬほど苦しいことはない。

四月一日（木曜日）

四月一日といえば、例年ならば、桜も早いのはぼちぼち咲き始めるというのに、今年はなんだか特にいつまでも寒いような気がする。田舎の祭は確か四月十五日だったと思う。あんな山国でさえ祭のときは、桜は満開で見頃であったように記憶している。四囲の環境や境遇等が変わっているから特に寒く感ずるのかも知れない。本日は我々の神父と一緒に北海道トラピスト修道院の長（仏人）が上海に来られたついでに、態々《わざわざ》我々六名のためにここへ来て日本語でキリスト教について詳しい御話をして下さる。院長さんがいわれる如く勿論疑問の点はあるが、神の言葉として絶対にかく信ずることが大切だといわれる。実にその通りだと深く悟るところあった。院長に対し過去の自己の罪を告白し祈禱して戴く。身も心も変わったような気がする。

四月三日（土曜日）

本日午後三時頃思い掛けないところへ江湾戦犯監獄の孫先生が連絡に来て下さる。誰かの再審通知だと思ったら、案に相違なく広東から来た海軍の片山さんの再審通知を持って来たのである。一審二審と二回とも死刑の判決であったが、今度は無罪だと広東組はいう。（五日の午前八時公判）我々一同が我がことのように喜ぶ。一人でも多く江湾へ、そして日本へと帰ってくれれば嬉しい。我々の事件も尽くすべきことは尽くしているが、偽証人も多くあることだし、どうにもならないだろう。広東組は恐らく全部再審があり、そして江湾へ帰る希望が十分あるが、我々どうせ殺されるなら、それまでにやられたい。なんとなく心の中は淋しい。江湾の友人に対する連絡事項を考えておこう。片山さんから伝えて戴くように。

四月五日（月曜日）

本日は我々にとって一番嬉しい日であった。それは何故かというと、広東から来た片山海軍上等兵曹が、本日の再審で江湾に帰られたからである。一人少なくなったことは我々としては淋しいのは確かだが、命が助かって一人でも多くここから出てくれればこんな嬉しいことはない。広東から来た残り三名も近く再審があるだろう。希望のないのは我々だけだ。偽証人とはいえ、法廷へ来て、我々が殺したと認証されてはどうにもなるまい。今までに証人のあった事件で再審のあった例は一度もない。どうせやられるなら広東の者のいる間にやられたい。そうすれば、最後のことをいろいろ面倒見て下さるから。嬉しくもあり、なんとなく淋しく感ぜられる。これが本当の我々の心境でしょう。今晩はこちらの状況をいろいろ語っていることでしょう。

四月六日（火曜日）

十時四十分頃、江湾の孫先生連絡に来て下さる。本日の来信四通、四方閣下、沼倉、森田、佐藤兄いつに変わらぬ御厚情に感謝す。片山さんは無罪の判決があったと聞き一同我がことの如く喜ぶ。死刑から無罪になった彼、さぞ喜んでいることでしょう。当然無罪になるべき筈の彼が、死刑の判決を受けていたのだから、無罪になるのは当然のことである。昨年七月から死刑の判決を受け、一審でも死刑を言い渡され、今日か明日かと我々と同じような毎日苦しい苦しい日々を送った彼には心から同情に堪えない。しかし命が助かってこんな喜ばしいことはない。午後は差し入れ品が到着す。待ちに待った好物が入って一同にこにこ顔、しかし今度はくるだろう、くるだろうと二週間前から待っていた砂糖がないのは少し淋しい。お菜も今度は十分のようだ。内地からの返事も来ると思ったが未だ来ていないようだ。なんとか返事だけ見て死にたいものだ。母上などは気でも狂わなければ良いがと心配する。四方閣下がいわれる如く、我々は常に女々しい希望的観測をなすことなく、常にただ死を念《おも》い、死に善処することである。凡人の我々は未だ生に対する執着は絶つことはできないが、しかし、死は少しも恐れていないつもりなり。

日夜心の平静を持し、死に善処することが現在の自分に課せられた唯一の道である。

四月七日（水曜日）

今日は実に良い天気である。めっきり春らしくなった。ワイシャツ一枚でも寒くないだろう。雑役の囚人から草花を貰い、空き缶に水を入れて室内にさす。名の知れぬ草花であるが。静かに花を見つめていると心がやわらぐ。しらずしらずの間に私の心を慰めてくれる。

四月八日（木曜日）

今朝はなんとなく気分も変でいよいよお迎えに来るかと思い、準備して心を落ちつけて待つ。やっぱり私の思ったのが当たってました。ただ今迎えに来ました。準備をして男らしく死んで行きます。十川閣下、四方閣下、八木大尉、佃、倉科君に大変御世話になりました。皆様元気で、さようなら。

小川正造

千葉県出身、海軍少佐、35歳
和蘭《オランダ》　於マカッサル
昭和二十三年二月四日　銃殺刑

遺言

孝子へ

私が死の宣告を受けたことは既に承知のことと思う。驚愕と悲嘆の涙に身も世もない様子が想像される。私もこの遺書を書きながらも夢のような気がしている。

二十二年八月二十七日、二十九日、公判、九月三日死刑の求刑、十月二十九日死刑の判決、二十三年二月二日執行の通知を受け、二月四日（この日は去年日本を出発した日に当たる）マカッサル郊外テロに於て銃殺刑と決定した。考えればこんな悲惨なことはない。マカッサルに着いてから取り調べを再三受け、私は断乎として己の無罪を、直接責任者でないことを陳述せるも、私が内地帰還中関係者は殆ど凡《すべ》て私にその責任をなすりつけていたため、孤軍奮闘せるも大勢如何ともなし難く、こんな羽目になってしまった。マカッサル俘虜収容所に於る給養の責任をとらされたわけです。即ち給養の不十分なることと病死者の続出した点である。事実責任者ならば私も潔くその責任をとる。しかし事実は責任者は別にあるのである。これを考えると私は死んでも死に切れない思いである。裁判の詳しい話は、去年十二月に私の弁護人たりし杉原氏が内地へ帰られたから、復員局を通じ連絡をとれば当時の模様は分かると思う。必ずや事実は今後白日の下に暴露されるものと信じている。

死刑の求刑以来、特に念仏三昧の生活を送り、心の修養に努めていた。そのためにか死の宣告も死の執行通知もまるで人のことのように心は平静であった。もう死ぬのだというのにこんな平静に落ちついていられるのかと吾ながら感心したり苦笑したりしている。最早《もはや》こうなった以上何ごとも宿命であり、これまでの寿命であると悟って日本人らしく男らしく散って行く覚悟でいる。お前との生活も考えれば真に儚《はかな》いものだったが、しかし私は幸福に充ちていたし、またお前に対する愛情も絶対的なものだったことを忘れないでくれるように。ただ私に対するお前の愛情に十分報いることができなかったことを衷心から残念に思っている。短いものだったが新婚生活の連続のような楽しかったお前との生活を思い出に死んでゆく。お前とのつながりは仮令《たとえ》死んでも永久に絶えることはない。お前の今後の身の振り方については、親兄弟と相談しお前の意志によって決めるように。不幸な夫を持ったお前の将来を考えるとたまらぬ気持ちである。今ただ一つの心残りであり、残念でたまらぬのはお前と別れるとき、身の処置もせず、余りにも簡単に別れてきたことと、生まれた子が男か女か分からぬことである。これも今となっては致し方もないことである。財産の件については一応遺言書を作ったが、これとても、別に問題にする必要もなし。一応日本人の習慣によったまでで要は今後親子が仲良く、親は子を慈しみ、子は親を助けて、円満幸福にゆけば良いのである。これは夫としてまた父として心から望んでいる。宜子のことを思うと、身を切られるようなつらさを感ずる。宜子には本当に父親らしいこともできず、こわいお父さんに終始してしまった。父なし子の前途を思うと暗然たるものがある。宜子よ、許してくれ。お父さんは立派に生き立派に死んで行ったと将来もむしろ誇りをもって生きてゆくように、女らしく素直に純情を堅く守り健康にすくすくと育ってゆきますよう、お父さんは草葉の蔭でお守りしています。まだ見ぬ吾子よ、女ならば宣子のように、男ならば逞しい精神と逞しい肉体の持ち主となるように。

片親だけの子の教育はなかなか大変だ。どうか全身の愛情を以て子の教育に当たるように、病気せぬように、身体を大切にして下さい。

執行通知を受けてからの二日間は同室の大杉中将その他の戦友と碁を闘わし、歌を唱い愉快に最後の一時を送った。

私の生活模様については何れ《いず》有期刑で内地へ帰る人の誰からか連絡があると思う。執行の際は小川弁護士が立ち会う。当時の模様は小川弁護人より連絡あらん。

孝子よ、吾を見んと欲せば吾が子を見よ。吾が子は吾が分身にして吾が血のつながりなり。白井俊雄一家、緑川先生御一家、松本さん一家、幸田、上山、大西、木下、伊沢の学校時代のグループ、海軍の同期生、会社の同じ課の課長以下皆様へも生前の御厚誼を深謝すると共に今後の御繁栄をお祈りする旨、折あらば伝えてくれ。三十五才の短い人生を終わるに臨み、お前の常に変わらぬ愛情と貞節とに心から感謝すると共に、今後のお前と宣子と跡の子との幸福を祈りつつ茲《ここ》に筆を絶つ。

お父さんお母さんへ

孝養の万分の一も尽くせず御心配と御迷惑をかけ通しで先立つ罪を深くお許し下さい。吉田家の繁栄のために大いに頑張る積もりでしたのに残念でなりません。孟之君の奮闘を衷心望んでいます。監禁中碁を習い大分上達し、お父さんと一石囲むのを唯一の楽しみにしていましたが、これも儚い夢となりました。心配なのは孝子と子供のことです。何卒死んでゆく身の切ない頼みです。将来共に宜しくお願い致します。
孟之君も前途多難、強い精神を以て世の荒波と
闘って下さい。義兄よりの強い希望です。
セレベス島マカッサル、キス刑務所に於て
昭和二十三年二月三日　　小川正造遺之
生もなく死もなく安心立命の境地に在り、悠
久の大義に生く（二月四日早朝）

辞世

身はたとへ南の地に朽ちるとも祈らでおかじ
　祖国の彌栄
身はたとへ南溟《なんめい》の地に果つるとも守らでおか
　じ吾が家の彌栄
身はたとへ南の果に朽ちるとも吾が魂永遠に
　汝が傍に在り
大いなる時の流れに父は逝く吾子等が幸を深
　く念じて

遺詠

巣鴨拘置所当時の日記より
元旦や祝う人もなく餅を食べ
愚痴も出る飛んだところでお正月
拘置所で年越をする味気なく
　　　　一九四七、一、一

ここ数年の
慌しかった来し方を
思い浮かべながら
朝の食後
赤い林檎を噛じる
あれからあれへ
あれからこれへ
「リンゴの気持ちはよく分かる」
歌う宜子の声が聞こえるようだ
窓外を見る
高い白いコンクリートの塀が目に迫って来る

慌しかるべき途はまだ続いているのだ
苦笑と一緒に赤い林檎を噛じっている

一、一二

浅木留次郎

北海道出身、憲兵少尉、45歳
和蘭《オランダ》　於バタビヤ
昭和二十三年九月二十三日　銃殺刑

遺言

いよいよ私の最後の日が参りました。明朝八時銃殺執行せられ、再び帰ることなき身体となります。私の心境は今までの便りにより大体お判りと思いますので、今更申し上げることもありませんし、また詳記するを許されません。ただ日本憲兵少尉として、元気にそして、心安らかに部下と共に散って逝きます。

以前便りした天塩《てしお》の山田弥吉曹長が私の銃殺せられた日時を便りして下さるでしょうし、また総《すべ》てこの人が四年ほどしたら帰りますから、総てをお話し下さるでしょう。なおここに佐藤という坊さんがおりますから、この人からも便りがあるかも知れません。遺髪と遺爪を同封します。

父上にも今日便りしますから別送します。折角御骨折り下さいました助命嘆願も無駄となりましたが、私はこの一万二千余名の方々に感謝しつつ逝きます。

安らかに眠れる母上や子供のところへ永眠できる私はむしろ幸福と考えていますが、後に残る君や子供のことを考えると胸が痛みます。

結婚二十年ですが、昭和十七年から別れたのですから短い運命でした。四人の子供の生活のために現在も相当苦労されているようですが、今後さらに苦労されることを思うと気の毒に堪えません。でも私が逝っても、余り気を落とさず総てが前世からの運命と諦め、四人の子供のために元気に、そしてどこまでも朗らかに永生きして上げて下さるようお願いします。

　生まれて四十五年、決して短い生命だったとは思いませんが、子供のためもう少し生きてやりたい気持ちですが止むを得ません。

　ほんとうに永らくお世話になりましたことを茲《ここ》に更《あらた》めて御礼申し上げます。旭川の母上や兄上達にも宜しく申して下さい。別便しません。子供宛ての分は同封しました。では世界平和と日本の再建を念じ且つ君達の御多幸を祈って、君に対する最後の手紙とします。どうぞおすこやかに。さようなら。

　渓川に散りし落葉は朽ちるとも下を流るる水
　　は絶えざる

憂方に心想へば限りなし 潦《にわたずみ》にも月影ぞすむ

遺品としては瓜哇《ジャワ》で作った軍服の上下と内地から持って来た水筒（但し外布なし）その他を送って下さるよう依頼してありますが、果たして到着するかどうかわかりません。

　昭和二十三年九月二十一日

　　浅木留次郎

小夜枝様

　いよいよお父さんの最後の日が参りました。とうとう再びお会いすることもできずにお父さんは永遠に眠りにつきます。大きくなったであろう、そして美しくなったであろう、あなた達に一日会いたかった願いも総て終わりでした。総てが運命と諦めてお父さんは元気で逝きます。そしていつまでも草葉の蔭で皆様の幸福を祈り且つ見守っています。

　あなた達四人の姉弟の幸福のために、お母さんはどんなにか苦労されることでしょう。やがては二人共お嫁さんに行かれるでしょうが、それまでは姉弟仲よく朗らかにお母さんの手助けをして、少しでもお母さんに楽をさせて上げて下さい。これがお父さんの最後のお願いです。愛子さんも来春は女学校卒業ですから、お手伝いができるでしょう。「お父さんがいない娘だから……」と他人から後ろ指を差されない人になって下さい。戦争で両親共亡くなった方も沢山いることを思えば、良いお母さんがあなた方にはいて下さるだけでも幸福です。どうぞいつまでも元気で暮らして下さい。ではさようなら。

昭和二十三年九月二十一日

父　留次郎より

百合子様へ
愛　子

いよいよお父さんの最後の日が来ました。憲一君にも清詩君にも、もう一度会いたいと思っていましたが総てが終わりとなりました。

お父さんは再び家に帰ることはできませんがいつまでも君達の幸福を蔭で祈り且つ見守っています。男らしく生き抜いて下さい。

「お父さんがいない子だから」と他人から笑われないように雄々しく、そして一家仲良く朗らかに暮らして下さい。清詩君はまだ二年生ですからお母さんの手伝いはできないでしょうが、憲一君は中学生になったんですから、お手伝いができるでしょう。朝新聞配達をしている由、その気持ちを忘れず少しでもお母さんに楽をさせて上げて下さい。

生活のためにも中学も初等科で終わらねばならないかも知れませんが、世に立つには勇気と信用が一番大切なことを二人共忘れてはいけませんよ。ではお母さんのいいつけを良く守って、いつまでも元気に暮らして下さい。ではさようなら。

昭和二十三年九月二十一日

父　留次郎

憲一
清詩　君へ

絶　筆

昭和二十三年九月二十一日

浅木留次郎（彩虹）

○一時間以上に亘り山本閣下、西田閣下をはじめ多数の御世話になった方々と心ゆくまで面会を終わって、想い出のチピナン刑務所を出た。悲しき命であるのに人々と語る、うれしくおのずからほほえむ。

○運命を共にする旧部下五人と一緒に、一行六名は和蘭憲兵二名に護送され、ジープで懐かしのバタビヤ市内に入る。切る風、秋風のように涼し。

秋の風心に沁みる死出の旅

○日本は明日か明後日は彼岸《ひがん》の中日だが、常夏の国ジャワでは、太陽が燃えるように舗道を直射している。

火焔樹の花鮮やかに舗道燃ゆ

○憲兵二名の内一名は福岡に、一名は長崎に俘虜としていた由、親切で心から礼をいって別れ、グルドック刑務所に十一時頃入って獄衣に更めたが、明朝は着て来た私服に着代えるとのことだ。独房否今度こそ真の死房に入ったが、落ちつくべきところに落ちついて心がさっぱりしたようだ。

諦めておれど来るべきときの心ようやく澄み渡りける

○昼食後間もなく、公判中の検事と例のロシヤ人通訳が来て「何か遺言はないか」というから、「妻から外務省並びマッカーサー司令部経由で送付した日本の首相以下一万二千名の嘆願書を見なかった理由は」と尋ねたところ、「自分は係でないから解らない」というから、「今嘆願書が却下になったといったじゃないか」と突っ込むと、「自分は通知に来たのだ」と逃げる。部下の斎藤軍曹に対しても、和蘭人二名からこんな親切な日本人はないという嘆願書が来たのを人違いだといって却下したが、これらが正義の名に於て裁判する和蘭の行為か、不正義極まる。復讐の裁判じゃないかと毒づくと「決してそんなことはない。君の嘆願はこれから帰って早速調べる」とぬかしやがったからさらに「自分は今更生きたくていうのじゃない、偽善者のためにいうのだ。日本人を裁判した関係の和蘭人には、七代自分の霊魂が怨みたたってやるから覚えておれ」といってやったら、「嘆願書を調べて来るから明朝まで待ってくれ」といって出て行ったが、恐らく公判中と同じくよくよく文句をいうやつだと思っただろう。

○午後二時頃、鉛筆と紙一枚渡されたが、その紙の方は検閲を必要とするとのこと、持って来た花束の包紙、煙草の巻紙を飯粒で貼って、この方はこっそりと佐藤禅師さんに持って行って戴くつもりで書き始めた。

○親子雀が房の前で遊んでいるのを見ると、やはり妻や子供のことが想い出される。

口つけて小雀に餌やるをみれば妻や子供の暮し想おゆ

○午後三時、松本弁護士と藤井通訳らが慰問に来られ、松本さんから煙草十本戴く。今までチピナンから持って来た煙草を吸っていた。

○入れ替わり佐藤禅師さんが来られていろいろと話されて、煙草二十本下さる。

○釈放待機中の小平さんに面会に来てくれるようにジャガ（番兵）に頼んだが、いけないと断られる。検事に余り毒づいたためであろうか？

○夕食後、水浴をやって父や母宛ての正式の遺書を書いていると、豆電球がついたが、この老いの目にはこの細字が書きにくい。
報復の裁きといえど処刑受くる逝く身を許せ
　親よ妻子よ
○煙草を吸っているとチピナンの人々のことが想い出されて来るが、しかし悔いも苦もない。心はまことに晴れやかである。
顧みてたがわず皇道踏みしかば悔も悩みも苦
　しみもなし
とことはに行く道晴れてすこやかに富士の高
　根に雪は輝やく
○すっかり暗くなったので六人で唄の会を始める。
○明朝は自分が一番に銃口前に立つようになっていたが、佐藤曹長が検事に連絡したため、佐藤、山田、野中、斎藤、浅木、清水の順になるらしい。
○スコール一過、涼しい夜風が吹き出したので蚊が少なくなった。フマキラを請求したが、返答だけでくれそうもない。蚊だけならまだいいが、床が板のため、南京虫がうようよ白髪を這い回る。空はすっかり晴れて星はきらめく。
○交代で次々と唄いながら、ここまで書いて来たらもう十一時になったらしいが、六人で三時間も唄い続けたので、もう歌の種もなくなってしまった。
○あと九時間の生命だけだが、なんだか殺されるような気持ちにならない。今まで苦しんで来たため安心した結果かも知れない。
指折りて仏となるときくりかえし数えて居れ
　る心もうれし
○もう零時を回って、二十二日に入ったらしい。刑場で銃口の前に立つとき、正義の名に隠れて不正義極まる戦争裁判をやっている和蘭国は、あと五年以内に滅亡することを予言すると共に、吾々死刑者の霊魂はその実現を見てから天国に昇るであろうと絶叫してやるつもりです。
○凡人の悲しさで、良き歌も句も浮かんで来ませんし、紙ももう無くなりましたので、手紙を終わります。
○独房の岡田様、飯塚様をはじめ皆様大変御世話になりました。
○山田弥吉様、小平さんには会えませんでした。御帰国の際は旭川の妻に会って、話して下さるようお願いいいたします。
○山本閣下、西田閣下をはじめCブロックの皆々様の御厚情のほど感謝致します。
○谷口さん、御世話になりついでに、この手記または写しを家族の方へ送って下さるよう最後のお願いをいたします。
○では皆様の御多幸を祈りつつ、元気で逝きます。

　のぞみなきうつし世に生き永らうより逝く身
　　をまことにしあわせと思う

　運命と諦め逝かんそのかげに惜しむ人あるは
　　ただにうれしき

　ふがひなく逝く身なれども心には祖国の行末
　　憂ひやまざる

　雲切れて大和島根のおほらかに晴れきわまる
　　を念じつゝ逝く

○もう紙もなくなってこれ以上書けません。蚊と南京虫とスコールの寒さのため、遂に一睡もしませんでしたが、今暁から永久に眠れるでしょう。

九月二十二日

○六人でまた朝の歌会をやって元気をつけると朝食のパンとコーヒーが入る。間もなく佐藤和尚さんが来られて自分と清水君は一日延びて明朝実施とのことで、一入《ひとしお》淋しい気がする。ここに来た以上早い方を望む。そして六人共に逝きたかったが運命だ。止むを得ない。
○佐藤、山田、野中、斎藤君の順に皆元気で行く。

お先にといひつゝ元気に次々と旅立つ部下の
　姿おろがむ
安けきを祈りてあれば処刑受く銃声のひびき
　胸にしみ入る
数多き部下の中より誠もて勤めしものゝみ逝
　くもかなし

○夕べ一睡もしなかったので、昼寝しようとしたが眠れない。取り残されたようで唄う元気もない。昼食後三度佐藤和尚さんが来られて、三十分以上にわたり親しく話して行った。全く逝く人にとって生き仏様だ。煙草を下さったので、その包紙を利用してまた少し書いている。

○明日が彼岸の中日の由、この日に逝けるのも却って幸福のような気がする。
　なごりなく秋の彼岸に逝くさだめ
四十五で仏となるや秋彼岸

○事務所の谷口様出発のときお願いしました手紙二通と手帳一冊と遺髪の包紙は命日を二十二日と書きましたが、二十三日に直しておいて下さるようお願いします。昼食夕食黙っていたのに素晴らしい御馳走で、殊に豆腐は終戦後初めてであり、最後です。いよいよ紙もないのでお別れします。また今晩も蚊や南京虫で寝られないので隣室の清水君と語り明かします。
　では皆様さようなら。

半歳あまり心に語り歌残し死に逝くもおのが
　限りなき幸
己が死期知りて半歳健やかに生きし幸人生に
　いくたりぞ
一生の己が念いは出版の業興すべきことであ
　りしに
心ゆくまでしみじみと泣き濡れて見度く思う
　も涙さらになし
永久に断った生命刻々に迫り来て死ある気持
　不思議起らず

旅路晴れ心明るし秋の空
生またず死を考えず心には何なくなりて今ぞ明けたり

馬杉一雄

兵庫県（姫路市）出身、陸軍中佐、44歳
英　於シンガポール
昭和二十二年二月二十五日　絞首刑

遺書

父より

隆
恒宏へ
珠子
知子

お父様は明二十五日九時霊界に移る。皆におしうべきことはすでに伝えもしたし、別に書き遺したものがあるからそれらによれ。

遺骨までは勿論ない。遺髪を少しばかり残しておいたが、これも何もないのでは淋しいと思っただけのこと、何も墓に入れてやるとも何とも考える必要はない。そこらにまいて風にとばして可なりだ。お父様の骨はシンガポールの地に埋められる。悲しいお父様はお前らのところにいて常に守っているのだ。そしてお国のために働くのだ。では決して弱い者になるなよ。左様なら、元気で行けよ。杉山のおじ様をお父様と思い、おば様をお母様としてつかえよ。お父様は苦しみも悩みもしないよ。決してお父様について心配したりする必要はないのだ。あとあとは送られるお父様の遺したものによって、お父様の心を知れ。仲よく達者で暮らせよ。参考までに書いておく。

お父様の番号はCD二四号、墓標にもこれがわずかに書かれる筈だ。またチャンギーに入れられた容疑者時代の番号は九九〇だった。

父はいま南溟の地に永眠《ねむ》るともつげよ吾児ら

　大和雄心

遺髪は、衛兵がどこかへやってしまったようだ。なくなったらしい。しかし形の中に父はいるのではない。

或いは木のサジ（スプーン）が送られるかも知れぬ。これはナイフも何もない刑務所の中で一枚の板から作り出したものだ。

二一、二、二四　馬杉

杉山庸三殿

明二十五日朝九時絞首台に上ります。もう夜の八時も過ぎました。あと十二時間ばかりです。悲しい死とか生とかについては何一つ苦しみも悩みもありません。まことに自分ながら不思議に思っていますが、些《いささ》かの動揺もありません。御安心下さいませ。ただ子供を考えたときに不覚の涙あるは御許し下さいませ。

杉山の御両親に一番喜んでいただき、一番安心していただいていた私らと思っていましたに、今では最も御心配をかける大不孝者となってしまいました。悲しいお願いをするは他にない私、何卒子供らをお願いいたします。

前に手紙でお願いもいたしましたので、多くは申し上げません。決して万感胸にせまってなどと感傷的な気持ちを持ち出すような状態ではありません。十名同時に参りますが、お蔭で皆私を強く見、或いは頼ってくれています。

なお別に書き残したものもありますので、いつかはお手許にも行くものと存じます。どうかそれらによって知っていただければ幸いであります。今日はめずらしくも昨夜からの雨が降り続いていました。先刻十名とお坊様一人をまじえて最後の晩餐を終わったところです。

別に処刑とか何とかを通達もされないようで

すから、このたよりが行ったときに初めてお分かりになるくらいでありましょう。何卒子供らについてお願いいたします。

お父様お母様にくれぐれもおわびしていただきたいと存じます。それと共に敢えて私が名誉の戦犯者という所以《ゆえん》を説明していただきたいと存じます。

伊勢田、好田へは別に書くことを許していただきたくまた他の兄様方徳沼君にも書きませんのでよろしくおつたえ下さいませ。

終わりになりましたが、姉様によろしくお願いいたします。では左様なら、馬杉は決して死んでも遊んではおりません。

十分働きます。

二月二十四日

馬杉一雄

クルアン江見参謀殿
その他各位
原田参謀殿
その他辱知各位
明日九時十名の指揮官として霊界に前進、現状は日々の日記に記してある。いずれ昭南渉外部にまわり、君らのところへも行くことと思う。見て下さい。
兎に角御世話になったことの御礼です。有難う。入獄後、まことに御心にかけていただき、あらゆる心遣いをして下さったことはお礼の言葉もない次第です。死に行くものの心境はどんなものか、こうしたものか、おたずねになりたいと思いますが、何もありません。ただ残された四人の子供のことになると思わず涙です。折角祖国再建に全力をつくして下さい。
日の本の民の願いはたゞ一つまこと日本の民となること
わが児らはすぐにのびなん両親《おや》もなくも神も守らん人も見るらん

わが児らにつがしめたきはわが心まこと日本
　の民となりて死ぬ

本当にこの平常心そのままの心境に吾ながら不思議に思っています。これも『生命の実相』のおかげです。こちらへとりあげてしまって相すみません。しかしチャンギー中にどれだけか救われて行く人も多いのです。

勝手なことばかり書きました。

折角お大切に、生きて苦しまれる諸君にむしろ同情いたします。では左様なら。

馬杉一雄

中川　通訳　宛

御同情の御言葉有難う。なすべきは終わったと心易く思っています。どうかあとあと子供等が御世話になるかと思います。よろしく

笑うなよ焼野の雉子夜の鶴わが子思へば流る
　涙を

楠公のおしえあらたによみがへるわが心根を
　よしとこそ見よ

日　記（執行直前）

神想観

四時目あく。四時半より神想観、山川も起き出して小林も共に神想観を実修。これが三人最後の神想観であろう。山川に一抹英国により殺されることに対する恨みがあるらしい。

雨が降っている。昨夜から降りつづける雨だ。

外に出る。仰ぐ空もどんよりと、そしてひっきりなしに降って来る。あれこれと整理を始める。必ずしも今から始めるわけでもないが、やはりあれこれと残っているものがある。書くものもある。慌ててもなにもしないが、まだまだ欲があるようだ。

九時いつもの使者たる印度人大尉来る。「馬

杉さん」と先ず呼ばれる。「ハイ」素直に高く返事が出る。そのまま入り口につめる。予と星と新井との三名だ。小山が通訳する。「嘆願書は却下されました。明日執行せられます」。簡単なものだ。しかしこれ以上余計なことも要らないのだからこれでよいのだ。「何かいうことはないか」「有りません。いろいろ御面倒かけて有難う御座いました」といって敬礼してかえる。朗らかな交渉だ。沈鬱の気など毛頭ない。次に行った三名は握手をして来たと笑っている。次に四名も一昨日あたりから知らされていたにもよるのであったが立派なものだ。

誰一人、言い渡されましたともいわなかったが、皆の胸にはわかりきっている。最後に江田が呼び出された。無期に減刑しかも江田が一番苦しんでいるのだ。皆さんが立って来られた。固い固い握り交わす手、小林が泣いている。後藤が涙にかきぬれて手を握り握りかえす。共に泣く自分を制止することもできない。泣くときには泣くんだ。木村も下条も泣いてくれている。

司令官閣下来られる。まことに相すまないのみだ。「相すみません」これより外に言葉もない。日高閣下ただ頭を下げて手を握って下さる。

大塚閣下、思えば、朝鮮以来何かと御縁のあった閣下だ。「俺も一緒に行きたかったに」と涙、涙……。

死という気持ちは毫も起こって来ない。行雲流水と呼び書きして来たが、何だか水は流れ雲は行っているような気がする。顔をあたっていただく。残すまいかと思ったが遺髪を少しとる。すぐ先日かったあとだ。全部集めてもほんのわずかだ。面会だという。吉武が待っていた。

とうとう泣いてしまった。吉武が泣いたの

か、俺が泣き出したのか、力強い言葉をもらって意気揚々帰る。途中で毛利に会う。「左様なら、御機嫌よう」。また池上に会う。おろおろと言葉をかける。しかし「元気で」といい得るのみだ。

整理もできたが、まだたよりだけ書きたいところがあるが、それまでには到らぬ。やがて皆さんとお別れの時が来た。「有難う御座いました」「この他に言葉はありません。吾らは勿論永生であり、霊界からもお祈りしておりますが、皆様は最後の時まで希望をお捨てにならないようにしていただきたいと存じます。有難うございました」と挨拶する。お別れの握手だ。司令官閣下には幾回しても「すみませんでした」とのみだ。

雨は止まぬ。晩餐が始まる。外でと希望したがやむなくホールの中でする。毛布をしき料理を並べ席をつくる。皆がそれぞれよく働いている。うれしい。「生まれた時と、所がちがったこの十名が今一緒に逝かんとしている。この縁何とも早や深いものです。では先ず新しい門出にミルクではあるが杯をあげましょう」と杯をあげて食事にかかる。まことになごやかだ。無理な空元気もない。蜂須賀氏が「実際吾らは幸福だ。馬杉さんや司令官が来ていただいてホールの空気をよくして下さったのみならず、今馬杉さんと共に逝けるのだ、心強い」と勿体ないことをいって下さる。

自分は信念を持つ。しかし霊界に移ってみれば、どんな真価のものかはすぐわかってしまうんだ。あやしい自分だ。

「私は自分の親友ではあるが原田閣下には全く敬服しているのです」という。一同期せずしてその通りといろいろ話が出る。うれしい限りだ。今日最後の演芸会とてやっていただいたときに原田閣下が木下閣下等とお会い下さっての御言葉を伝えられ一同非常に喜んだのであったが、まことに、原田閣下は皆のためにあらゆる心遣いをして下さったのである。

またいろいろの話が出る。金子がまどらかな顔に終始笑みをたたえてやっている。やがて歌い出す。今日の晩餐会は七時に終わってくれといっている。やがて六時四十五分となる。平原がもう最後の歌をうたって静かに待ちましょうという。服をととのえて予は立った。先ず「海行かば」、次いで「君が代」を合唱し奉る。やがて「蛍の光」が残っておられる人々からおこった。

静かに聞く。かくて名を呼ばれて外に出る。所持品の検査、今日は特に厳重だ。かくてシャワーをやり中へ入る。書き残したところに手紙を書く。死ぬ本人からの死亡通知だ。九時も過ぎた。あと十二時間だなと思いながら鉛筆を走らす。隣室には話がつきない。金子が「馬杉さん」と呼ぶ。「オイ」といえば、「寝たですか」という。「いや」と答えれば、「小見はねてしまいました」という。星は左に寝息を立てている。新井が右側で何か書いたり止めたりしている。思いつくままではあるが、概《おおむ》ねなすことは為しとげたようだ。振りかえれば私の入用な部面は、必要なだけは働かしていただいて今日になったようだ。もうこの世に用がなくなったんだ。次の任務が待っている。「往こう往こう」

晩餐にて

これ見よといわぬばかりに声出してまづうたいけり白頭山節

朝眼があく。腹が重苦しい。昨夜うんと食べたあとだ。便所に立つ。二時、雨が降っている。俺は雨男といわれたものだった。家内も雨女だった。それは二人が出かけると妙に雨だったから。しかし「雨降って地固まるだよ、俺が行くところみな良くなるんだ」と威張りかえしはしたが。

まことにな俺はいよ〳〵雨男今日のいでたち
　雨の中とは

四時過ぎまで降った雨もやんだようだ。雀も今朝は何故かとても早くから啼いていたが、いつも鳴く五時頃にはあまり騒がぬ。

漸くに許されてしか雨男今日より後は行手照
　さん

また降って来たようだ。一体俺はどちらなのだ。

二十五日　記

小方文次

神奈川県出身、陸軍准尉、31歳
和蘭《オランダ》　於バタビヤ・グロドック
昭和二十二年十二月三十一日　銃殺刑

遺詠

死刑の宣告を受けて残る日が一日一日と少なくなって行きます。その忙しい間に古人の如き心境になるべく努力しております。後に残す何ものもない、淋しい身にはこの期間に詠んだ歌だけが貴重な遺産です。現在の思い出と心境を綴りました。

思い出と心境

恩讐のきづなは悲し南の獄に迎えし七年の日
　よ（十二月八日）

四度のこの日にしるす南のかちどき我は胸は
　りさけぬ（ジャワ作戦）

三十路あまり三つの命や空し裂く胸を今宵も
　十字またゝきてみよ

返り咲く御国のために身を捧ぐ高座の赤の肌
　にふれ見よ

天駆くる望みや空し大とりのあらしのにわに
　ふるさとのゆめ

相模野に月さゆる宵はまどゐして我がうつし
　絵に君は嘆かむ
草にむす我が屍をばふみ越えて祖国興せや残
　る君等は
いざ行かん笑顔で行かん帰するごと男いのち
　を死出の旅路に
何事とのぞくネシヤのそのひとみ涙みえしぞ
　今日のひとゝき
陰膳に我れ待つ妹の晴着をも涙でそむか待た
　む年の瀬
たらちねやはらからつどいしのぶとも袖ぬら
　させじ松の内には
今日こそは晴れてうそぶく海行かば草むす屍
　と椰子の浜辺に
ますらをのたゝえてうたふ海行かば歌えば泣
　きぬ我れもますらを
夏草のしげみの中に白百合の刈られてひとり
　あはれとゞむる

遺書

グロドック刑場転送に際して

今年も余すところ数日、正月を前にして、兄さんはじめ皆様お忙しく働いていられることと思います。今日は餅つきでもしているのではないかと思っています。先日東京に初雪が降ったという便りをききました。衣料、食糧の不足のこの頃、寒さは大変なことでしょう。姉さん妹甥達も皆元気で働いていますか。

私のことは前にもお知らせした通り、去る九月十五日死刑の宣告を受け、ここに鎖されておりましたが、昨日、来《きた》る三十一日に執行を受けるように命令されました。昨日は長い間の知己であった隊員その他有志と十分に面会させて貰いました。

死刑の理由等は判決書を未だ見ていないので、何だか判りませんが、死んだ後に進駐軍渉外部から公報があると思います。

生まれて来て以来両親はじめ祖父、姉、兄さんや近所の方々にまで心配をかけて頂き、何の恩返しもしないで葬られて仕舞うのは残念ですが、これも何か運命の廻《めぐ》り合わせでしょう。仕方ありません。戦犯という不忠者の名で葬られる私を許して下さい。そして今までのことは皆なかったものだと、ただあきらめて下さい。女達は涙もろいものですから好《よ》くいいきかせて下さい。前にもお知らせしたように、私の実践して来たことは隊員達が一番好く知っています。無事に帰った上官や戦友が私のことを話すでしょう。そして桜の花の咲く時機を待って下さい。

隊員達にも話しておきましたが、前の便りに書いた用件は忘れずに果たして下さい。

兄さんの子供さん達のことについて、私よりいうべき筋ではありませんが、二男三男であっても家の犠牲にするようなことはさせず、思い思いの方向に伸ばさせてやって下さい。学校に上げることができなかったら、小僧でも職工でも好いのです。人に頼るという心を持たせることが一番いけません。強い意志でどこまでも自分の意志を貫き遂げるような者にして下さい。(私が戦犯としてやられたのも、上官の命抗し難く、自分の意志外に出たことのみです)そして私も独房に鎖された間、般若心経、修証義をはじめとして、種々の仏書や先哲の書またはこの頃二宮尊徳翁夜話等を読み感じましたことですが、我々が幼き頃、日本人はただ偉いのだ、世界一だと教えるのみで、その根本である心の糧たるべき教育をしなかったために、結局このような結果が起きつつあるのです。ですから兄さん、子供達にはできるだけ、この方面の書を読ませてやって下さい。朝夕仏壇の前で般若心経を読ませるだけでも効果があると思います。

そして我が家の家風を今よりももっと挙げて下さい。葬られて行く私としてお願いすることはこれだけです。軍人として国のために働き、それが仇となり、こんな最期を遂げねばならぬ私として、今は自分がどんなになってもただ残っている人々に祖国のみ興していただければ好いのです。遥かジャワの地より皇国の安泰と兄さん方の御幸福を祈っております。

皆さんによろしく。永久にさようならです。

十二月二十八日

辞世

今日こそは晴れてうそぶく海ゆかば草むす屍
椰子の浜辺に
我をかも岩木とい丶つる外国人《そとびと》に見せむ逝く
日の武士の旅
大詔思ふ誠心の足らざるかかくもなるとは思
はざりけり

半沢 勇

福島県出身、憲兵曹長、31歳
和蘭《オランダ》 於ジャワ・チピナン
昭和二十四年九月二十六日 銃殺刑

遺す言葉

○○大兄

出発が意外に急であったため、怱々《そうそう》にしてお別れした感じでしたが、それでもお会いできたのは私にとって非常な喜びです。在独房中は誠に有難うございました。

○○さんとは、期せずして、チピナンで会いただ御世話になるだけで面目ない次第ですが、また一面、自分よがりな付会《ふかい》とも思われるかも知れませんが、これも天恵何かの因縁のように思います。私も今や汚名を帯びて刑場に散ることになりましたが、これは元より私の本懐ではありませぬ。しかし、古今の史上に興亡盛衰、有為転変が繰り返され、これを通観するとき自ら自己の在るところを知らされます。そして天命を知って足れりとなすに到達し、永遠の世界に入って行きます。

私個人としてはまた私に連なる親族に不幸を及ぼす責任を痛感し、信義、友愛を立て、その範囲内に於て最善を尽くし彼らに与える悲嘆を減少すべくこれ努めて来ました。人事を尽くして天命を待つ、天は自ら助くるものを助く。誠に御承知の如く、未だ前例もないほどに、ベルグ氏や裁判長が決然として私のために助命奔走してくれました。冤罪を被っている私としてそれは当然のようにも見えますが、実際は理論の通らない人間感情の渦巻の中では、通常こちらの言い分は抹殺されても、如何ともなし得ぬ悪条件の状況にあっては、殆ど不可能と思えることでした。両者の助命努力によって九ヶ月も執行延期となり、一時は有望視されたのでしたが、衆寡敵せず軍配は下りました。

結局死刑の、結果そのものは同一に帰しましたが、私の死刑が過重である一立証がなり、人間的には両者の努力に感謝が湧き、到底真実を知るに困難な問題が急速に理解される運びになったところに、有形無形に天恵あるを知ります。この両者が私の予審官と裁判官であったら……それは時既に遅く、正に運命の皮肉であります。しかれども私によって最大の打撃を受ける妻子もこれらの事情を知れば、悲しみの中にも自然に慰められ、また私の妻子を愛する心に喜びの湧くことを汲み取らるることと信じます。そんなわけですから、お帰りの節は激励してやって下さい。ただ今これを書いている途中、松浦氏が来られ、一時間快談致しまして帰ったばかりです。今日は二十五日昼少し前、執行は明朝、至極元気ですから御安心下さい。

バイブルの中の記事は一つのメモの外は殆ど私の思索を纏めるためのものであれば、万一助命になった場合役立てる積りでしたが、今となっては意味がないわけですが、宗教の信仰に入る示唆を持っていますので、含めて遺品にしたいと思ったのであります。

今佐藤氏が来てお経を読んで下さったり、一緒にお話をして帰りました。もう執行を待つばかり、今夜はゆっくり眠って、酷使した肉体を休ませて、おさらばしようと思っております。台が凸凹のため字が踊りますから読みにくいでしょう。

御迷惑でしょうが家のことお願いします。

では一日も早く御帰還されることを祈ってあなたの御家族様方にも宜敷《よろしく》。

くれぐれも身体に留意し健康第一、多幸なることを祈ります。

また犬山さんに宜敷、出発のとき会いませんでしたが、御厚意感謝していることをお伝え下さい。では、大兄、さようなら。

二十五日午後四時　半沢拝

遺書

1、久仁子へ　壮健の由何より、君と臣也の便り及び写真、皆受け取っている。菫《すみれ》の花も貰った。僕のことは山口さんから通知があった通りで、君や臣也の将来を思うと、暗然と胸が塞がる。古来より人間の運命は儚《はかな》いものが常であれば、凡《すべ》て運命と諦め、君は強く聡明に残された将来に向かって進まれんことを願っている。決して一時の現実的悲境に悲嘆し、落胆して、人生に希望を失ってはいけない。
可弱い女の君が、歴史的時代変遷の過渡期にあって、臣也を抱いて進まなければならない将来の生活は確かに棘《いばら》の道であろう。だが運命は否応なしに、その道を進むように強いている。ここで君は敢然として棘の道を踏み越え、あらゆる困難に打ち克って臣也を守り通すとき、そこには二人の新しい生命である臣也が必ず君の上に聖なる光明を齎《もたら》すことを信じている。僕は毎日五時間も六時間も、君と臣也の写真をじっと見つめて瞑想に耽ることが多い。沸然とした信愛の心に満されて来る。君が描いていた美しい楽しい夢は、十分に僕に通じている。それは等しく僕の夢でもあった。またすくすくと大きくなった臣也の姿を見て、二人がいわんとしているることも、凡て僕には通じている。ただ強く耐えようとしている僕でも、何となく淋しそうな君達の姿を見ていると、万感無量だ。臣也が淋しがりやでなくなるように毎日神に祈っているるといって寄越したことが、頭に固着しており、しかもその淋しい原因が僕にあると思うと、胸が突かれる。だが人間は、神がする如くあるをもって満足しなければならぬということを僕は知っている。君は臣也を明るい希望の道に導いてくれることを信じている。僕は臣也の一切を君にお願いする。或るときは慈父の如く、或るときは恵母となって、立派に育て守らんことを乞う。後で届く遺髪は君が死ぬとき、共に埋める方がよいと思う。重ねていう。君は賢明に現実を批判し、未来に計画を立てて、君の最上の道を進まれよ。僕は君と臣也の幸福を祈る以外何ものもない。では、臣也を頼む。

2、臣也よ、元気を出して一歩一歩、力強く確固たる信念をもって進んでくれ。臣也がどんな道を選び、いかなる人になろうと、臣也が自分の意志で決断したのであればよろしい。臣也が賢明であることは父母が固く信じているのであるから、淋しがってはいけないよ。昔から偉大となった人で、早く父を亡くした人が沢山いる。臣也が淋しかったら、お母さんはなお淋しいだろう。臣也は男だ、強くなってお母さんを慰め、幸福にしてやってくれ。

3、御両親様　御便り有難うございました。臣也のこと、その他いろいろについて厚く御礼申し上げます。相続の件は、既に光行（弟）が成長している故、光行に相続させるを至当と思う。臣也の一切を久仁子に委した故、凡て久仁子の意志を尊重せられたし、絹子が死んで可哀そうだが、ここで二人の子を失うとも決して他を恨まず、すべて御両親様は、浮世の因果と思って、新しい心構えを立てて再出発して下さい。こんなことといって本当に生意気ですが、勇の一生のお願いです。孝子は信仰の心を厚くし、久仁子、臣也、光行、露子（妹）達を仏と思って仏に仕うる心をもって、余生を送られたし。これ以外に安心立命の道はありません。御無礼お許し下さい。

4、光行へ　今一家の柱となった君の立場に同情を禁じ得ない。だが、そこには君のみの感じる誇りと歓びもあろう。いかなる社会にあっても、美しいものは愛情の世界だ。僕が駅頭でいったのはそれだ。君の希望する学校は兄として何一つ制限しない。何年かかってもよいから目的に進め、終戦と共に、僕の一切が中絶して君の目的貫徹を妨げたことを残念に思う。御両親の理解を十分に得て、理想をもって進んでくれ。

5、露ちゃん　大きくなったな。僕が兵隊に入るとき、君は小学校一年生で、君らは先生に連れられて見送りに来てくれた。君の便りも皆受け取った。余りセンチメンタルになるなよ。臣也も淋しがっている。臣也に優しく、姉さんを慰めて、いつまでも力になってやってくれ。久仁子と臣也が僕の残してゆく生命なのだ。僕がバッパといってなじんだ、三春のお婆さんに御恩返しもできなかったが、その御恩は終生忘れない。宜しく伝えてくれ。

他皆々様に宜敷。

半沢　勇拝

御家族御一同様

独房悲歌

本論を述ぶるに当たって題目を「独房悲歌」とつけたのは、自分に些か理由があってのことである。というのは、本論の中枢となるのは已《すで》に処刑された犠牲者を中心に論説せるのと、自分が自らそれらの犠牲者と同じ境遇にあって、死を直視しつつ、彼らを見送る日に悲惨な一面が包まれているのを痛切に感じたからに外ならない。

何が悲惨であったか、それは次第に稿を追って述べるところのものであるが、そうした一面を痛感している自分は、彼らが処刑に臨み、その態度において立派なる最期を遂げ、見る人、聞く人に壮絶の感を与えるとも、その裏に底流するところの真実がより一層啾々《しゅうしゅう》たる痛哭の響きをもって吾が胸に疼くのである。その悲惨を吾々青年が、それを通じて感得しうる一般的現象に基づき、種々雑多なる推測や洞察、また皮相なる同情等の側に立たず、人間として予期しなかった苛烈なる現実に逢着した者の、その反面に於て幾多の矛盾に衝突していかに煩悶したか、そしてその懊悩をいかに整理したか、これは吾々青年が、その境遇が変われば、等しく受けねばならぬ衝撃なのであることに思いを走らせ、幸いにこの境遇に陥るを免れたる青年は単に自己の幸運を喜ぶことであってはならない。省みてむしろ冷汗を覚えるであろう。この故に吾々は犠牲者の尊い教訓を無にせず、将来に生かさんとすべきである。吾々は、その教訓を外見的な皮相な面に視線を向けず、彼らの味わった煩悶について、共に味わうことによって真の教訓を覚えるであろう。この意味に於て、自分の執筆する目的が那辺にあるか理解し得ると思う。

1 死ぬ意義

何のために死ぬのか、いや死なねばならぬのか、一応は死ぬ者にとって考えねばならぬ問題である。犠牲、だが何の犠牲か。曰く、日本再建のための、否、報復の犠牲であると。松田長官は、犠牲でも何でもない全くの犬死にであるといっていた。

また、犠牲との見解を持する側にも三色あって、勝村少佐は、日本再建のための犠牲であって有意義であると提唱していた。

和田大尉は、犠牲は犠牲であっても、報復の犠牲であり、無駄死にであるといい、浅木少尉は、犠牲が有意義であるか、無駄になるかは、将来の日本人が立証してくれるものであると折衷説をもっていた。

その何《いず》れが真であるかはその人々の信ずるところであり、誰しも容喙《ようかい》すべきではないが、既にここにも煩悶となる重大なる一因があるではないか。

谷口少佐が、処刑の寸前にすら、自分は何のため死なねばならぬかといっていたが、人間として、理性が働く以上は、思索し、死ぬまでに一通り頭の中を整理しておきたいと努力するであろう。だが、簡単な割算の如く清算できる問題でない。

しかし納得しようがしまいが、否応なしに、刻々と時が死を強要しつつあるところに、いい知れぬ苦悶が存在している。それが種々雑多なる表現によって看取されるが、いつ頃から起きた言葉か明瞭な記憶になっていないが、多分山根軍医が最初用いた言葉と思う。行き詰まったときに「ヤケ」という言葉が流れていた。

自分は、その叫びの中にも一種の悲痛な響きを感じていた。人間がその人生に於て最も厳粛なときは死であろう。そして、その死の前に勇敢な日本人であった人々は苦悩している。

何故であろう。いうまでもなく、吾々が過去に於て教育された死生観は、ここで通用しないのだ、即ち、青年が、これまで教育された天皇陛下のために笑って命を捧げる日本軍人の死生観原理は何の勇気も与えず、それを口にする者もいないのは悲しい限りである。

臨終の際、天皇陛下万歳を三唱するのは日本軍人の典型であり、それが、国運の隆運を祈る日本人の表徴でもある。山畑君が出発の前日、天皇陛下万歳をいいたくないが、いわないと残った家族が苦労するであろう、家族のために万歳をいってやるかな、と、さびしそうにいっていた。また、橋本君が、刑場に立つ前まで、天皇陛下万歳を三唱しない、といっていたそうである。これは一寸滑稽な冗談のようだが、どうして、これまで口に出すまでは考えに考えた結果であろう。

青年が純粋に信じていた筈の確固たる何かを見失うと同時に、凡てが瓦解したのだ。死ぬ者にとっては、頽廃的な虚無感で充満し、和田大尉や山根軍医が、地球が破裂して一切が消えれば好いといったが、その心は寂莫《せきばく》として荒廃なことを知ろう。後日、和田大尉が逃亡するに及んだ一端も窺《き》知《ち》できる。死ぬ意義を発見納得し得ない苦悩が深刻な一面を呈している。

2 覚醒と後悔

漸く青年期に達すると兵隊に入り、戦争に従事して来た吾々青年は、国家社会、政治は勿論自己の人生にすら無批判であったといえよう。一途《いちず》に養われて来たものを信じ、それが凡てであり、忠節を尽くすことによって報いられるものが何であるか深く考えてみる必要はなかった。ただ尽くすことが要求されており、そして尽くすことが吾々の道であった。

それが終戦後、殻を破られ、吾々が嘗《かつ》て想像しなかった事態が展開し、突然顚倒《てんとう》した感がある。

昔売国奴と呼ばれて国外に隠遁していた者が今や逆転し、檜舞台に立って指導している。

悪と信じていたものは、実は悪でなかった。これが人生の最高と思っていたのは、無智以外の何ものでもない。

ここが難しい問題であろう。覚醒したときは万事休すである。そして一切を運命として諦めんとする。何れにしても諦めざるを得ない問題であるが、諦めは諦めとして、常に精神上内訌《ないこう》の起こるのは当然であろう。

覚醒が希望となり発奮となる立場と異なり、覚醒は後悔になって責め、萌芽せんとする思念は自ら断たねばならぬ。無智なる者は、無智なるときに死んだ方が楽であると思う。ここに彼らが苦悩の痕を見逃せない。

栄枯盛衰、有為転変は世の常として、無常感に感傷を覚えるは蓋《けだ》し、日本の詩文学に伝統なる「もののあわれ」が中枢であるとも、源平や戦国時代の感傷を今さら吾々が味わう無知が覚醒して絶望に陥るほど、哀れなものはない。

3 死の恐怖

必然的に経験しなければならない究極の問題は死であるが、判決後、処刑の期日が迫るに伴い、刑場の情景を思い浮かべて種々の空想をしているらしい。

太田伍長は、室内で、一人刑場に歩む練習をしていると話したことがあった。来るところまで来れば、死そのものは恐れる筈がない。銃口の前に立つまで、そして、息の根が止まるまでが、最も気掛かりのところである。

意識して銃口の前に立つには、相当な勇気がいる。宗教的な信仰も何もない吾々青年は、日本人の意気だけで頑張れるだけだ。人に笑われたくない。それだけに、真剣になってる努力が見える。

処刑直前、和田軍曹が、小さい堀を見て「この川は、どこへ流れる河か」と訊いたのは、判断に苦しむが、山根軍医が、見るもの総《すべ》て清く美しく見えるといったそうだが、実際そう見えるのだろう。橋本君が、坊さんに「先になって歩いてくれ、俺は後から一人で行く」といって、凄相《せいそう》な笑みを浮かべたというが、それは坊さんの臆病な見方か。が、人の真剣なるや、霊気が漂うことは肯ける。清水君が太陽を見て、美しいお月様が出たといったのは、間接的に聞いたのだが、鬼気迫るものがあろう。

視覚と知覚が錯綜するのかも知れないが、自ら死地に向かって歩く瞬間の気持ちを受けて熟考してみるとき、そこに、吾々青年の犠牲の真の姿を感受しないわけにはゆかない。

4 情懐

彼ら青年の九〇パーセントは独身者で、入営以来、郷里に帰ったことの無い人も多い。嘗て、独房に「咆哮《ほうこう》」という名で、各自の寄稿を編集したものがある。毎月二回発行して、独房を回覧しているのを見て、自分も一度投稿したのを覚えている。

それを一読して、彼らがいかに肉親を追慕しているかを見る。

十年余、いつかは再会を期待しつつ、今日に至ったとき、つらつら秋風の淋しさを感じたというように、遠慮勝ちにその気持ちを叙している。それは弱味を見せまいとする努力も窺われるが、一般に「咆哮」に書いたものは、真に迫って胸を突く底のものは、なかったようだ。徒《つれ》然《づれ》のなぐさみに、旧懐を温めていたように思われるが、それからも、或る程度、思情、感懐を忖度し得よう。しかし、実際は、日常二、三集って、しんみり話すところに真実が浮かんでいる。自分と同期生の佐藤君の厳父は、同君の死刑を知って驚き、そしていかなる重罪を犯したかと嘆じた便りを、寄越したらしい。佐藤君はそれによって、苦悶していた。戦犯の性質について、理解される日が来るであろう。少なくとも、肉親にだけは理解せしめねばならぬが、それはまた別な問題である。実際肉親からも、重罪を犯したように思われるのは、救われ難い苦痛であろう。

人間は孤独感ほど、淋しいものはない。その淋しさを救うところ、自然貧しく、短い半生を思い起こし、模索するのだ。

5 自覚

精神的準拠は覆り、虚無と絶望から、危うく崩壊せんとするのを強く支えているのは、日本人的自覚であろう。その自覚をさらに確固たらしむるのは、直接間接に、激励する同胞の存在であろう。

日本魂は、幾多の苦悶を包蔵しながら、強く堪え、顔で笑うことができるのである。日本人の意気を見せようと、むしろ積極的な勇気が湧いてくる。上杉、野中君が、一暴れして死に花を咲かせようかと考えていたが、全体のためを考えて躊躇していたのは、必ずしも純粋な意味に於て壮といえないであろうが、最後まで闘魂に燃えていた点、偉なるものがある。特に終始悠然とした恬淡《てんたん》さで一際目立ったのは、吾々より一代古いが、岡田少佐であろう。彼は動もすれば沈滞的な空気を醸す状況にあって、後輩を導かんとして、一歩進んだ自覚の上に立っていた。日本人的自覚が苦難に堪える源泉力であるが、これを確固たらしめるのは、先に述べた如く、知友、同郷人、同胞の激励によるところ誠に大である。孤独と絶望を感ずるとき、それはどんなものであろう。

二十一年十一月下旬、山本中佐が自殺するとき、自分は隣室にいて、その断末魔の唸り声で目を覚ましたが、彼については その前、精神的な噂もあるから原因について知り得ないが、その後、岩政大尉が自殺したのや、スラバヤに送られた重松曹長、また久米曹長の自殺を、肉体的苦痛を与えられたとしても、よしんば肉体的苦痛が直接の誘因と譲歩して考えても、彼らの心底に流れる孤独感と絶望感を看過することができない。

6 宗 教

自分が独房に来てから、嘗て宗教の話は口にでたことがなかったといって過言でない。最近老人が独房に来てから、一部に仏が有難く涙がこぼれるというようなことをいい、仏にすがって彼の世に渡らせて貰うべく熱心に南無阿弥陀仏を唱えているが、それとて話を聞けば、終戦後の信仰らしい。たまたま時を同じくして、プロテスタントの牧師が行う集会に独房からも行けるようになったが、このときは、自分と清水君を除いて他は殆ど老人であった。

吾々青年に宗教心がないわけではない。その大部分は、宗教を知らずに来たといった方が適切であろう。生まれたときから祖先伝来の宗教がある筈だが、どの程度に理解し信仰して来たかは、各自が半生を回顧することによって、自ら知るであろう。宗教について論ずるのは自分の目的でもない、他に説いてくれる専門家が多々ある。ここでいい得るのは、人間が全く孤独に陥ったときに、空飛ぶ鳥を見ても、羨む、無力な、弱い一面を知ることができるし、天皇陛下のために笑って死ぬべき筈であった日本人が、笑って死ねなくなったとき、淋しい空虚を感ずるであろう。山畑君や橋本君の悩みは、吾々同世代の青年が平等に分かつべき悩みでもある。

はしなくも、敗戦によって、従来の日本人的死生観に大きな弱点を発見した。神聖な国体を汚されたことによって、従来の国家理念に鋭いメスが加えらるべきは必然である。

　将来天皇中心主義者が独善的一方的に陶酔することは不可能になったが、ここに覚醒すべき幾多の教材を発見し、研究さるべきであろう。

　この戦争を通じて最大の犠牲を払ったのは、吾々青年の上に見られる。何百万の英霊は何のために死んだか、南無阿弥陀仏を唱えたか、アーメンと十字を切ったか、否、天皇陛下万歳を叫んだことは、誰も疑わないであろう。日本人の血を感ずる者、誰しもが知るところである。その崇高なる犠牲に、讃美の声を禁じ得なかった吾々は、彼ら何百万の戦友が、餞《はなむ》けの真の叫び、天皇陛下万歳に改めて耳を傾けようではないか。そしてまた、なお天皇陛下万歳が続いている。その犠牲に吾々は、最早《もはや》嘗ての崇高なる感激を覚えるより、悲痛な哀感が強く響いている。

　独房から消えて行った、吾々とその歩みを同じくする青年が秘める苦悩、笑って訣別の言葉を交わす裏面に漂う悲痛なる声は、彼らの奏する悲歌として、共に味わう何かを教えられる。

　吾々の年令は、青年の時代から、永久のさようならをしようとしている。そして新しき者が継承するであろう。吾々は休む閑なく、次代に立つ青年の指導者として進みつつあることを自覚し、その用意をしなければならぬ。

　本稿は思いつくまま書き下ろしたので、後から読んで、首尾一貫しない点も見られ、論述中修正したいところも多い。が紙の節約、時間的にも、特殊の事情があり、このまま、思いきって編に入れることにする。

伊藤義光

北海道出身、憲兵曹長、31歳
和蘭《オランダ》　於セレベス・マカッサル
昭和二十三年十月四日　銃殺刑

遺書

序言

軍人《いくさびと》はまた軍人たりし者は己が死につきことあげせぬものなり。吾が国古来の士道と申すは、如何なる死を遂ぐるも国の御恩、君の御恩を思い、これに報ぜむとの心掛けだに忘るることなくば、当に神明に恥じざるものというべく、大東亜戦争遂行中、憲兵の果たしたる役割、ポツダム宣言、以上のものにつき特別なる観察をなし下さらば、吾が死は自ら了解せられるべし。総《すべ》ては歴史の歩み進む過程に於て必ずや吾が死世に表れ解決せられ得るものと固く信じて疑わざるなり。想えば未曾有の大いなる御軍の端に連なるを得、満州支那、南方と転戦幾《いく》歳《とせ》ぞ。将《まさ》に国事に身を捧げ貫きて茲《ここ》に屍を埋む。国想う益良夫《ますらお》の佳き最期ともいわむか。しかれども吾もまた茲に身を置かば父を慕い母を恋う有情の人なり。別紙の如く御両親並びに、弟妹、親族、知己に宛てて夫々《それぞれ》別離の言葉を遺さむとす。内容に於て、心の弱らむとするを呵しつつ筆を進めたるも、未だその心の筆跡に残るを如何せむ。人恋う義光の衷情を諒とせられよ。なお以下談話風に物申さんとするため口語文を用う。

父上様

赤道遥かなる南溟《なんめい》の地より懐かしき祖国に在す父上様に宛て、今ここに最後の御別れを申し上げねばならぬこととなりました。義光は今次の戦争に際し、第八軍団憲兵隊員として南方ハルマヘラ島に上陸しましてより転戦満三ヶ年、只管《ひたすら》報国の一念に燃えて御奉公にいそしんで来たのでありましたが、武運拙なく敗れ去り、二十一年六月セレベス島に於て、和蘭軍に逮捕抑留せらるるところとなり、戦争犯罪者として裁きを受くるものとなったのであります。義光の犯したる犯罪状況についてはここに詳述することは許されませんけれども、将来必ず世に明らかとなり、歴史の解決してくれる問題であります。殺人その他世に謂う破廉恥的なるものでは決してないのであります。即ち戦争中憲兵として、当然の任務を遂行したることの国際法違反となり、所謂《いわゆる》組織的テロ行為として、その責任を問わるることに至ったものであります。しかしながら私のこの犯罪は日本人として決して父母上様の御名を恥ずかしむる行為に出でたるものではないということを神明に誓って申し上ぐるに憚《はばか》らぬところであります。

私の裁判は本二十三年三月二十四日和蘭軍マカッサル臨時軍法会議に於て部下と共に無期刑を求刑せられ、同年五月二十八日同会議に於てその責任上死刑の判決を宣告せられたものでありますが、予審に於ても判決に於ても、終始日本人としての立派な態度を持した心算でありますす。何卒この点御安心下さいますよう。古今東西もののふにして戦いに敗れたるものの元より今日あるは覚悟の上でありました。今更何を悔い何を嘆くことがありましょうか。願わくば父上様よりよくぞ責任を果したと賞《ほ》めて戴きたいのであります。

古《いにしえ》もかゝるためしのあるものを何を嘆かんもの丶ふにして

咲き出でし花の運命や春の暮何を嘆かんものゝふにして

嘆くまじ永遠に悔ゆまじ大いなる時の流れを流れ逝く身は

国おもひ家を思ひて逝く吾の燃ゆる心を神や運ばむ

義光は父上様の長男として生まれ、伊東家再興の大事な責任を有することはよく存知致しておりました。しかしながら当時国防日本の男子として、国恩に報ゆることこそ、なお重且つ大であったのであります。私は御奉公の道を憲兵に選びました。以来八ヶ年、不肖をも顧みず郷党家門の名に於て只管本務に励んで参ったのでありました。しかして今日の運命に逢着致したのであります。勿論前にも申し上げました通り、私はこの運命を悔ゆるものではありません。ただ栄枯極まりなきは春秋の常とはいえ、曽《かつ》てなき悲運に遭遇しある祖国のことどもに思いを致しますとき、新生日本の建設の一日も速やかならむことを念願致しますと共にその時期を得ずして討たれ逝くことの心残りが自ら惜しまれてならないのであります。

まだ〳〵になしたきことのあり乍《なが》ら事や終わると己が身に告ぐ

散り落つる花の心は只管に親木に祈る春にそなへて

豊栄の国の光やいま何処おろがみて哭《な》く春の佳き日に

日高少将の歌に

玉の緒の切れるきわまで憶うかなみ国の春はいかにと

憶えば将に万感胸に余るのであります。この長い十年間孝行らしきことを致したることもなく、御掛け申した数々の御心配を思いますとき、ただに不孝の罪に咽《むせ》び慚愧《ざんき》に耐えないのであります。しかも戦争の終わりてなお父母上様に仕えることあたわず、戦犯者として敵手に討たれ逝くを思うとき、人の世の不幸を一身に負いたるが如く、ただただ熱涙の溢るるを止めることができないのであります。

責任ある長男として、傾ける家を外にして十年に余る歳月を過ごし、今や戦いの終わりてなお歳老いられたる父母上様のみとりも為し得ず、先立ち逝きます不孝の罪をただただ御詫び申し上げる次第であります。父上様何卒私亡きあとも御力を落とされることなく母上様をも励まし下さいまして、弟行雄に全幅の信頼を掛けて戴きたいのであります。義光のからだは異国に亡びてゆきます。しかし、義光の魂は必ずや父上のみ胸に、母上のみ胸に永遠に生きてゆくでありましょう。否伊東家の続く限り、祖国のある限り、私の魂は生き貫くものであります。ただ懸念せらるるは義光は戦犯者でありますが、日本人として決して恥ずべき行為によるものではないということであります。何卒日本軍人たりし義光を固く信じて戴きたいのです。

このことは父上様より行雄にもよくよくいい聞かせて下さいまして、あくまで強く正しく立派な青年となし下され、次代の日本に貢献せしめて下さらんことを切に切に御願い申し上げるものであります。

なお私の生前使いたるもの何にても残れるものあらば、総て行雄に遺品としてお与え下さいますよう。

私と運命を共にする人に中村益視という部下の軍曹があります。この人に対しては、私は上官たるの責任に於て誠に相済まない次第であります。非常に立派な人でありまして、終始動ずることなく、従容《しょうよう》として最期のときを待っておられます。中村軍曹の住所と御父上様のお名前を左に記しておきます。

長野県諏訪郡下諏訪町下ノ原

中村圓左衛門　様

父上様の旅行されました折、是非中村様をお訪ね下さいまして宜しく御詫びと御慰め申し上げて下さいますよう御願い申し上げるものであります。

なお私の分隊長でありました大柴大尉、班長たりし古瀬虎獅狼准尉、分隊員たりし井手尾薫軍曹も運命を共にする戦友であります。左に住所を記します。

山梨県甲府市千塚町
父　大柴清三
長崎県島原市中安徳町
父　古瀬虎吉
妻　〃　満子
鳥取県東伯郡橋津村上橋津
兄　井手尾　栄

であります。何卒音信を願い上げる次第であります。父上様、冷たい牢獄の壁にも、ときとして楽しい、ありし日のお父さんの御姿が浮かんで参ります。懐かしい思い出を一つ二つ綴り残します。

私の入営を喜んだお父さん

あれは十二年十一月頃であったと思います。お父さんは得意の絶頂でした。「いよいよ俺の家からも兵隊が出る。親類も多いが甲種合格のいの一番で軍隊に入るのは家《うち》の義光だけだろう」「親類の連中にはよく書いて知らせねばならん。内地の者達にもよくこの由を伝えて旗やノボリの準備をさせねばならぬ。それでも足らねば町のところへ行って買って来い」という騒ぎでした。私はただ嬉しさと誇らしさで一パイでした。お母様は幾度あの面倒臭い鶏の丸煮スープをこしらえて下さったことでしょう。牛乳も飲んだ。卵も食べた。蜂蜜、浅田アメ、肝油、また食事にはよく特別の一皿が私にはついて出ましたね。

一月に入ってからのお父さんは、朝晩旗やノボリの出し入れに大童《おおわらわ》でした。門口の雪を掻き立てられて、突き立てられてゆく旗やノボリの数々は、私をして正しく殉国の兵士に作りあげたのでした。またお父さんはよく私にいいました。「軍隊というところは良いものが悪くなるか、悪いものがよくなって来るところだ。お前もよくこのわけを考えて気をつけて勤めて来るんだぞ、そして上等兵にはキットなって来い」と私にはこの一番終わりの一言が心配でした。

さて、いよいよ入営の日が参りました。村の人達が来ました。酒が出ました。私はお祖母様に御礼拝をして玄関に立ったとき「お前は禁酒会員だから酒なんか飲むんじゃないぞ」といわれたのがお父さんから受けた注意の最終のものとなりました。そして私は真面目に上等兵になったのでした。

「お蔭で順調に上等兵にもなりました」とその手紙を声高々と家族に読んで聞かしているお父さんの姿を演習の合間合間にどんなに楽しく想像してみたことでしょう。歳老いられたであろうお父さんのことども。

南方に来る年の五月でした。義光の公務と休暇とを兼ねて二回目の帰省をしたあのときのことでした。「御免なさい」表戸を開ける。お母さんが出て来る。僕をみて呆然たり。ややあって「来られたかよ」と顔を押さえる。弟がお父さんを探しに走る。上がってお祖母様に礼拝。振り向けばお母さんすっかり泣いている。僕も一寸悲しくなったが、嬉し泣きと解って安心。昨年、「母危篤」で帰ったときのことなどが思い出されて丈夫になられたお母さんの姿が何より嬉しく、ついつい熱いものが鼻筋を二つ三つ通り過ぎて行くのを感じた。

電灯がついた。お父さんがストーブの横で自分では喫えない煙草をどこからか沢山蒐《あつ》めて来て、キザミと紙巻と一緒に「オイ喫えよ」といって並べてくれる。叱られるのを覚悟で紙巻を取って吹かしたらニコニコと嬉しそうだ。全く愉快だった。

お母様がお膳を運んで来た。お父様が受け取って僕との間に置いた。オヤ酒がある？　と思ってみているとお父さんが銚子を上げて僕に「オイヤレ」と来た。僕は驚いた。まだ酒が飲めますといってないからだ。一寸もじついたが軍服の手前、あっさりと受けて飲んだ。……さしつ、さされつ誰に何の遠慮もなく……すっかり御承知なんだ。

一ッ膳で一ッ皿をつつき合って対等に飲んだ。父と子、あんな美味かった酒の味は、一生を通じて忘れることのできなかったものでした。私にはそんなお父様だった。懐かしい懐かしい思い出です。

その外、赤い毛布のズボンも勇ましく馬を馳せていたお父さんの姿。タコ帽子から目と鼻だけだして寒い凍てつく朝夕馬のズリ引き訓練に専念されていたお父さん。薪山からの帰りが遅れてしまって、凍てつく月光の中で切り込んだ馬橇《ばそり》を引き出すために二人して一所懸命に馬を励ましたことのあるお父さん。

「こ奴だけは間違いなく合格させてみせる」と候補馬を引き出して盛んに私に説明しておられたあの頼母しいお父さん。また、ときにはインバネスに中折帽、前と後ろを持って穿《は》く靴を光らせて仰々しい出立《いでたち》のお父さん。

或いは義光が深川からの帰り途、自転車で一巳村の子供にけがをさせて病院に連行されたとき、すごいけんまくで叱ったお父さんの顔、等々思えばただただ胸掻きむしられるような懐かしい恋しいお父様でした。

何卒行雄のためにも深き慈愛のお父様であって下さいますよう。

みのり姉様の友一や弘にも民子の子供達にもよいお祖父様であられむことを。

十勝の叔父様、御料地のお祖母様、義秋様、福田の御祖父様方にもくれぐれも宜しく御伝え下さいますよう、垣内や浅黄先生にも宜しくお願い申しあげます。

かにかくに思ひふければたらちねの父母の姿
　のなべて恋しき

月に日にひたすら祈る文字のあと老いたる父
　母の偲ばれて哭く

死なむ日の近くなりしかこの頃は家のこと共
　いよ〳〵偲ばる

何度もお便りを受け取りました。今更のように不孝の罪が悔いられてなりません。思いにまかせてとりとめもなく書き綴りました。御判読下さいますよう。

ではこれにてお別れ申し上げます。

伊東の長久を祈りつつ

義光

父上　様

最後までお世話になりました及川様、後藤様、堀様等誠に有難う御座いました。御父上様より厚く御礼申し上げて下さいますよう。

父君よ吾のみならずみ軍のあとにおちこち花
　しげく散る

故里を焦れし身にはあらねども天翔けりてぞ
　今日し帰らむ

思ひきやたゞ一条に励み来て石の畳に月を見
　んとは

夢ならで夢にしならで今の身は夢とよぶべき
　夢なかるらむ

国のため散らば御恩は報ぜねど親にも孝の吾
　国の風

母上　様

幾度もお便りを頂きました。そしてその都度泣きました。いよいよ母上様とも御別れすると きが参りました。もとより軍人として敗れたるものに今日あるは覚悟の上でありましたが、家を思い父母上様のことを思うとき、ただ無やみと泣けて来るのであります。特に母上様にお別れ申し上げることは義光にとって一番悲しいことでありました。しかし定まれる運命とあってみればこれも致し方のないところであります。

何卒母上様もこの運命を素直に受け取って下さいますよう。そして義光も遅れ馳せではあったが、また多くの人々と同じように戦死して逝ったのだと深き悲しみを御慰め下さいますよう。中本も大矢も野坂も右代も義雄も皆んなお母様と私の話題として既に早く戦死して逝ったのでありました。何卒この人達のお母様のように一切を大いなる運命としてお諦め下さいますよう、また戦争犯罪者としての名の下に討たれ逝く義光は即ち祖国のために最後まで無我夢中必死の働きをして、遂にお国のために殉じたのだと信じて下さいますよう。父上様にも申し上げたことでありますが、この私の犯罪は殺人その他破廉恥な行為によるものでは決してありません。憲兵として只管に働いたことが敗戦という絶対的な彼我《ひが》の立場をしてかくならしめたものであります。今義光は日本人として自らを省み、決して恥ずべき理由はないのであります。何《いず》れ私と同隊であった北川君（有期）がお母様を訪ねて詳しくお話を申し上げることと存じますが、同君からよくお承り下さいますよう願い上げる次第であります。

義光は伊東の長男であり家に対し、父母上様に対し一番責任の重い者でありました。しかるにこれとての働きも無くして家を出で、今日に至るまで戦争の渦中を彷徨して参りました。そして戦い終わりて既に三年ひたすらその帰りを待ちわびておられる父母上様にかかるお別れの言葉をおくらねばならぬことの不孝の罪を思いますとき、身の八ツ裂きされる思いが致すのであります。義光は本二十三年三月二十四日無期を求刑せられ同年五月二十八日死刑の判決を宣告せられたのであります。私と運命を共にする憲兵は、父上様にも申し上げました通り五名おり、外に海軍の司令官であった大杉守一中将及び部下の小玉寿吉中尉の計七名のものでありま す。もう泣くことも、嘆くこともありません。朝夕信仰の話など致しまして従容として死して、生くるべく刑の執行を待っているというよりは、定められある余生を心静かに送っているというような有様を御想像下されたいのであります。

常日頃お母様よりおしえられておりました信仰心ももう立派にでき上がりました。何の疑いもありません。お経の本等もありまして、夕の一時はこれを読むのが楽しみとなっておりま す。何卒この点も御安心下さいますよう御願い申し上げる次第であります。

義光は幼少の頃より深き父母上様の愛情に育てられ、我儘一パイを尽くして今日の成人を致しました。思えば、私の一生は心配と迷惑のかけ通しでありました。特にお母様には御病気勝ちであったにもかかわらず、いかほどの御心労をお掛け申したことでありましょう。今に至りただただ慚愧にむせび世の誰よりも深い不孝の責に胸を掻きむしられるのであります。ここに重ねて不孝の数々を深くお詫び申し上げる次第であります。

母上様私亡きあとと雖《いえど》も決して御力落とし下さるまじく、只管行雄の将来に希望をかけられまして、立派に伊東の家を継がせて下さいますよう。義光の体は亡びても、義光の魂は永遠に母上様のみ胸に生きてゆきます。必ずや伊東の家を守り貫くでありましょう。何卒母上様よりもよくよくこのことを行雄に申し聞かせて下さいまして、私の遺志を継がせて頂きたいのであります。行雄に対しましては私からも何か申し残す心算ではありますが、将来彼の一身について種々のことがありましたときは行雄の気持をよくお聞き下さいまして、お母様がよいと考えられるものは、そのまま行雄に行わせて下さいませ。それはきっと私も希うものであるからであります。彼も私の弟である限り、私の意志の必ずや受け継がれ、家のため父母上様のためにきっと実を結ぶことを私は固く信ずるからなのであります。何卒行雄に私の魂の生きあることを信じ、強き信頼を掛けて戴きたいのであります。その他お母様に申し上げたいこと、書き残したきことなど、胸に溢れるのでありますが、さて書こうとすれば、何も書けないのであります。でもお母様には、みなよく解って貰えることを信じております。

お母様くれぐれもお体に気をつけられまして、長く御多幸に御暮らしあられむことを只管神仏に御祈り申し上げるものであります。

二年《ふたとせ》の不孝の罪に胸いたく無事を祈りて母の
　文読む
たらちねの母の心や如何ならむ敗れて三度春
　は廻れど
ひたすらに吾をまつらむ故里の冬枯寒き母の
　念ひや
残したき思は胸に余れども母の嘆きのつのる
　を思へば
ただ〳〵に吾を待ちにし母なるを逝きしと聞
　かば如何に嘆かむ
思ひ出の悲しきまでに多ければ何を綴らむお
　もひ乱れて
この世には会うすべもなし母の手の杖ともな
　らむ永遠の旅路に
三十年の不孝の罪を沁々と母に詫びなむ花の
　うてなに
お父様にも書いたようにお母様にも一つ二つ

思い出を綴って名残を留めます。

お母さんとの別れ

十八年の五月でしたか、義光が第二回目の帰省をしてさんざん遊んで、さていよいよ帰満しようと思いお母様に「出発します」といったらお母さんもう一日一日とのことで、三、四日も出発を延ばしてしまいました。さていよいよ期日も来て出発せねばならないこととなりお別れを申し上げたところ、お母さんは何もいわないで、オ納戸に隠れてしまいました。僕はお祖母様にお別れの礼拝をして、お母さんを探したら、お母さんは納戸のビョーブの蔭にかくれて泣いているではありませんか。僕はもう何もいえなくなってしまいました。とうとう出発までお母様は何もいわれなかった。僕は淋しかった。でも無理はないと思った。電報で延期しようかとも思ってみた。お母様は病弱だし、僕は戦地に帰って行くのだから……全く無理もないことだった。僕は海拉爾《ハイラル》まで後ろ髪を引かれる思いで帰った。泣きながら帰って行ったのでした。思えばすでにあのときお母様のみ胸には永の別れになる悲しみがあったのですね。

僕が小学校の五年生のときでした。僕は何だったか、手提げカバンと色鉛筆だったと思います。どうしても欲しくてたまらなくなり、お母さんに無理無理泣きついて漸くそれが成就したのです。即ちお父さんから五円紙幣を渡されたのでした。僕は喜び勇んで出掛けたのですが、途中で友達に誘われてキャッチボールを始め日の暮れ方になって、すっかりよい気持ちになって家に帰ったとき、はじめてそのお金を落としていることに気がついたのです。僕は驚いてその理由を話したのですが、お父様は大変怒りました。そして、「これから行って探して来い」「そんなお金を粗末にする奴は見つかるまで家には入れぬ」との厳命でした。しかし日はもうすっかり暮れてしまっているのです。手提げランプを持って僕は泣きそうになって家を出ました。役場の裏から学校のグランドを回って三丁ほど道を往復してみたのですが、勿論見つかろう筈はありませんでした。僕は遂にシクシク泣き出してしまったのです。……

手提げランプの光にお母さんが立っている……僕は飛びついて泣きました。お母さんも泣いていました。そして何もいわないで僕の手を引っぱって家に帰りました。僕は御飯も食べないでフトンの中にもぐり込んでしまいました。茶の間でお母さんの声がする。「落としたものだから仕方がないでしょう」「本当に落としたものか」「義光は嘘はいいません」……暫くしてお父さんは隣のフトンに入りました。

僕はそれですっかり安心した。そして涙が出た。いつものようにお父さんのイビキが聞こえない。お父さんも泣いているんだろうと僕は思った。お母さんは「手提げカバンはもう買って貰えないよ」と僕にいった。僕はコックリをした。それでも嬉しかった。手提げカバンは一ヶ月ほどおくれたがやっぱりお母さんが買って来て下さった。私に幼い頃より本当に本当によいお母さんであった。

その外満州から休暇で帰ったとき、禁酒会員であった筈の僕がお父さんを相手にしてガブガブお酒を飲むので、心配そうに見ておられたお母さん。しかしちっともトガめなかったお母さん。すっかり憲兵になった僕を信頼しておられたのだ。どんなに忙しいときでも「お寺参りに行くんなら仕事は休んでもよい」といっておさい銭を渡してくれた信仰深いお母さん。

中本が海軍に行ったとき、僕も行きたいといったら黙って泣いたお母さん等々。

どんなに僕を手放すのが辛く淋しかったのだろう。こんなお母様に対してああ全く申し訳無さて一パイです。

格子辺の煙草を拾うまかないに涙で叱る母の
　面影

夢なりし冷き壁に消え残る泣きくずれたる母
　の面影

い丶交す言の葉もなしたゞ泣きぬ獄舎に覚む
　る夢やはかなし

虫の音の冴えてねむれぬ此宵は母も南を案じ
　ておるらん

母上様何卒お体に気をつけられて御多幸に御暮らし下さいませ。義光はきっとお母様をお守り致します。

みのり姉様、民子、子供達をお願い致します。福田の皆様にも宜しくお伝え下さいます様。酒井、深野様にもお寺の皆様にも浅黄谷先生、垣内にも内地のみな様にも、みなくれぐれもお願い申し上げてお別れの筆を止めます。

義光

母上　様

母上よ嘆きめさるな敗れなばかくて果てむが
　ますらおの道

吾あらばあ丶もこうもとせむものを想いや悲
　し死をば待つ身は

灯《ともしび》の消えてわびしき雨音の諭すが如く泣く
　が如くに

この宵も結べぬ夢に雨の漏り悲しきまでに
　臥床《ふしど》濡らせり

丸木橋落ちてなお知る人愚か悟り悟らん永遠
　の旅路を

絶筆

本十月二日午前八時執行の言い渡しを受く。即ち昭和二十三年十月四日午前八時マカッサル死刑場に於て銃殺刑に処せらるるものなり。想えば終戦より三年一ヶ月二十一日、死刑判決より四ヶ月九日にして将に多難試練の歳月なるもここに一切を終らんとす。
謹みて天皇陛下の万歳を唱し奉り祖国の隆盛を祈念するものなり。
昭和二十三年十月二日
伊東義光

ただ今より出発します。
天皇陛下　万歳
十月四日午前七時
義光

牛山幸男

長野県出身、憲兵大尉、40歳
英　於香港スタンレー
昭和二十二年十月二十一日　銃殺刑

日記

八月十一日（月）晴稍風強し（昭和二十二年九月十六日記）
判決あり。死刑を言い渡さる。石山君十五年、森野君六年、松山君無罪なり。心のすみの一部で危惧していないでもなかったが思いもかけぬ結果だった。弁護人もアドバイザー・コストロフ大尉も唖然とせるのみならず、検事も驚いたとのこと。政策以外の何ものでもなかろうと思うより外に考えようがない。流石《さすが》に興奮して夜は殆ど熟睡できぬ。
風も吹け嵐もつのれ我が胸にかゝれる雲を吹き飛ばすまで
昭和二十二年十月十日記す
八月十一日香港に於て戦犯として部下の責を負い死刑の判決を受けしより満二ヶ月となり、刑の確認の日も近づきたれば、妻子のために遺さんと髪をつみ爪を切る。
遺髪残さんと髪つみ見れば白髪のいたく混り

てこゝろ淋しも

白毛多くなりまさりたる我が遺髪開きて妻はいかゞ思うらん

十年《とせ》見ぬ児等は如何にと思ふかなひとやに遺髪つみつゝありて

確認の日も近づきぬ髪をつみ爪切る我身淋しくもあるか

遺骨なき英霊ありしに比ぶれば我が妻子等は幸なるか

此の遺髪むだなれかしと祈りつゝ清き紙にて包み置くなり

遺髪をば托さんてだて思ひつゝ鉄窓辺《まどべ》の虫に耳すますなり

昭和二十二年十月二十日夜記す

鉄窓《まど》にさす月影の如清らかに心もすみて明日をしぞ待つ

私はあの世から必ず御許達の幸福を見守っています。

我は皇軍将校なりき！

辞 世

大君のみことかしこみ丈夫《ますらを》の尽せしまこと神ぞ知るらむ

幸男

妻子へ

この本（万葉集）は私が以前に求めてあったのを昭和十四年出征に当たり特に日本内地から携行したものである。（上巻は終戦後広東にて収容されている間に紛失）戦塵の間も終戦後の捕われの身となってからも常に私の心をなぐさめ、あたため育んでくれた。私はこれを読むとき常に心は遠く故国の山河に通い妻子の上に馳せた。千数百年前の日本人のこの純情と素朴な精神こそは今後の日本人の心でもあらねばならぬ。万葉精神こそは日本精神である。実に万葉集こそは万世集である。

（昭和二二、一〇、二〇日記）

この本には私の血が通い汗と垢がにじんでいます。

河村　明

名古屋市出身、陸軍法務曹長、30歳
和蘭《オランダ》　於バタビヤ・グロドック
昭和二十三年四月六日　銃殺刑

遺詠

（左記二題の遺詠は故人が昭和二十三年四月五日刑場の露と消える前夜、故人が日常着ていた上衣に自分の小指を切り最後に書いた遺詠である。）

この衣吾がありし日の形見にと語りつたえよ
　末の末まで

吾れ逝くも衣に印すこの血潮永久にかわらぬ
　赤きこゝろぞ

ひとすじの道をまもりてあゆみきし吾に二つ
　の道はあらめやも

白壁に鉄の格子のかげひきてさやけき月のひ
　かりかなしも

朝日かげあふる、庭の芝草に置く白露の色は
　七つなり

あらん限り声はり上げて見たきかも灯りなき
　獄に母をおもひて

国敗れ今は術なく醜の矢にちるますらをの道
　はかなしも

死は一度二度となきもの征く吾れに母の言の
　葉今は身にしむ

兄の名を呼べども答あらなくにこえのみひゞ
　っく獄の白壁

母上に捧ぐ（詩）

秀嶺富士の高嶺をも

千尋の淵の深さをも
勝れる母の愛の手に
吾が三十路なる年かさぬ
貴の慈みのかずかずに
報ゆる術もあらなくに
奇しき運命の波のまを
おもいかえらぬことながら
神みそなわせ潔き身の
ことだて叫べど吾がまこと
天にとどかず空しくも
無念の涙はらはらと
職務の責を身にうけて
母国はるけく常みどり
ジャワの島根のバタビヤに
桜の花の散るごとく
醜の矢弾に果つるとも
ますらたけおの赤き血は
君が世守る人柱

母上に捧ぐ（長歌）

玉きわる命の極み許されしよろこびに生き許されしかなしみに生く限りある生命の極み熱き血を歌にささげて天地の貴の慈みの日の出をば朝におろがみあかねさす夕を惜み南なる囚屋にふせて黙々と流るる雲に果てしなき天の極みしみじみとおもいゆらめくたらちねが母

金沢朝雄

名古屋市出身、憲兵中佐、48歳
英　於香港
昭和二十三年二月十七日　絞首刑

日記の中より

昭和二十三年一月元旦（木曜日）

正月も日曜と同じ、独房に閉め切りの生活。
　正月も独房に文読み過しけり
二十一年の正月以来これで三度の獄の正月。
　あゝせめて雑煮食ひたや今年の春
四十八才になった。人生五十年とすれば先ず先ずである。しかし油の乗り切ったこの年令、また自分では相当の腕ありと自負するこの私、このまま現世に別れるのは一面惜しい気がする。惜しまれて死ぬのもよいが、空虚な名のために死しては致し方ない。
　私のような境遇になると、自分の死に対して満足するような死の理由を見つけて、自ら慰めたがるものである。自分を犬死にさせたくないという日本的情熱かも知れない。
　花紅葉つけてゆかまし死出の旅
　左近充さん、英字新聞のニュースを一般に話す。世界情勢が主なり。
　ニュースも人の境遇によりて異なるべし。娑《しゃ》婆《ば》にある人、不起訴の人、起訴中の人、軽罪の人、重罪の人、それぞれに感想異なるべし。私は判決直後等は、公判に関係のないニュース等は娑婆の人のことで、やがて死ぬ者に何の必要かと聞くのが内心はうるさかった。しかし今は違う。少しでも娑婆のニュースを聞いて、三途《さんず》の川に迎えに来ているであろう牛山君、高山君等に娑婆のニュースを聞かせたら喜ぶだろう、と思って聞いている。妙な心理には吾ながら驚く。さらに僅かの期間に、この大きな心境の変化にも驚けり。
　生きる人死ぬ老木にニュース聞く
　監獄にある本は何回も同じ本を読み返した。もう読む気もしない。閉め込みのときは、筆でもとっているより他に過ごす方法はない。しかしもう書きたいことも書いたし、卒業試験の終わったあとの勉強のようで身が入らず、瞑想でもするか。初夢を見ることが今晩だったと思うが、今までこの日にはあまり夢を見たことはない。今晩は是非見たきものである。何の夢か？

一月三日（土曜日）

法廷よりの情報によれば、公判は三月二十四日までにて終了。しかして実際は二月を以《もっ》て終了。三月は残務整理の由、故に伊藤中将のみ公判し、矢野大佐、塩沢少佐は起訴取り下げになるやも知れずと。これを聞き、或る死刑囚の運命の甚だ大なる差に驚き羨望しきりなり。誠に羨望するは已むを得ざるべし。自我を忘れ、宇宙と一体ならざる限り羨望の情はなくならず。若き中島軍曹、同情に堪えず。また吾も不運なる組なり。

世の中にはかくの如きことはあり勝ちのことと思い、運命を甘受せんとす。

五十年の人生、残る桜も何《いず》れは散る桜なり。

与えられたる時機、与えられたる椅子に就かんのみ。

今日は貴美子の誕生日だ。お目出度う。けれど、父として何も祝ってあげられないのが残念だ。生きてる間に貴美子の誕生日に会っただけでも楽しいよ。毎年貴美子の誕生日は正月のお祝いと一緒になっていた。もう十六才になったね。十八才になった多佳子と共に綺麗に大きくなっただろう。貴美ちゃん、お父さんがなくなったらますますしっかりするのですよ。二日の夢は「刑死」、それが新聞に出た夢を見た。明四日まで（日曜なる故）決定の通知はないが、五日以後はいつ来るか判らず、死刑と決すれば直ちに別棟に移されるので、この書きものは五日からは他の人に毎日毎日託しておくことになるのです。

妻子のことを思えば、死にたくないのが本当の心だよ。ただそれを運命と観じ、死を諦め、死を怖れないだけだよ。お父さんは立派に死ぬる決心で皆の顔を汚すような死に方はしない。

お父さんが英国の一方的無茶な裁判で死んだことは忘れてくれるな。しかしもう怒ってもいない。神の思し召しと観念している。

一月四日（日曜日）

今日は軍人勅諭御下賜記念日だ（明治十五年一月四日）。終戦前は厳粛なる奉読式があった。私は十有余才の幼年学校のときより勅諭の精神で育てられた。なつかしく感慨一入《ひとしお》深い。終戦後はもう国民にも忘れられたかも知れないが、あの精神は日本人の精神でなくてはならぬ。

いくさびと五条の教えひとすじに生きたる日こそ夢の又夢

三週間ぶりに垢を落とした。私としてはこの世の垢を落として、身も心も散るに心残りないようになった。体重（服を着たまま）一三七ポンド（十六貫四四〇匁）、裸ならば十六貫位だろう。この健康なからだを直ぐに散らすのは一寸《ちょっと》惜しい気もする。

新春に垢もおとして別れかな

一日一日が別れの言葉、いつまで書いても尽きない。

妻子への便り

多美子を思いて

○霜露にうたれて松の緑濃し
おまえはよき妻だった
家のなかにすじめをつけた
春の心で
おまえはよき母だった
こどもによく教えた、自ら学んで
孟母のように
これからどうして生きる
ふたおやの心もて浮世をこえん
よし波荒くとも

節雄を思いて

○春の日も夢は満州を駆け巡り

節雄君お前は今どこにいる
雪の満州かシベリヤか
お前のからだが気にかかる
節雄君お前はやさしい人だった
しかし負けん気が強かった
何糞、今一息だ

多佳子を思いて
○警句出て一家のどかに笑うなり
多佳ちゃんお前は家の鎹《かすがい》だ
お前の頭と姉心
必ず一家は建て直る
多佳ちゃんお前は母思い
妹思いに兄思い
負けじ魂をひそませて

貴美子を思いて
○のんびりと白菊の如く育ちけり
貴美ちゃんお前は人形だ
この人形甘えていても仕事する
スケートのように早かった
貴美ちゃんお前は十六才だ
母さん姉さんに手助けして
家の戸締り御用心

以上、何やらわからん歌のようだ。考えるひまもない。気持ちだけを素直に書いた。

いよいよこれでお別れします。明五日からはもう特別でない限り、筆をとらないかも知れない（書く予定でいるが）。御健康に幸福を呉々も祈る。オジーサン、オバーサン、小島の伯母さん、飯田の伯父さん、大阪の方々、近藤さん御一家に宜敷くお伝え下さい。

小原君もいずれ帰国して、力になってくれます。愛する妻子よ左様なら。

午後七時　父より

一月五日（月曜日）

刑死するときの「海行かば」の前に「君が代」を奉唱するのを加えます。

六十日間の思い出

ふるさとにわれまつ妹子あればこそ千々にものこそ思いけるかな

死も生もひとつに見えて来りけりかすむ彼方の光仰がん

大君の御楯ぞわれはお丶しかりかばねは海によし沈むとも

本日は一日確定を待った。芸者が出花を待っているような形だが、その内容は大いに異なる。死の確定通知を待つ気持ちはいいものじゃない。どうせいつかは来ることだけれど、やはり楽しいことはない。しかし一緒に行く左近充さん等と碁を打って過ごす。

死出の旅まちつつウロ（碁のこと）を戦わすつわもの二人ひるのひと丶き

中島君と話す。浅間山の麓が御里なり。彼は三十一才、何ぞ不運なる。助かって欲しい。

春すぎず残さばやのよき男

ますらおの屍は埋むいやはてにやがて咲かせよ山桜花

一月七日（水曜日）

今日も確定通知はなかった。近藤中佐といろいろ話す。余の二年半の監獄生活、しかも死刑に対し慰むる言葉もなきが如し。

一月八日（木曜日）

陸軍始めの観兵式の実施せられた日である。昔を思えばなつかしい。

初春の代々木もるすで淋しかろ

小原君より年末及び年始の便りあり。好漢余を家族と思いくれる真情、感涙の他なし。小原君頑張り給え。君の前途には大いなる幸福があることを祈る。

同君より辞世の歌を望み来たるを以て左の如く託せり。

ますらおのみずく屍に月も冴えいつか映ゆらん山桜花

今日も通知はなかった。
　年あけて死出の旅路は今日や明日
小原君に左の歌も贈る。
　吾が遺髪抱ける君の面影は吾子にてあらん
　　夢にや会わん
　直治ありいと安らかに春の旅
私のこの気持ちをよく知ってくれる妻子よ、子供にしたい小原君立派だ。
一月十日（土曜日）
猛烈にバレーボールをやる。そのために疲労大なり。
一月十一日（日曜日）
昨日のバレーのおかげで体中節々痛む。幸いに日曜なので寝て暮らす。
多情仏心（里見氏著）を読んでくれ。
一月十二日（月曜日）
未だ来らず、或いは若干おくるるやも知れず。確定を待つの心情は楽しからず。これを平気なる如く努めつつあり。左近充さんも、もう二週間もおくれたので、くたびれたといわる。この一週間が最もくたびれるべしともいわる。何れかに決定すれば気は楽なり。ただ一方的決定にて無条件降伏とはこのことなり。されど達観せざるべからず、心の修養、錬成、或いはという気あるを以て却って妨害なり。絶対なるがかえって楽なり。
一月十五日（木曜日）
今日午後三時、左近充さんの確定判決にて別棟に移らる。私も一緒に来るものと確信し、時間ありたるを以て左の便りを書く。

一月十五日今日確定通知ある模様、最後に何もいうことなし。安心して死んで行く。
あとしっかり頼む。
十五日午後三時過ぎ
多美子殿　　　　　　　　　　　朝雄

一月十五日いよいよ本日確定通知がきたらしい。平素覚悟せるところなり。いろいろ御世話になりました。皆さんの御多幸を祈ります。田村さん、平尾君、中島君一足先に行きます。飽くまで祈っています。

西貢《サイコン》関係の人頑張って下さい。塩沢君も大いにやり給え。近藤君善戦を祈ります。

辻岡、寺岡、吉田、外園、岡山君に御世話になりました。

海南島関係の小原君に何かのとき、安心して逝ったと伝えて下さい。

中島君　　　　　　　　　　　　　　金沢

一月二十日（火曜が執行日）に刑死するは五月二十日が誕生日だから一寸意義がある。西貢関係の西田、川伍、吉岡、川合、大村の五君に本日同時に起訴状来る。内容は重大なり（予の隊長のときならず）。

今日の一瞬いよいよ娑婆の見納めかと覚悟した。そして約三十分間くらいの間に身の回りを綺麗に整理した。いよいよとなったが、平素から覚悟していたので別に胸がときめくこともなかった。ただ妻子の面影が浮かんで来た。そして大いにやってくれと祈った。また判決後御世話になった人々のことが頭に浮かんだ。それで前記の便りを書いたわけだ。

左近充さんとは一日違いの判決だったので同時に来るものと覚悟していた。別事件なる故に遅れたのだろう。来週来ることを覚悟しよう。

左近充さんは確定判決の通知をうけ、堂々と独房を出てゆかれたとのこと。私もこれに負けないよう立派でありたい。左近充さんは、来週の火曜（一月二十日）執行だろう。

左近充さんは一昨年の十二月に巣鴨より来られ、そして公判も私と一緒でなかなか因縁が深かった。左近充さん、私もすぐ参ります。立派に死んで下さい。

左近充さんは碁を私に習いはじめ、最近では七日でなかなか上達が早く、七日で勝ったり負けたりだったが、今日は三回共左近充さん、投げ碁をうって負けられた。虫が知らせたのかも知れない。こんなことであったら、今日は負けてやるつもりであったが、事前に通知がわからないので致し方もなかった。

左近充さんが別棟に行かれたあと、平尾君、中島君と共に吾々も楽観せず、真に死を覚悟し立派なる最後を遂げようと語り合った。

左近充さん、今晩は貴方のことですから良く睡れるでしょう。私はそれを祈ってやみません。

西貢関係の起訴は楽観気分のところに、また衝動を与えた。英国さんは執念深いから、決して安心はならず、監獄を出て否、舟に乗って初めて安心してよい。それまでは絶対に駄目だ。

左近充さんの通知が来たとき、吾々も独房に閉め込まれた。それで私も同時に確定があるものと覚悟した。時間があったので仏教の本を開いた。不思議に左のところが先ず目に入った。

「その世界は衆苦充満に候間早く我国に来るべし聖衆出迎いて、まち入り候」……

丹後の善光寺の浄土を願う上人《しょうにん》の書きもの、これで私の心は平穏さが増した。

提督（左近充さんのこと）と共にゆかめと
思いしも運命《さだめ》はくるいしばしのこりぬ

一月十七日（土曜日）

台湾俘虜収容所関係の判決左の如し

植手少佐、久留田大尉、河合田中尉、死刑。花垣、三年。木谷、十三年。

将校は全部死刑、予想より遥かに重し。政策的と考えらる。今までの台湾関係は死刑なかりき。植手少佐は或いはという自身の感想なりしも案外に重かりき。

久留田君は四十四才にて、十五才より三才に至る五人の子供あり。河井田君は三十有余才、二子あり。植手少佐は名古屋市千種区の人、三菱重工業の青年学校長たりし人なり。気の毒に堪えず。

左近充中将の奥様と令妹と面会に来られた由（はるばる郷里の鹿児島県薩摩郡山崎村より）。しかれども、同中将は面会を許可せざる由（巣鴨にあるとき）。しかし同中将は極めて家庭的の人にて、いろいろと書き、家庭に送られたる家族愛は濃厚なり。しかして面会を許さざるは古武士の面影ありと謂える。夫も妻も誠に見上げたる人なり。尊敬の念湧然として起こる。

本日は午前十一時より正午過ぎまで全員独房に監禁せらる。そのとき私に対する確定通知なりと判断し、速やかに室内を整頓し終わる。約一時間して扉開きたるを以ていよいよ来たなと覚悟しおれば暫く別房に入れ、その間に私の室の所持品の綿密検査及び身体検査なりき。余は余のみの検査と考え、その間来るべきもの来れりと却ってほっとせる思いありき。しかるに余の次に中島君の検査、続いて全死刑囚の検査ありたる模様なり。昨日三名増加せるため自殺防止のための検査なりしならん。

余は約一時間待つ間に「正気の歌」、「君が代」、「海ゆかば」、正信偈、仏説阿弥陀経、般若心経を朗したり。

死刑囚は依然終日閉扉なりき。やや不快の念生ずる。

一月十八日（日曜日）

今朝英人オフィサーに死刑囚は何故監禁するやと問いしに、上司の命により監禁するという。昨日までは開扉せるに上司の命令とはいえ、余は確定まであと数日と予想するを以て可なりとするも、他の死刑囚はこれより少なくも六十日以上の監禁では精神的肉体的苦痛絶大なり。明日所長によく請願せざるべからず。急に監禁する理由は台湾俘虜収容所の死刑囚三名の新聞記事に刺激せられて民族的鬱憤を晴らさんとするにあるかとも判断せらる。

監獄生活八百六十三日、死刑の判決後八十一日なり。

香港の三年半は余がためには一生涯を通じ最も心身の鍛錬のときなりき。未だ曽《かつ》てなき死生の修養の時期なりき。いかに精神的肉体的、教えられたるか、血涙を絞りたることあるか、しかれども釈迦、親鸞等の苦行に比すれば九牛の一毛に過ぎず。また困苦なる生活なりと雖《いえど》も諸烈士の災厄に比すれば未だ遠く及ぶべからず、正気頓《とみ》に昂揚せざるべからず。祖父の血を受けたる日本男子たるを夢に忘るべからず。

仮の世の旅路を終らんときは来て夢みし夢を
又夢むかな

右の気持ちは未練ではない。丁度転任するときに、その土地の人に別れを惜しむ気持ちと同じ、程度が大きいということなり。人間自然の真情なり。

午前十時半頃、判決確認の由を聞き、いよいよ今日が最後か、明日は別棟に移るなり。予ねて期せるところ、別に驚くこともなし。妻子なければ、この監獄生活に飽きて、死ぬる方が余程楽なり。死は夢よりさめることにて、睡りたるのと同じなり。この苦より脱するには却って早い方がよきなり。別に辞世もないが、小原君に送った余の歌を辞世の歌としよう。

もの丶ふの水漬く屍に月も冴えいつか映ゆらん山桜花

最後まで妻子のことを祈っている。霊魂は必ず守るであろう。　　十一時三十分頃記す。

一月十九日（月曜日）

今日は必ず確定通知の正式なるものに接する

と思っていたが、遂に来なかった。

昨夜妻子の夢を見た。節雄のことを先ず多佳子に聞いた。吉林で共産軍に連れてゆかれた。共産軍で働いているでしょう？　そのあとで多美子に聞いたら、そうではない、ただ生死はわからない様子との話だった。

最後のこの棟の一夜で妻子と会って、ほんとに嬉しかった。節雄の安否は依然として謎である。妻子よ、しっかりやってくれ。

午前六時書く

昨夜妻子と会いたる夢見たることを話せるに平尾君曰く「それは奥様や子供さんがお別れに来られたのですよ」といえり。私もかく信ぜり。しかるに、本日呼び出しなかりしを以て、左様でもなかったこととも思えり。何れにしてもこの二、三日のうちに私は確定通知を受けて別棟に移るか、何とも英国のやることでさっぱりわからぬ。

一月二十日（火曜日）

明日左近充さん刑死のため、木下中将及び同郷の外園君面会に行く。

左近充さんは安心して喜んで死んで行く心境なりとのことにて安心す。さて私も来週は同じ運命なり。安心して死なざるべからず。今日も確定来らず。左近充さんのためにお経を誦す。

愛する吾が妻よ。ほろびて行くものに執着して、とうとい子供の教育をおろそかにしないようにして下さい。

愛する吾が子よ、お父さんの死を悲しんで、一家再興のとうといことを忘れないようにして下さい。

一月二十一日（水曜日）

遂に左近充さんは午前七時に仏となられた。その時間に正信偈、般若心経を読経及び「正気の歌」「海ゆかば」「君が代」と独りで奉誦し、その冥福を祈った。来週は私だ。思えば他人事ではない。今日池上、松田、田森、寺岡の四君が出獄した。午後三時である。一々握手して別れて行く四君も、残る吾も感無量である。

かえる人吾が手をとりてうなずけばわれも握りてたゞうなずきぬ

釈放されて故郷に帰る人、天国に行く人さまざまである。これも因縁であり神の摂理である。何もいうことはない。

一月二十二日（木曜日）

生命の実相第六巻（谷口氏著）の生長の家を読む。キリスト、仏教との関係を良く説いてある「汝は神の子憂あり病あり死なし」の真理を押し立てていられる。精神の糧とするもの多し。平尾、植手両君より、私の確認につき軍司令官は死刑は重過ぎる意見の由、当然なりと雖も軍司令官が考えてくれるだけ結構なり。私に関係の件は有難いが、これによりて死の修養を怠るべからず。

一月二十四日（土曜日）

十四名の人は近く内地にかえる由。その中には已に起訴されている矢野大佐、塩沢少佐も含む由。これで香港関係は全部帰国することになる。近く豪州関係が来るとのこと。私は最初より最後までこの監獄に御世話になれり。それにしても西貢関係の者は気の毒なり。何とか善戦健闘して犠牲者の少なからんことを祈る。

一月二十八日（水曜日）

辻岡君が田中弁護士の語れりとして、左の如く述べる。

一、英字新聞で憲兵は戦争中治安確保に努力せしを認めざるべからず。

二、今頃戦犯にする必要なし。

三、死刑の執行はなきを可とす。

右は吾々憲兵、特に隊長なりし余に取りては涙のこぼるるほど有難し。吾が生命のためなるはもとよりなれど、戦時中に於る憲兵の業績を認めたものにて、感謝に堪えざるところなり。特に支那紙ならず、英字新聞なるによりてこの感深し。さるにても、さきに処刑せられし憲兵戦友のために涙なき能《あた》わず。もっと早く、この声ありたれば、いかほど助かる人の多かりしぞや。本日は余が判決受けて九十日なり。前記の新聞の所説で予の確定のおくるるのと関係ありと考える。

一月二十九日（木曜日）

支那の戦犯者は死刑者も含み全員日本に帰るとのニュースあり。

私の確定がのびて私は助かるべしと観測せらるる方多し。しかれども余は余のみならず、死刑者全員助からんことを希望するや切なり。

一月三十日（金曜日）

伊藤中将の証人として来られた樋口中将が、「金沢さん本日消息を承り吃驚仰天しました。そして東京に帰ったらできる限り善処します。何か言伝があったら申して下さい。何とも申しあげる言葉がありません。嗚呼……」

二月二日（月曜日）

樋口中将に妻に宛てた便及び日誌を託す。家に持って行って下さるとのこと。中島君あと二週間にて二ヶ月の由、確定を待つときも近づけり。されど死はなんともなしと、嬉しきことなり。されば情勢の変化により助命あらんことを祈るのみ。

二月七日（土曜日）

本日は判決後百日目なり。死と闘争の百日。よき経験というには余りに惨酷なる月日なりき。これからまた幾日待つぞ。されどこれからは希望あり。

私は判決後浄土真宗による救いを求めた。途中で国体観に死生の解決の光を見出し始めた。そして一方に於て浄土真宗、他方に於て国体観の合作により、少なくとも不満なく死ぬる境地に達した。最近に於ては殆ど国体観一点張りのような境地になった。
始めは死後のこと即ち来世のこと、浄土のこと、さらに還相のことも切望したが、今は死後のこと等考える必要はない境地になった。霊魂が不滅であるということもどちらでもよい境地だ。ただ死ぬというだけのことで、霊魂も肉体も別に憧憬はない。何もかも無一物でよいのだという境地が現在の心である。進歩か退歩か、我知らずと雖もこの宇宙の一分子に過ぎないものの真相であるに違いない。
二月九日（月曜日）
遂に確定す。第一起訴（部下の責任）有罪、第二起訴（疎散）無罪、しかして死刑の判定確定す。別棟なるHホールに移る。
二月十日（火曜日）
生死の信仰、生長の家に共鳴す。神の子なり、生きる道もなく、仏教も無し。生死に拘泥する必要なし。
二月十一日（水曜日）
遂に地上軍司令官に嘆願書を出すことを英人看守に申し出る。明日所長に取り次ぐとのこと、第一起訴事実について何故死刑に該当するや、聞かんとす。これ他の死刑判決者にも影響するところ大なるを以てなり。裁判に不服なる意志表示はせざるべからず。成否は問題外なり。日本人は泣き寝入りする諦観あるも戦うだけ戦わんとす。生命を惜しむに非ず。誤解する勿れ、予のためまた平尾、中島君のためなり。
二月十二日（木曜日）
軍司令官に陳情書を書く。所長は送ってやるが、受け付けるか否か分からぬという。しかれども可なり、いつかは分かるべし。陳情書も判決に対する抗議と同一なり。強く意志を表示することは必要なり。万事なすこと終わる。ただ静かに死を待つのみ。別に苦悩なし。

警戒の印度人、中国人十名くらい交代で面会に来る。昔使いし「憲査」にて、中には良く私を知る者あり。私の死を悼み涙ぐむ者多し。家族のこと聞きて泣く者あり。しかして神様が守って下さるという。「愛国尽忠」なり「日本は十年で再興す」「英は悪蛇なり」というものあり。私は心で感謝す。死もまた惜しむに足らず、隣に中国の拳銃強盗の死囚あり。私と同時に死すべしと思えばなつかし。

本日共に散歩す。ニコニコ笑いあり。室にてはときどき歌いあり、度胸は大したものなり。二十数才か、予は彼に負けざる如くせざるべからず。親も兄弟も妻もなけれど。

平尾君、中島君よ！　定まると腹も定まるよ。百二日目で多分助かると思い、ただ閉められるときは緊張したが、言い渡されると落ちついたよ。植手さん、久留田さん、河井田さんにも良く伝えてくれ給え。田村さんにもお互いに運命と諦めて腹を決める必要がありましょう。楽観説は絶対禁物です。

中島君この日誌を整理して、私の死刑の前日の情況（木下さんの話）とを家に送るようにしてくれ。小原直治君にも刑死したことを伝えてくれ。

節雄も既に神様になっておれば直ぐ会えます。祖母と父と孫と義弟とが揃いますね。小島の伯母さんと仲よく暮らしていますか。ただし節雄はお母さんや妹の側に帰ることを祈っています。大牟田の方にも大阪の方にも私のことを知らせて下さい。

中島君と小原君とは私の子供です。約束しました。中島君は或いは私の後を追ってくるかも分かりません。中島君の遺族とは特に仲よくして下さい。

前に沢山書いてありますので、別にありません。印度人、中国人は私に両手を合わせて拝んでいます。却って私は印度人や中国人を慰めるという具合です。大東亜の下地はできていると感じました。

二月十三日（金曜日）

印度人、私のペティション（嘆願文）効果あるという。真偽は知らず、私をどうかして慰めようとする心情有難し。

二月十四日（土曜日）

捨つるとも何惜しからんわが命国の御ためと
　出立つわれは

われも又神のみおやの流れなり常代の春の花
　は遺さん

二月十五日（日曜日）

わが霊に強く正しき妹子あり行くての幸を永
　久に照さん

二月十六日（月曜日）

午後三時、明日七時に執行の通達あり。午後四時に小畑、石山両君、五時に木下、吉田両君に最後の面会す。これにていつ死んでも安心なり。

平尾君確定してこのホールに来る。廊下を通るとき目撃、隣房に入る。

私はこれにて立派に浄土に行ける。妻子よ安心してくれ。

太田秀雄

宮崎県出身、憲兵准尉、32歳
和蘭《オランダ》　於ジャワ・チピナン
昭和二十四年一月二十日　銃殺刑

絶筆

陸軍憲兵曹長　太田秀雄

昭和二十四年一月十七日朝、チピナン刑務所より、グルドック刑場へ出発時の訣別

友々の固き握手が胸に沁み
　於護送車
空高き椰子の林を走り過ぐ
腕の鉄鎖エンヂン音によくひゞき
ドライヴや夢見るやうな並木路
大声や笑ふ仏の車上かな
　於グロドック刑務所
楽書を探して見るや吾が住居
十八日
わが霊にバナヽ供へて祀りけり
淋しさはいまだにわれを訪れず
石の床わが半生を夢みつゝ
十九日
わが心如何に動くや今日の日は
鉄の窓残月淡く街の音
佐藤禅師来りて明日の準備を吾々に知らせる
　マンデーや身も心もうつくしく
愚感綴（二十二時三十分）

今板の床に左手を枕にして、天井から降りた守宮《やもり》を眺めている。想いは爪哇《ジャワ》の三年のこと、窓には星見えず、稲妻が光る。どこかで守宮が啼く。明日の出発のことを考える。心に問う。《何を考えているのか》《何も考えていない、ぼーっとしているだけ》

守宮が蚊を食うたのであろう。首をのばして口をもぐもぐさせている。足がだるい。二日間夜の寒さに疲れたのであろうか、眠くなって来る。

今まで書き綴った俳句は、頭に浮かぶままに親兄弟の印象が解るよう書いた。訂正するところは沢山あるが、頭の神経は考えで疲れた。ぼーっとして読み返してみたくない。淋しさというものは一つもない。自分の気持ちを疑う。飯を食べたのでだるさを覚えたのであろうか、眠りたくない。

回　想

爪哇富士や遠く霞みて汽車の旅
鹿の群マルコポーロや霜の朝
女働く一文銭や夢の島（バリ島）
ドリヤンのにほひの強き竹の家（マドラ島）

二十日（執行の朝）

窓の空が白み始めた。大体私の希望は書き上げた。今まで少しも淋しいと思ったことがなかったが、空の白み行くのを見ると、皆さんと別れるときが近づいたと思ったとき、胸に熱いものができた。脈に手を当てて血の流れを調べてみる。平常と同じ。自己暗示を与えたようになるが、白み行く空を眺めている。便所の臭気が鼻につく。「死期迫る冷き房に空しらむ」の俳句なる。人間の死ぬのを自分で験《ため》してみる。苦しむ―妄想猛ける―小雨となる。眠むたい―雨やむ―雨しずくしきり、「俄雨格子ぬらすは唯涙」一句。雨やむ―風少々―誰かわれに物をくれる。錯覚する。蚊耳元で猛る。自動車の音。眠むたい。また雨となる。夜なかなか明けず。雨やむ。

食事運ばる。パン、牛乳、コーヒー、ゼンザイ。パンを食べ牛乳を飲む。パンの中には焼き卵とピーナッツが入れてあった。

看守の軍靴騒がしくなる。ネシヤ囚の祈り声しきり、爪垢掃除、あと数時間、何も感じない。

石崎英男

東京都出身、陸軍中尉、26歳
米　於巣鴨
昭和二十四年二月十二日　絞首刑

最後の日記

二月十一日（金）晴

今日は紀元節だ。今度の新制の祝祭日の中に有ったか無かったかは忘れたが、何《いず》れにせよ私達日本人にとって忘れられない、一つのプライドの祝日である。このような日に逝くことのできる私、あるいは幸福なことであるかも知れない。

昨夜は布団を請求したが、敷布団を二枚しか与えられない。一体これで、何《ど》うしてこの寒さをしのいで最後の安眠を得られるのだろう。止むを得ず着のみ着のままで、下駄を枕として一枚を敷き、一枚をかけ布団として、側より洩れる寒さを毛布で何とか補いつつ寝に入る。家のこと、事件のこと、今までいた房の人達のことなどが暫くは頭の中をちらつく。不思議に最後のことは余り頭に浮かんで来ない。

明け方になって寒さのために眼を覚まされ、うつらうつらとしているとき、夢……。それも碁のこと、ぎゅんぎゅんと攻め立てられて、簡単に投げればそれでおしまいなのだが、何かそこに活きる手がありそうだ。あれやこれやと繰り返している中に、その手を見出した。しかしそれも、見出したとしても、この今の私の最後とからみ合って活きても結局強引に殺されてしまうのではないか……。何だつまらない……こんなことを夢見ている中にゼイラーの呼び声に慌てて起きる。物憂く何となくさっぱりしないが止むを得ない。

房の扉の下にある受板に、煙草——彼らのスリースターズというやつ——が十本ころがっている。こんなにくれても、のみ切れはせん。洗面するのが精一杯。毎朝の家への挨拶もそこそこに配られた朝食に。いつもと献立は変わりはない。ただ量が馬鹿げて多い。パン、スープ（ネギ、大根の醤油汁）、クリーム、玉子と野菜の混煮、桃の缶詰、ミルクコーヒーといった献立だ。これが最後の一つ一つであると思うと自ずと嚙みしめて味わう。

なすこと一つ一つに意義を持たせたくもなる。今日は向こう（註：今までいた房）にいれば入浴日でもあるし、毎朝やって来た冷水摩擦も最後だと思い、昨日無精して洗髪を怠ったので先ず頭をごしごし洗い、大タオルをぬらして冷水摩擦。気持ちがよい。今更ながら私のこの二年有余の冷水摩擦の良さを味わう。

これでさっぱり。次は讃美歌。早速Mさんに讃美歌の写しを渡し、先導を依頼、心の澄んだ心の奥底に浸透するかのような感銘をもって唱う。歓喜の涙がこみ上がって来る。

「四四一」「三〇六」「二七四」「五〇七」「五六三」「四二二」そして最後に「五六八」の称詠を静かにMさんの唱う声に合わせて……　―午前八時四〇分―

先ず両親宛ての最後の不孝のお詫び状をしたため始めたが、なかなか出だしは頭がまとまらない。少し書き始めに花山先生が見えらる。御苦労のこと、私には後で会って下さるとか。その後すぐプロテスタントの従軍牧師である〇大尉が来られて、新約聖書と讃美歌集を貸して下さり、ルカ伝の二章の二五節より三二節まで彼が英読し、私は和文を通読。シメオンのイエスを抱いて神をほめての、「主よ、今こそ御言に循いて、僕を安らかに逝かしめ給うなれ。わが目は、はや主の救いを見たり。これ、もろもろの民の前に備え給いし者、異邦人を照らす者、御民イスラエルの栄光なり」の言葉を今の私の心の糧とせよといわる。その他ヨハネ伝の三章の一節より一八節、詩篇の二三篇を読むようにいわる。各々私には感銘深い章節だ。私はすぐルカ伝の二三章の三三節より四三節を最も心に合った章句として述べたら、それは良いところだ。イエスの心の如く寛容に罪人の如く謙虚であることを力説して、二二章の四二節を引用さる。自ら心の温まるを覚ゆ。英語を聞く耳の十分でない私、牧師のいわれることを総《すべ》て消化し得ざるが残念。

次に讃美歌の「二四四」「二六二」「二八二」「二六〇」「二二一」を唱えなさいといわる。「二四四」だけは知らぬが他は既知のもの、しかし私も今朝Mさんと共に唱った。私が今までに選び写し書いておいたコッピーを提示したら、一々索引せられて、これは良い歌だとほめらる。そしてその私のコッピーをくれないかと要求さる。別にこれといったものでもないので、今晩の最後の夜の讃美歌斉唱が終わったら差し上げることに約束をした。

帰られてからまた一応聖書の項、讃美歌を口ずさむ。終わってより新規まき直しに両親宛ての書簡より手をつけ始む。途中父母の面影現れてなかなか筆進まず、また思うこともすらすらと表現できない。我が手をうらみつつそれでもどうやら書きに書いて、祖母宛て、兄姉上宛てのを完成したら丁度昼になる。書けば際限なく、書かねば意足らず。この世に於る時も、あと半日と思えば、早々に筆を速めねばならない。花山先生、遺髪、遺爪用の黄封筒を差し入れてまた午後来るといって帰らる。

昼食が来た。チキンライス、うどん汁、ベーコンと人参の混煮、ようかん、茶、量だけは朝食と同じくもの凄く多く、食べ切れない。食べ残しは全部便所へ、勿体ないが致し方がない。昼食後また引き続いて弟妹達、叔父宛てに一応書き綴る。頭のまとまらぬままに……。

すぐ花山先生が来られ、先生の著『平和の発見』に載せるべく辞世をといわれたが、歌心の失せて散文的な頭になり切っておる私には、今時になって特別にする気にもなれず、散文だけで終わらせる外はない。遺髪、遺爪を取って頂き、何かにつけて種々とお世話になったことを多謝する。早や夕食になる。米飯、みそ汁、サメの煮付、野菜サラダ、これでこの世における最後の食事も終わる。

―午後五時三十分―

花山先生が万年筆で何か書かないか、といわれたので、

〝神の御召にあずかりて
すべての罪をゆるされ
すべてをゆるして
英男は喜んで参ります
英男〟

と記す。〝すべてをゆるして〟の中に或いは未だ私の横へいさがあるようだが、自然に出た言葉であるのだから止むを得ない。

何はともあれ、兎に角我々がこうなることによって我が国が諸国の人々よりゆるされて、我が国の再建設、再出発のその速度が速められるならばそれは喜ぶべきことだ。

夕食後それぞれの書簡の補修をして後、また聖書を手にする。また讃美歌を静かに、種々の思い出等をしのびつつ。

―七時三十分―（あと五時間）

今日は昼寝もせずに相当な努力だった。少し横になったが、まだまだ書かねばならぬことを思い出しては補綴《ほてつ》する。きりが無い。

―午後九時半―

今日はこれで十四、五本はすっただろうか。急に煙草すいになってしまった。少々のみ方もあれ気味。話によると石垣島事件の四十一名が全員終身刑とか、いささか驚かされる。重いこと甚だしい。しかし時勢が何とかしてくれるであろう。

―十時三十分―

辞世

呼び出しを天つ使いの声として神の御許へ旅
立ち行かん

二月十一日　石崎英男

増木欣一

三重県出身、陸軍大尉、27歳
中国　於広東・広州北刑場
昭和二十二年十二月十一日　死刑

遺書

獄中感想

私の運命を予知していた人間は、私一人ではない。私をはじめ私に少しでも接触があった人々は、私に関する将来を早くから予想していた。しかも赤裸々にそれを口にするのは余りに残酷だとの一片の良心に従っていたために、いわなかったにすぎない。従って私も自分の将来については、既に覚悟もできていた筈であり、危惧も持っていないのが当然である。運命は明日に決定されていても、否むしろ決定されておれば、おるだけ、私というものが、日本人の記憶の中より忘却されてしまうのを心配しておるのが、私の現在の心境だ。古人も「無」より「忘却」を恐れた。就中《なかんずく》自己が社会より忘却されることは、殺されるより悲しいと文明の代にあっても、私はその気持ちを素直に受け入れることができる。この監獄では非文明的な足鎖を枷しているから、古代的な思想になるのでは勿論ない。

鐘がなる。一体私はいつまでこの鐘を聞かねばならぬのか。そしてこの鐘を聞くことができなくなったら、いつの間にか部下達の頭の中から、友人達の幻から私の姿は消えて行くのだと思えば何となく淋しい。だから、私は私の肉体の代わりに思想を、物質の代わりに精神を友人達の中に残して行きたいのだ。或る馬鹿な男が南支那の空に、一つの星として残っているということだけでも忘れずにいて欲しいのだ。

人生全て塞翁が馬
何を悲しみ何を憂う
皇国に生を享け既に二十七年
信ずるままに大道を闊歩せり
ふるさとの母はまつらん
すめらぎの醜の御楯と
征で立ちし吾を

欣一

昭和二十二年十二月十一日

一条 実

宮城県出身、憲兵少佐、35歳
和蘭《オランダ》 於スマトラ・メダン
昭和二十四年三月十日 銃殺刑

思い出ずるまま

かけまくもあやにかしこし皇に事えまつると青雲の遠き心に賤が身の塵の果にも一筋にこそ思い定めて我が家の名も興さむと垂乳根の御許はなれて勇み立ちいでにし我ぞすめ皇子（註：三笠宮殿下と同期生）と弥共々に五年の蛍の光窓の雪ただひたすらに学びやの業も畢《お》え来てもののふの数にこそ入れ茜さす夕陽の果の遠き国満州の野に聖の道を打ち立てむとぞ王道の礎築くとうち振ふことの剣の国の果いやはてまでもへめぐりて詔命《のり》をばのべし新しきつわものどもも火の如く燃ゆる心に矛よりも鋭くあれとひたすらに教え鍛えし命を受け新の業に学びとる身は習志野の萌ゆる草色もあやなる草々の化学の兵器つわものの先に立ちては夏の日は玉の汗もて冬の日は凍るゴムきていくさには必ず勝たむと台湾の暑さ盛りに代え難き犠牲出ししも訓練

のためなればこそ研究の実を結ばむため

大東亜大き御いくさ国をあげ戦いとらむ民族の興亡の日ぞ我がつとめ軍の掟まがれるを直き心に法のまにまに、保安の警察メダンの長に遥々来しか一年の余れる間百千度功の数々人にいうよすがもなくて大御詔みことのままにひたぶるに矛を収めてほととぎす鳴く間もあらでい別れて親にもあわで皇国《すめぐに》の姿も見ずに捕われし我が身ひとりは戦犯の思いもかけぬ果知らぬ浮き身となれりかねてよりちかいし我が身梓弓かえらぬことは武士の常にこそあれ罪咎のあらぬことどももあらわにはいいもあらせず為すままに散り行く我が身白玉の浮かぶ瀬もなし垂乳根の嘆きを思い同胞の肩身の狭き幼子の一人残れる衣がえかえるに由なきみなしごは如何に育たむくり返す悔の八千度我が身をば惜しむにあらずただ誠届かまほしと海越えて人づてにだもいつの日か見給えかしと綴る長歌

遥けくも八重の潮路を隔てゝは如何にか述べむ胸の思ひを

身はたとへひとやの中に朽ちぬとも明き心は神ぞ知るらむ

獄舎にて詠める

夫々《それぞれ》の理由はあれど今頃はいかに過してむ逃亡の部下

思ふどち故国の便り持ち寄りて家族の様など語らうもあり

座談会思ひ〳〵の語り草娑婆では明けぬ特種もあり

折あらば演芸会のひとゝきに獄屋のうさもしばし忘れつ

一言の発言もせず眼をつむり静かに法廷を退きし我

首実験幾度立ちしぞ覚えなくも気持の悪きもの恥かしきもの

鉄格子ニュース映画に収められ歴史に残る我
　が姿あはれ
ひとやにてはじめて迎ふる今日のよき日差入
　の菓子に人心地つく

獄中偶感

執レ戟従軍已在レ年　俄承二悲命一南溟辺
空存二痩影一遮廊裡　不日雄豪報二聖天一

獄中偶成

迅雷乍過月更幽　燕子驚レ夢虫語レ愁
士兵空没無二尋処一　社稷空存虚名在
惆恨無レ限鉄窓下　吟愁声絶夢二皇州一
鶴痩負レ春心未レ灰　七生二壮士一滅二驕讐一

十一月六日我が三十五年の誕辰に
果なき極刑の報を受けしとの父上
の文を見て

従容と善処すべしとのたまへる我が垂乳根の
　文にむせびつ
世の中は変り果てけれ垂乳根のみ後弔ふ我に
　てありしが
老の身に浮世をしのぐ術もしらで我を待つら
　む父母ぞ尊き
父なくも育てよ我が子健やかにみ国の栄えん
　なりはひの道に
うつし世はすべて畢りぬ今こそは無窮に生き
　む旅にこそ立つ
痩我慢とそしらばそしれ今の身はやましから
　ずば苦しくもなし
ひとこそはあわれとも見よ我こそは大和桜ぞ
　潔く散るのみ

三月七日、恐らく三月十日に執行せられる
　ことを予知して
奇しき縁我が陸軍の記念日に数ならぬ身も数

に入らむか

年末のあはたゞしさに似て行く人送る人吾も
もはや

絶　筆

三月八日執行の通知を受く、三月十日午前七時三十分に執行の予定、場所はメダン郊外日本人墓地なり。昔のままの服装で行きます。正刀帯襟章など何かの手がかりになることもありましょう。

歌よまむ術も知らずとつおいつありし日偲ば
む歌ならなくに

高山正夫

新潟市出身、憲兵准尉、36歳
英　於香港・スタンレー
昭和二十二年十二月十一日　死刑

妻子への遺書

約束を守れ

私は約束を守り通した。人間の一生は総《すべ》て約束ごとである。約束を守り得る人は何ごとも立派になし遂げる人であり、最後に於ても心配なく往生できる。

遺　書

夏江どの

私の死を決して悲しんでくれるな。私は決して犬死にではなかったと思っている。否、信じている。私の気持ちは次の辞世でつきて他は何も書き残すこともない。

辞世

めぐり来る春もあるらん山桜今日の嵐に名残りとゞめず

其許《そこもと》様にはいろいろに御苦労を掛けたね。しかし私の気持ちを一番よく知っていてくれる者は世の中で其許ばかりだ。未だ充分解らないでも、必ずこれからさき其許の一生の中には少しずつ解って行くことでしょう。だから私は今更なんにもいいのこすことはない。ただ私の一つの御願いは四人の子供を大切に育てあげて貰いたいだけだ。其許がこれから生きる希望は何にも無くなったかも知れぬが、四人の子供を立派に育て上げることにより希望の道を見出すことができると信ずる。こんなことはいわなくても精神の立派な其許故良く解っていることと思うが、最後の言葉としていわして貰う。

これからさき財産もない其許になお以上の苦労を掛け、しかも国のためとはいっても当分世間では何かと犯罪者刑死者の家族として、つめたい眼で見られつつ永い間子供達を看て貰わなくてはならぬと思うと、なんだか気の毒でならない。これも仏教でいうところの前世の約束ごと因縁かも知れぬ。私の過去を見ても解る通り、片親だけで子供を育てて行くことはなかなかの困難です。まして世の中の目及び口を押し分けて、其許の手だけで四人の子供を育て上げるのは神業でなくしてはでき得ない。

しかし高山家のためにも、水火を辞せず必ず成就して貰いたい。私の父は常にこのことを希望し要求もしておられたが、不幸にも遂に完成することができなかった。近く父ともお会いできたらお詫びしてお許しを得る心算です。

私の子供育成上の方針は決して子供に無理をさせぬ、自由の気持ちでのびのびに朗らかにそして子供らに希望することを何でもさせる心算でしたから、其許も私の方針を踏襲して、何でも希望し、やりたいことを構わないからやらして貰いたい。

私は一生それをやって来た。十八才のとき、父は私を坊主にする考えであったが、反対して軍人になった。そのようにして私は誰のいうことも聴かなかった。現在のような結果を生じても、私は決して後悔しておらない。最後まで自分の選んだ職業で死んで行けることを無上の幸いと思っている。子供らには決して私と同じような結果を要求するのではない。結果はそのときの勢いである。善悪は神仏のみが知り給うのである。

子供らには良く私の意志を解るように話して聴かせてくれ。ただ一番むずかしいのは自分のしたいことが何であるかそれをはっきり知ることです。知ったら誰が何といっても必ず実行することです。勿論その仕事をやって行く途中には、種々の障碍があり、なかなかなしとげるのは困難ではあろうが、またそれだけに愉快でもある。私としても過去の希望は決してこんな小さなものではなかったが、約二十年に近い軍人生活を死の間際までやり通し得たことを満足に思っておる。人は百人の九十人までは思ったことを完全に遂行でき得るものではない。必ずどこにか不満足のところがあるものです。しかし欲望が起こり希望してやらせて貰えるほど幸福なことはない。世の中に害にならないものであったら何をしてもよろしい。また何をやらしてもよい。子供らに限らず基許でも同じです。ただしいことの本体を確実に掌握してから、決心するくせをつけぬと思い掛けぬ失敗をする。子供らには今何を書いても駄目だから段々に其許の力で私の気持ちを伝えて貰いたい。

最後にいっておくが、子供らには必ず何か手に職を持たすよう今から心掛け、子供が喜んでその職に一生を捧げ得るよう指導して下さい。

特に女の子に然り。夏江どのへの歌

生きてまた相見むすべなし永久にわが魂はみもと守らん

正之様

お前様には今何を書いて残しても解らんから、大きくなったら母上に書き残したことの内容を聴いて立派な人になって貰いたい。父は死んだのではない。必ずお前様の体の中にいつもいるのだからお前様が良いことをすれば、お前様と一緒によろこび、また悪い人になれば、父もまたお前様と共に淋しくなるのです。解ったね。それから、父が母上に書き残したことは家の何より大切なことであるから、今に解るようになったら妹にも話して聞かせるんだね。解ったかね。最後に母上を大切にし妹と仲良くしなければなりません。正之様への歌

父なくも油断をするななまけるな必ずはげめ国の為にも

トク子どのへ

お前様には私の不注意から取り返しのならぬ大怪我をさせてしまった。本当に申し訳ない。許しておくれ。しかし女は心だから必ず美しい心の持ち主になって立派な母になっておくれ。父はお前様が気の毒でならない。そのかわり父はお前様のために一生を幸福に送ることができるよう天国から御祈りして上げよう。トク子春子どのへの歌

おん身等の幸父は祈りつゝみくにのために死なん笑ひて

父なくも咲けよ撫子うるはしく母をいたわり身を修めつゝ

日記の中より

十一月十六日　午後

其許の将来に於る心の持ち方に関してはこれまで随分細々と書き残して来たから安心である。私はいつでもあの世に出発できる。あの世あの世というけれど、私は決してこの世から姿を消して仕舞うとは思っていない。私の魂は何《い》時《つ》でも其許らの心の中に生きている。私に会いたいときはいつでも思い出すがよろしい。直ぐ会って上げる。そして私は其許らの幸福を祈って上げるから、余り心配しないで元気よく愉快に生活をしてくれ。其許らが心配すると私も心配せねばならなくなるからね。

次に大切なことを忘れていた。私の母及び父の祥月命日には必ず御寺に御参りするか墓参りをせねばなりません。それは其許が親に対する孝行なのです。親孝行は決して親の生存中のみのものではありません。亡母の墓参りは距離の関係もあります故、新潟県北蒲原郡川東村小戸《え》宝泉寺か新発田市泉町樋口金蔵に金を送って回向《こう》せしめても可なり。母は私が参って上げねば誰も参って上げる者がないのです。こんどは本当にお淋しいことでしょう。金は昔の五円程度でよろしい。父に対しても同様ですよ。毎年お願いします。私にはその心配は無用です。私も亡父亡母には、これから十分孝行できる筈ですが。私は私の家のことばかり書いてしまったが、其許の父母に対しても同様其許は孝行せねばなりません。亡母の命日にはできる限り、墓参りかまたはお寺参りをせねばなりません。其許は私の生存中仏様に関心がなかったようだが、これからは生前の親につかえるよう仏様に孝行せねばなりません。また豊崎の父上にも十分孝行せねばなりません。父上もお淋しいことだろう。

先立てる罪深からんたらちねの親につかふる
　　道をつくさず

私の不孝をお許し下さい。父上に其許よりよろしく申し上げて下さい。
また其許の姉妹は全部御壮健なりや私は遂に妹には会うことができず仕舞った。それが心残りである。あのとき満州に来てくれたなら会えたのに。妹にも其許よりくれぐれも宜しく。姉は無事に帰られしか、若《も》しお帰りになっていられたらこれまた宜しく、兄上にも同様御伝えをお願いする。

十一月十七日
昨夜は大凪であったのに今朝はすっかり凪いで気持ちがよい。私の魂は家族のもとに帰り着いたであろうか。

鉄窓の外の海のかなたの空澄みて朝とはなり
ぬ昨夜《ゆうべ》あれしに

海近く世に遠ければ礎山の吾が住む獄舎秋深
みかも

十一月十八日
午後毬《まり》蹴りをして遊びたわむれた。久し振りで愉快であった。

夕凪の秋の陽弱きさ庭辺に毬ははずみて草花《はな》
を倒せり

愛らしき草花よ生きることはできぬかしら、若しかしたら、未だ水を吸い上げるかも知れぬ。そのままにしておいてやろう。

暮れそむる入江の磯のわが鉄窓に何の鳥だも
一声鋭し

十一月十九日
二階の堂守さんに度々煙草を頂戴する。人の情にこの頃すっかり感じ易くなって涙が出てならぬ。堂守さんは不自由されていられるのであろうに、本当に申し訳なし。ああ有難い。これもきっと観音様の御蔭だ。今日は観音様の功徳日だ。

鉄窓破れて見ゆるもかなし十字星そのまばた
きや泣かむとすらむ

観音様に託してある体だ、何も悲しむことはない、さあ安心して寝よう。
愛する虫よ、お前はよく歌を歌っておくれ、私はお前の声を聞くことによって淋しくなく安らかに寝ることができる。
十一月二十日
今日は英国皇帝皇女エリザベス殿下の成婚の佳き日であると、
菊香る今日の佳き日にこの国の皇女は千代の
契り芽出度し
十一月二十一日
いつしかに秋の陽ざしのうつろえば鉄窓に巣
かける蜘蛛もかくれぬ
毒だみもいばらの花も充てと祈る人葬り所《ほおど》の
高塀の庭
又も世に生きなむ希いの今失せて遺さむ歌の
たぎつ熱情《こゝろ》を
或る婦人「夫戦死」と題する述歌
勝負はさもあらばあれのこりなく国に捧げて
遺髪だになし
潔き君が最後を冀じねがいは足りて今日の虚
しさ
まどかなる思出ありて亡き夫よ我は生きつぐ
心素直に
黒髪に白髪まじりながらえて恋うるわが背は
つね壮《わか》くあり
小さなる仏壇ひらき朝々に浄めまいらす夫の
うつしえ
たのめなき朝の目ざめ荒壁をもる丶光をみて
は起きいず
私はこの歌を夏江のために送る。夏江はこの夫人より幸福なることを銘記されたし。決して不幸と思ってはなりません。
十一月二十四日
午前十一時死刑確定の報来る。現収容棟より他の棟に移されしも、予《かね》て覚悟せしところなればいささかも動ずることなし。心ますます澄めり。死刑執行は十二月一日午前七時なるべし。

行きつきて峠の茶屋や秋の暮

余命幾何もなし秋の菊

柿喰はぬ三歳此処に大往生

勇ましや初霜踏んで死出の旅

初霜もわが屍を粧ふらん

移りし部屋は死刑執行室の隣にして、第一号室なりき。第二号室は支那人死囚一あり。死刑執行はいつなるや知らざるも、午後四時頃本人の妻なるべし、面会に来り共に悲嘆号泣の声聞こゆ。各室に一名の印度人看守あり、何《いず》れも日軍占領当時我が軍に使用されありし憲査なりと。彼ら我に同情しありて、片言の日本語にて種々質問し来るもさっぱり要領を得ず。彼の問えるは我の罪状なるべし。我は「罪なし神に誓いて恥じず、しかれども国のため、部下のため死するは嬉し」密法殺戮何か恐れん。

この部屋は自殺逃亡防止のため、衣類四（上衣三ズボン一）の他何ものも携帯を許さず、筆記具は殊更なるが、同情ある印度人看守の情にて鉛筆の五分ばかりにちびたるを貰い、英人看守の隙を見て本書の余白に思い出？を記さんとす。

十一月二十五日

昨晩は少しも不安なく安眠せり。朝少し日本語の判る印度人看守、我に妻子ありや否やを聞き、しきりと同情する。

願いにより、午後観音経を差し入れてくれたり。この経巻は最後まで私と共にあり、死後は遺族の許に送られる如く御願いする心算なり。念珠は許可されず金沢中佐に譲れり。同僚諸兄の同情によりて、食事及び煙草に不自由を感ぜず。感謝の外なし。

昨夜はこの室電灯二個なりしが、今日一つ破損し暗くて困る。本朝十時三十分、所長巡視あり。所長我にキリスト教信者なりや否や尋ねたるも、我仏教徒なる旨答えたり。
本日また支那人六名の笞刑行われたり、多きもの十九打、少なきもの七打なり。これ万法に非ずして、文明国家の執らざるところなり。
当部屋は横六歩縦四歩ほどの広さなり。中に備えつけの寝台一、腰掛一、ズック製便器一、毛布三あり、他に備えつけ品なし。窓は二尺四方のもの二つあり。ガラスなくして夜は寒し。昼間は南向きなるため非常に明るし。入り口は鉄の扉ありて扉の一箇所に差し入れ口あり。そこより食事等差し入れらる。朝夕二回洗面水を支那人四人が持参し来り、またそのとき室内の掃除をもなしくれあり、扉の幅約一米高さ二米ほどもあらん金網にて作られ、外部より内部の状況一日にて見ることを得。

行く秋や鉄窓辺《まどべ》の鳥も目に涙
故郷の妻子達者で冬籠れ
昨夜見し夢に故郷の偲ばれて我妻恋し浅間嶺の里

一日が早い。妻のところに帰りたい。英人看守の目が五月蠅《うるさ》くて長く思うように書けぬ。この一週間を何も考えぬことにする。専ら坐禅に専念する。

戦犯日本人を偲びて
芒《すすき》刈る友の姿がしのばれぬ
木下中将と面会して
木の下に別れ惜しめり秋の暮

十二月二日夜

辞世の歌
武夫の名は敷島の山桜異国島《ことくにじま》に香り止めん
朝夕を共に暮せし我が友の楽しき団欒に春の風吹け

最後の言葉
十二月十日（水曜日）

今朝支那人二名執行さる。高山さんもいよいよと思っていると看守の好意ある取り計らいで最後の面会を非公式であるが許してくれる。四時半夕食を運んで行き今日は堂々と話す機会を得た。房中と房前に座して、看守三名の監視の下に高山さんと話す。（註：最後に面会した○○氏の記録による）

「今日三時頃、明朝執行するとの所長よりの宣告がありました。長らく御世話になりましたが一足お先に帰ります。観音さんのお告げが実行できなかったのだけは残念ですが、これも考え方一つと思います。木下代表と思いましたが、貴方をお呼びしてみたくて、看守に依頼してみましたが、望みが叶って嬉しく思います。元気で旅立ちます。いささかも心に曇りがありません。最後まで観音さんと共にいると思えば幸福です。もし私の家族の者に会われましたら、観音さんを信仰するよう勧めて頂きます。河井さんにはくれぐれもお礼を申し上げて下さい。私の残りの半分はあの方と帰ることとなりました。貴方も十分戦い、石に噛りついても死刑にだけはならぬように、犠牲ということもありますが、そうでなかったら生き抜くことです。徒死は決して望むべきことではありません。私も早く帰って親方（遺族註：多分仏様のことをいわれたのでありましょう）に無事に帰れるよう頼んでみます。もちろん日本人の凡《すべ》ての人がそうあるべきを祈っておりますが。歌の道を完成したいと遅蒔きながら希望していたが、火事泥で残念でした。それにしてもたとえ一日の日でも楽しみ得られたことは幸福でした。歌ではありませんが、

夢の世は喰い呑みたれて寝て起きてうつゝと
　も無くハイ左様なら

こんな気持ちで三十六年一場の夢を回顧致しております。殊に終戦後二年の月日を思えば感

概一人《ひとしお》なるものがありますが、今となってはそれも目覚めの悪い夢としか考えられません。美醜善悪凡有《あらゆる》業障も、明日は清算されることでしょう。この世に対する未練というものは、一切今考えておりません。ほんとうに清々しい気持ちにおられることを自分ながら感謝しております。しかし決して現世を逃避してこういうのではありません。ただ生きて恥辱を受けるよりこの道の方が、どれほど良いかという点を思っております。高山の二面、私人として武士としての考え方も態度も自ら別なものでなくてはならぬと常に考え、また受審態度も一貫してこの考えに終始して参りました。本日の状態にまで立ち至らなくとももと人がいうかも知れませんが、私は敢えて自己の信念に忠実でありたいと思います。

家のこと殊に残して来ました子供のことを考えると、人間としてやはり断ち切れない愛執の念があります。しかしそれは私情であって日本軍人であったものの執るべき道でないと思います。家族のものは可哀そうではあるが、これも一に「苦業憶念」、やがては私の真意衷情というものが分かる時代があるものと信じております。この点は河井氏を通じて妻子に訓《おし》えておりますからさらに心配しておりません。

残念と思うことは敗戦日本の再建の姿を見ることができ得ずに終わったことと、自決でき得なかったことであります。後者については終戦後絶えず機会あらばと考えておりましたが、公判に至るまでは多数の部下の身を考えてどうしても決行できず、判決後はまた同胞幾十人の甚大なる迷惑の「直接間接に監視拘束が強化される」ことを考えて荏苒《じんぜん》今日まで決行の機を逸しておりました。今度こそはと思っておりましたが、監視の厳しさは寸毫の暇借もなく完全に失敗に帰しました。しかしこれとて考えようです。私は彼らの恥辱に甘んじたくないという私念に拘泥し過ぎておりました。断頭台に上ることも敢えて忌む理由はありません。

それを今考えつきましたので、今までと違い清々とした気持ちになりましたから安心して下さい。

私の最近一週間の心境は歌と俳句に詠んで『早蕨』と『短歌研究』の余白に書き止めてありますから添削して頂ける方がありましたらよろしく。

最後に皆様方の御多幸を神かけて御祈りしている旨お伝え頂きます。ではお元気で。」

遺句

渡る雁海の彼方は日和かな
(友の拾った煙草の吸殻を
頂戴しながら五句)
吸殻の口紅赤し秋の道
吸殻の腹破れ居り秋の雨
吸殻のさゝやき甘し秋の草
吸殻の口紅褪せし秋の霜
吸殻の三つ仲良く秋の風
(亡者の注文四句)
来る年は菊花のよき迎へ火に
迎へ日に五年振りにてギョウザ喰い
身丈足らぬ吾子の絣や精霊祭
頬豊に今年も写真の霊むかへ
(旧暦十月十日五句)
破れ鉄窓《まど》は十夜の月の四角かな
監房に一つ一つの十夜月
おさなどき藁《わら》束打ち鳴らし迎へたる
雲も無き十日の月の見えて居り
再《また》と見む術も無かりき十夜月
哀れさや壁にしみ入る虫の声
朝鳥の鉄窓《まど》にうれしき日和かな
舞いながら塀越えてゆく木の葉かな

追補

戦争犯罪人として内外十二地区において死刑を宣告されこれに殉じた一千余名の人々の霊を慰め、且つはこのようなことの再びおこらぬよう、平和祈願のために、特に巣鴨拘置所に在る戦争受刑者一同の熱烈な求願の意を体して、身代り地蔵尊の建立を発願いたしましたところ、各方面の御援助により、このたび、巣鴨に近い有縁の地、護国寺境内の浄域に安置することができましたのは私の最も欣びとするところであります。（田嶋隆純）

第三表　階級別人員表

大　将	8
中　将	31
少　将	17
大　佐	39
中　佐	25
少　佐	45
大　尉	143
中　尉	73
少　尉	33
准将，兵曹長	82
曹長，上等兵曹	150
軍曹，一等兵曹	95
伍長，二等兵曹	45
兵　長	12
上等兵	10
一等兵	3
民間人	139
大臣級	4
合　計	954

註，司官嘱託，軍属，通訳，警計は民間人に含めた

第一表　死歿区分別一覧表

区分	刑死	病死	事故死	自決	計
連合国関係者	7	5			12
B C 級関係者	835	41	10	11	897
台湾出身者	20	1	2	1	24
朝鮮出身者	21				21
計	883	47	12	12	954

第二表
年令別人員表

年　令	人員
25 歳以下	34
26 ～ 30	180
31 ～ 35	157
36 ～ 40	104
41 ～ 45	69
46 ～ 50	39
51 ～ 60	72
61 ～ 70	15
71 歳以上	1

(1) 本表は死歿時の年令の判明した者 671 名によって調査したもの
(2) 平均年令－38.74 歳

第六表
未決並ニ満洲関係者
階級別人員表

階　級	未決	満洲
大　将	2	
少　将	1	
大　佐	2	
中　佐	1	
少　佐	6	
大　尉	6	
中　尉	4	
少　尉	1	1
准尉，兵曹長	7	
曹長，上等兵曹	11	2
軍　曹	2	
伍長，二等兵曹	7	2
兵　長	2	1
上等兵		1
民間人	12	30
大臣級	1	
合　計	65	37
計	102	

第五表　満洲関係者並ニ未決勾留者

区分 ＼ 死歿区分	刑死	病死	事故死	自決	死歿区不明	合計
連合国関係未決		2				2
BC 級関係未決		26	8	22	7	63
満洲関係者	16	13			8	37
計	16	41	8	22	15	102

(一)　即決后の死歿者 954 名
満洲関係者及び未決勾留中の死歿者 102 名は現在迄判明せるもので，目下尚調査中
(二)　第五・六・七表は現在迄判明せる満洲地区及び未決勾留中の死歿者に関する一覧表である。（昭和 28 年 5 月 20 日調査）。

〔編集註〕図表は初版所収のものを複製しています。昭和 28 年当時継続中であった調査に基づく情報であり、不正確な記載を含む場合があることをご了承ください。

第四表　裁判国・地区別一覧表（1）

裁判国	地区	刑死	病死	事故死	自決	計
連合国	巣鴨	7	5			12
米国	巣鴨	53	11			
	上海	6				
	マニラ	63				
	グワム	14			1	148
中国	廣東	44	1			
	北平	24	1			
	上海	15				
	済南	8				
	南京	7				
	漢口	6	2			
	徐州	7				
	太原	2				
	瀋陽	1	1			
	台北	1				
	巣鴨		2			122
蘭印	グロドック	60				
	バリックパパン	18				
	バタビヤ	3	4	1	1	
	アンボン	11		2	1	
	ホーランジャ	9				
	モロタイ	6			1	
	メナド	27				
	ポンチャナック	16				
	チピナン				1	
	マカッサル	32				
	メ決ン	23	2			
	バンジェルマシン	8	1			
	クーパン	6				
	タンジョンピナン					233
仏印	西貢　ビルギル	26	1			
	プロコンドル		3	1		
	巣鴨		1			32
比島	モンテンルパ	21				21
濠洲	ラバウル	95	1	5	4	
	香港	2				
	ラブアン	1				
	モロタイ	13				
	マヌス島	5	1	1	1	129

第四表　裁判国地区別一覧表（2）

裁判国	地区	刑死	病死	事故死	自決	計
英国	チャンギー	128	1			
	オートラム	8				
	クァラルンプール	18				
	ジョホールバル	3				
	カヂャン	1				
	イポー	1				
	アロールスター	2				
	コタバル	1				
	ベントン	2				
	ペナン	24				
	タイピン	2	1			
	ゼッセルトン	4				
	マラツカ	2				
	サンダカン	1				
	ミリ	2				
	香港	24	1			
	ラングーン	18	2			
	ラクアン	1				
	巣鴨		1			
合計		882	47	12	12	954

第七表　未決並ニ満洲関係者地区別一覧表

地区＼死歿区分	刑死	病死	事故死	自決	死歿区分不明	計
巣鴨		4		2		6
グワム			1	5		6
マニラ		2		1		3
上海		2		1		3
廣東		2				2
漢口					1	1
漢陽					1	1
北平					1	1
瀋陽		1				1
サイゴン		1				1
太平洋上				1		1
セレベス海				1		1
マカッサル		3	2	1		7
バンジェルマシン		3		2		5
バリックパパン		1	1	2		4
メナド		2	1			3
クーパン				2		2
パタビヤ			1	1	1	1
モロタイ		2				2
アンボン		1		1	1	3
マラバヤ				1		1
ボルネオ		1				1
ボンチャナック		1				1
スマトラ				1	2	3
ラバウル		1			1	2
マヌス島		1				1
満洲地区	16	13			8	37
合計	16	41		23	15	102

戦犯総数 4200 名
（精密には判明しておりません）

シンガポール地区略図
ビルマ
ラングーン
タイ
ラオス
仏領印度支那
カンボヂャ
安南
海南島
アンダマン諸島
サイゴン
交趾支那
プロコンドル島
ニコバル諸島
アロールスタート
コタバル
マライ半島
ピナン島
タイピン
イポー
ベントン
カジャン
クアラルンプール
マラッカ
ジョホールバル
タンジュンピナン
シンガポール
（チャンギー
オートラム）
メダン
スマトラ島
蘭領東印度
ボルネオ島
ポンチャナック
バタビヤ
（グロドック）
ジャワ島

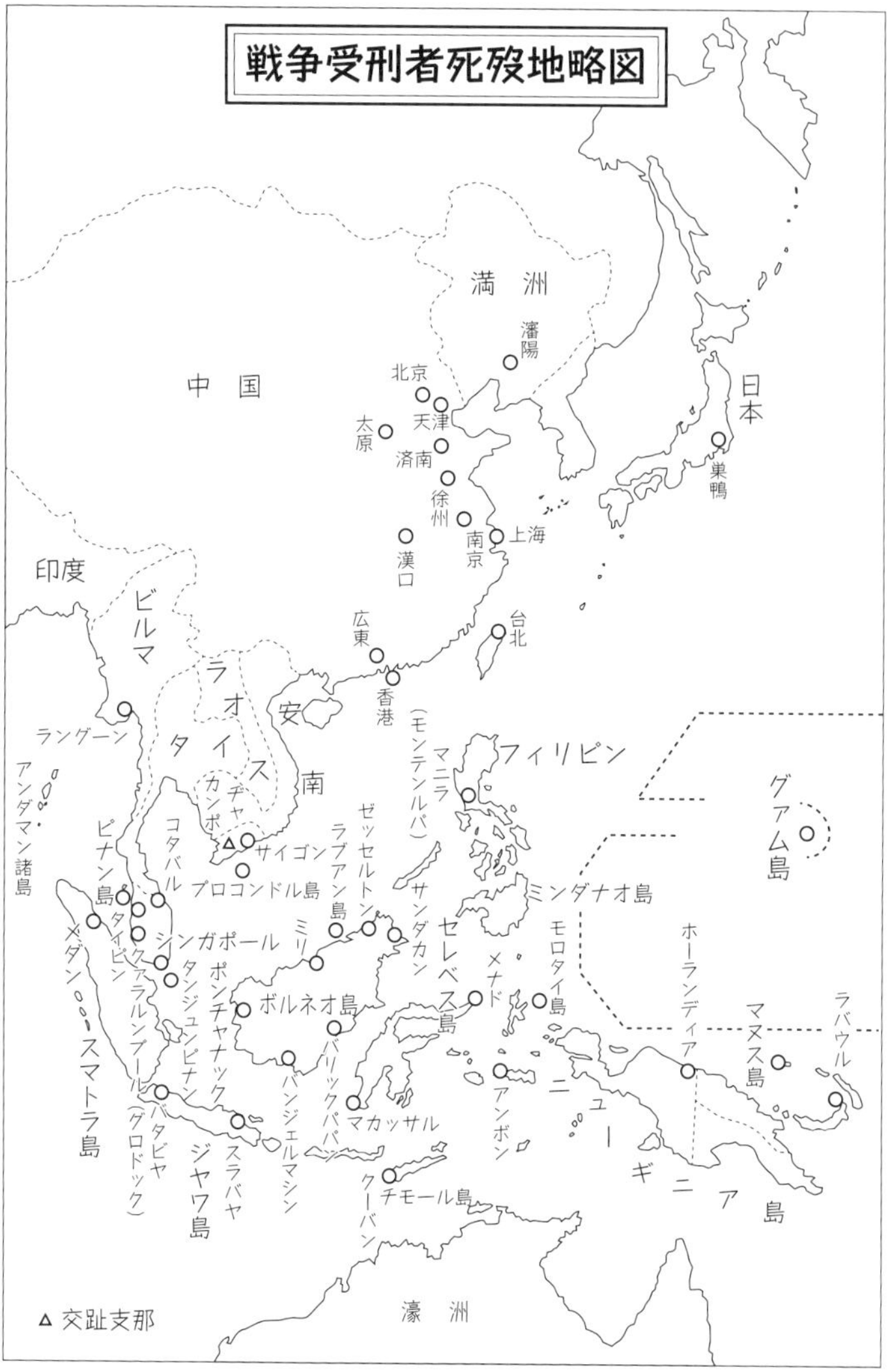

戦争受刑者死歿地略図
満洲
瀋陽
中国
北京
天津
太原
済南
徐州
南京
上海
漢口
日本
巣鴨
印度
ビルマ
広東
香港
台北
ラオス
タイ
安南
カンボヂャ
ラングーン
アンダマン諸島
ピナン島
コタバル
タイピン
メダン
クアラルンプール
シンガポール
タンジュンピナン
サイゴン
プロコンドル島
マニラ
(モンテンルパ)
フィリピン
ミンダナオ島
ゼッセルトン
ラブアン島
サンダカン
ミリ
ボルネオ島
ポンチャナック
バンジェルマシン
バリックパパン
セレベス島
メナド
モロタイ島
マカッサル
アンボン
スマトラ島
バタビヤ
(グロドック)
スラバヤ
ジャワ島
クーパン
チモール島
グアム島
ホーランディア
マヌス島
ラバウル
ニューギニア島
濠洲
△ 交趾支那

BC級戦犯者と田嶋隆純

中外日報社元社長　大髙住夫

日本の敗戦と「戦犯者」

東京・池袋に聳え立つ超高層ビル、サンシャイン60。ここにはかつて、第二次世界大戦中の戦争犯罪に問われた人々を収容する巣鴨プリズンがあった。一九四五年秋に連合国軍最高司令官総司令部（GHQ）が接収して以来、全員釈放となる一九五八年までに、この施設では延べ四千人以上の「戦犯者」が起居し、六十人が収容中に刑死している。

日本が終戦時に受諾したポツダム宣言には、「一切の戦争犯罪人に対しては厳重なる処罰を加えらるべし」という条項が含まれていた。これを受けて戦犯容疑者の一斉拘束が始まる。一九四六年から連合国によって開廷した極東国際軍事裁判（東京裁判）では、戦時期日本の国家指導者らが裁かれ、いわゆる「A級戦犯」として二十五人が有罪、七人が絞首刑の判決を受けたことはよく知られている。

一方、捕虜虐待などの戦争法規違反で起訴されたBC級の被告は、米国による横浜裁判をはじめ英国、フランス、オランダ、オーストラリア、フィリピン、中国がアジア各地に設けた四十九ヵ所の軍事法廷で裁かれた。総数はＡ級を遥かに上回る約五千七百人、死刑を執行されたのは約千人にのぼるものの、その全容はいまだ明らかにされていない。

戦時中の非人道的行為はあってはならないが、ＢＣ級の被告は必ずしも重罪を犯した者とは限らず、たまたま捕虜を扱う任務に就いていた者、絶対服従が義務であった上官の命令に従っただけの者のほか、裁判での不十分な審理や通訳の不備、陳述の機会さえ与えられないケースなどもあり、身に覚えのない罪で死刑に処された者も少なくなかったという。

かつて祖国のために戦いながら、敗戦によって「戦争犯罪人」の烙印を押された人々を教化し、最期を見送るという困難な任務を負うことになったのが教誨師《きょうかいし》である。

助命嘆願運動に東奔西走

田嶋隆純師（一八九二～一九五七）が、米軍管轄下にある巣鴨プリズンの二代目教誨師となったのは一九四九年六月。前年十二月にＡ級の戦争責任者七人の最期に立ち会った初代教誨師・花山信勝《しんしょう》師の辞任を受けてのことである。当時、大正大学教授、真言宗豊山派正真寺（東京・小岩）住職を務めていた五十七歳の隆純師にとって、米軍からの教誨師の委嘱は、まさに青天の霹靂だった。

重責に戸惑いつつ、巣鴨プリズンで試験的に行った講話で隆純師が出会ったのは、二十代、三十代のＢＣ級死刑囚たちだった。仏道修行者も及び難い真剣な眼差しに向き合った隆純師は、涙を流しながら「もし皆さんに罪ありとするならば、その罪は私達もまた共に負うべきものです」と述べ、彼らの命が助かるよう一身にかえてもできるだけのことをすると伝えたという。

正式に教誨師の任命を受けた隆純師は、プリズンで処刑が次々に執行されていく中で「仏の慈悲を説く者が、人の殺されるのを見ていながら、徒らに手を束ねていてよいか」と、戦犯死刑囚の助命嘆願運動に身を粉にして働くようになる。運動に共鳴した浅草寺の大森亮順《りょうじゅん》貫首らの協力の下、全国の仏教者に呼びかけて集めた署名と助命嘆願書をGHQのマッカーサー元帥に提出したり、ラジオに出演して戦犯者やその家族に同情を寄せてほしいと訴えたりした。また、インドで開催された全世界平和主義者大会に戦犯死刑囚の執行停止を提訴したり、国連軍に対する輸血奉仕運動に参加して死刑囚の減刑嘆願を働きかけたりした。さらには、仏教者有志の助力を得て戦犯者の援護機関「白蓮社」も創設。巣鴨プリズンでの毎週の教誨の時間には、法話の代わりに助命運動の進捗状況など、有利な情報を伝えようと努めた。

隆純師は死刑囚たちに、「現在を最善に生きる」こと、それが同時に「永遠に生きる」道であり、仏教八万四千の教えはこの一事に究極すると説いていた。

「巣鴨の父」と慕われる

我が身を顧みず日夜没頭した助命嘆願運動は戦犯者たちの感謝の的となり、田嶋隆純師は「巣鴨の父」として敬愛されるようになっていく。元ＢＣ級死刑囚の冬至《とうじ》堅太郎氏は、次のように記している。

先生は死刑囚に仏の道を説くよりも、その実践をさとされた。安心を与えるよりも生命を助けようと懸命であった。先生の着任いらい二十九人が減刑の恩恵にあずかったが、先生が救済されたのはこの二十九人だけではなく、不運にして処刑された十六人も立派に救っておられた。なぜなら、その人たちも初対面のときから、先生の涙に大慈悲を感じ、その後の御尽力に「あれだけ手を尽くしていただければ、助からなくても本望だ」と言いあっていたからである。（『すがも新聞』一三五号、一九五一年一月二十日付）

身体的疲労と心労が限界に達した一九五一年十月中旬、隆純師は巣鴨プリズン巡視中に脳軟化症を発症して倒れ、入院する。当時の様子を、元在所者が記録している。

「俺たちのことを親身になって活動して下さる先生が、大変なことになった」

いろいろな制約の中で生活している私たちは、気を揉むばかり。皆はそれぞれの気持ちを与えられていた便箋に鉛筆でお見舞いを書いた。その数、封筒千余通。誰もが、先生の回復を願っていた。（……）田嶋先生が昭和二十六年の十月から二ヵ月の入院生活から回復され、翌二十七年一月にご法話が再開された。先生が白銀の法衣に紫色の袈裟を掛けて壇上に現れると、この日、三百の椅子席と余白の通路にまで参加した所内の者たちは、手の平が赤くなるまで拍手し続け、それは鳴り止まなかった。言葉はいらない光景だった。（元特高憲兵・倉林幸三郎「田嶋隆純先生を偲んで」）

後遺症が残っていたにもかかわらず、発病から二ヵ月余りで戦犯者たちが待つ巣鴨の教誨師の任務に復帰する決意をさせたのは、地蔵菩薩の信仰と代受苦《だいじゅく》（苦しみを代わりに受ける）の思念からであろう。隆純師は綴っている。「私がやめても、誰かがこの仕事に当たらねばならぬ。人の厭がる地獄にさえも現れるという地蔵菩薩の代受苦を思えば、私の願いが許されるはずはなかった」

一九五二年九月十三日、プリズン内で戦犯者一同が主催して隆純師の還暦祝賀会が行われた。在所者の一人だった元海軍大佐で、出所後は戦史研究家として多くの著作を刊行した実松《さねまつ》譲《ゆずる》氏は、次のような記録を残している。

田嶋先生は管制上では「教誨師」であった。ところで、教誨師とは「刑務所で受刑者やその他の在監者にたいし勧善の説教をする人」（新村出『広辞苑』）であるが、このような定義は田嶋先生にはあてはまらない。先生は〝戦犯者〟に対する最高の理解者であり、同情者であるだけでなく、真心こめてわれわれの心の中に温かい希望の灯を点じ、とくに死と対決して生きる苦しみにもだえる死刑の友を生きる喜びにみちびいた〝菩薩の変化《へんげ》〟かと思われる人であり、われわれは先生を通してみ仏の大慈悲を感得するのであった。

われわれは先生を〝巣鴨の父〟とあおいでいた。この先生が六十歳を迎えられたとき、慈父を敬慕するようなわれわれの気持ちが、期せずして先生の還暦を祝福しその長寿を祈念する催しとなったのである。（……）こんな変なところでの還暦祝いは、けだし空前絶後の珍しい行事であろう。だが、それだけに、先生も喜ばれたことであろう。（実松譲『巣鴨　スガモ・プリズン獄中記録』、図書出版社、一九七二年）

隆純師が最期を見送った戦犯死刑囚の中に、仏教に造詣が深かった元陸軍中将・岡田資《たすく》氏がいる。戦勝国と彼との法廷での戦いを描いた映画『明日への遺言』（小泉堯史監督、藤田まこと主演、二〇〇八年公開、原作・大岡昇平『ながい旅』）でも知られる人物である。隆純師が巣鴨の教誨師に就任してから岡田氏が処刑されるまでの三ヵ月の交わりであったが、死刑囚を代表して贈った感謝状の中で岡田氏は隆純師のことを「地蔵尊の如きご指導振り」と表現。片や隆純師は岡田氏について「死刑囚棟での明け暮れは仏道精進の一途に尽きていた」「宣告場においてもかつての将校にふさわしく、実に堂々、列席の米軍将校達を威圧する感があった」と敬意を表している。隆純師は処刑直前の岡田氏の様子や心境などを仔細に書き残しており、二人が厚い信頼関係にあったことがよく分かる。

一九五三年に発行された三冊の戦犯者関係書籍

終戦から七年後の一九五二年四月二十八日、サンフランシスコ平和条約の発効によって日本は連合国による占領を脱し、主権を回復した。巣鴨プリズンも米軍から日本に移管されたものの、いまだ九百人以上の戦犯者が収監されていた。この年の夏、在所者有志の間に、巣鴨および外地五十ヵ所余りの刑務所で「戦争裁判のため斃《たお》れた人々」の遺書を集めて出版する計画が持ち上がった。巣鴨プリズン内に遺書編纂会が設置され、田嶋隆純師は顧問を務めることになる。

翌五三年には、これらの遺書の一部を収める本書『わがいのち果てる日に』（編著者＝田嶋隆純、発行者＝野間省一、発行所＝大日本雄弁会講談社、三一七ページ、七月三十一日発行）を含め、隆純師が関与する戦犯者関係の書籍三冊が相次いで発行されている。本書以外の二冊は次のとおりである。

▼『鉄窓の月――戦犯者の信仰記録集――』

発行者＝白蓮会内信仰記編纂会、編集者＝同会内・冬至堅太郎、四八二ページ、一月一日発行

同書は、ガリ版刷りの非売品で、表紙に「謹みてこの書を田嶋隆純先生に献ず」と記され、巣鴨プリズンの在所者三十三人が執筆している。まえがきには「講和発効、日本独立を迎えて私たちは感慨無量であります。これを機会に戦犯という逆境を縁として生まれ、あるいは育った信仰を十分に反省したいと、同心の者語り合いましてこの記録が生まれたのであります」とある。

「戦犯死刑囚の死と入信の機」「解脱を求めて」「死刑の恨から感謝」「仏への道」「私の信仰体

験」「苦闘記」「〝まよい〟の足跡」「求道の悩み」などの題で、各人がプリズンでの肉体的束縛や内面の葛藤、孤独や絶望の中で見いだした自身の信仰を真摯に書き綴っている。
ある元死刑囚は、一九五〇年四月七日に石垣島事件関係者七人の死刑が執行された当時を次のように振り返る。

四月八日の釈尊降誕祭の催を六日の仏教講話の時間に行うことに早くから予定され、田嶋師は皆を喜ばせようといろいろな飾物やレコード歌集等を収集して懸命に準備しておられた矢先、死刑執行の悲報に接した田嶋師の心境は如何ばかりであったか察するまでもなかろう。老師は病魔に患されながら、たとえ斃れても死刑囚を一人残らず救わねば已まぬ大慈悲心を以って、あらん限りの努力を続けておられた時、突然このような悲劇を語るこの日の田嶋師は、恰《あたか》も親が子を失ったが如く半狂乱となり、涙にむせんで言葉さえ出なかったのであった。これこそ田嶋師の真実の姿であり、人間が永遠に真実を求めて生きる生命の美であると信ずる。巣鴨の慈父として田嶋師を尊敬する所以《ゆえん》も師のそうした美しい心による無言の実践教示によるものであり、殊に死刑囚に対しては至厳なる環境の中に唯一の助力者として終始活躍され、今日死刑より多数助命になった者は全く師の恩寵によるといっても過言ではなく、巣鴨全死刑囚の命の恩人として、又信仰の師として亡き友も共に喜び、永遠に師の徳を忘れるものではない。（出口太一「死と対決」）

▼『世紀の遺書』

編集＝東京都巣鴨プリズン内巣鴨遺書編纂会、発行所＝巣鴨遺書編纂会刊行事務所、装丁＝東山魁夷・中村岳陵、七四四ページ・附録五五ページ、十二月一日発行

同書には、戦犯者として国内外で刑死・獄死した千六十八人のうち、収集し得た遺書七百一編が掲載されている。これらの遺稿は便箋や旧軍用罫紙のほか、トイレットペーパー、布、板などに、鉛筆やペン、墨、血によって書かれていた。外地の戦犯刑務所では筆紙の所持すら禁じるところが大半だったが、監視の目をかいくぐって書き遺され、関係者が苦心してひそかに持ち帰った貴重な記録である。

「序文」の中で、隆純師はこのように記している。

戦犯者に対する見方は種々ありましょうが、高所より見ればこれも世界を覆う矛盾の所産であって、千人もの人々が極刑の判決のもとに、数ヶ月あるいは数年にわたって死を直視し、そして命を断たれていったということは史上かつてなかったことであります。おそらくこれ程現代の矛盾を痛感し、これと苦闘した人々はありますまい。（……）

戦犯死刑囚の多くと接しその最期を見送って来た私には、この人々のために戦争裁判について訴えたいことが鬱積しておりますが、この書の目的がこれらの人々の切々たる叫びを世に生

かさんとする未来への悲願であることを思い、寧《むし》ろ黙して故人と共に一切の批判をも将来に委ねたいと思うのであります。（……）

同書発行の意義が書かれている巣鴨遺書編纂会の「後記」の一部も次に記載する。

戦犯者として我々四千人は世界の憎悪の只中において、あるいは刑場の露と消え、あるいは八年に亘って内外の獄舎に繋がれてきた。その当否は後世史家の判定に俟《ま》つとして、少なくとも戦争に参加し、悲惨なる結果を世に招来した一員として、我々は現在与えられた運命の中においても可能な限りの価値を生み世に残すべき義務があると思う。然るに刑死獄死せる囚友の遺稿を見るに、自己の死よりも肉親を思い国家世界を憂えて平和再建への切々たる祈りを遺している。それはまた遥か万里の涯《はて》よりこれに参加せんとの必死の努力に外ならず、これら一千名の悲願を世に伝え将来に生かすことこそ、同じ運命の中に生き残った我々の責任と痛感せざるを得なかった。（……）

『世紀の遺書』は、出版翌年の一九五四年までに四版、一万三千部を発行した。収益の一部は遺族会に寄付され、残りで遺書刊行の精神を具現化すべく、平和を祈念する「愛の像」が東京駅丸の内駅前広場に建立されることになった。天に向かって両手を広げた青年のブロンズ像は、彫刻家で日展参事の横江嘉純《よしずみ》氏が制作、台座の「愛」の字は隆純師の揮毫《きごう》によるもので、台座の下に『世紀の遺書』が納められた。一九五五年十一月に設置された像はその後、東京駅の大規模工事のため何度か撤去されたが、二〇一七年十二月、駅前広場の整備の完成に伴い再設置されている。

晩年と「隆純地蔵尊」

一九五四年、田嶋隆純師は戦犯死刑囚の助命・減刑運動に尽力してきた教誨師としての功績により、法務大臣から表彰された。プリズンで職務中に脳軟化症によって倒れた後も、戦犯者が一人残らず出所するまで続けようと、不自由になった体を押して巣鴨に通っていた。一方、仏教学者としての本分も果たすべく、若き日に着手したフランス語の論文『両部曼荼羅及密教教理』の執筆にも力を注いだ。論文を完成した二年後の一九五七年七月二十四日、信仰する地蔵尊の日に、隆純師は六十五年の生涯を閉じた。葬儀には、仏教界、大学の関係者のほか、多くの巣鴨関係者も各地から参列し、隆純師を追慕した。

隆純師が住職を務めた小岩の正真寺境内には、「隆純地蔵尊」と書かれた台座（浅草寺・清水《しみず》谷《だにきょうじゅん》恭順貫首揮毫）の上に地蔵菩薩像が立つ。東京駅の「愛の像」を制作した横江嘉純氏の手によるもので、隆純師の遺徳を偲び、約六百人にのぼる元戦犯者からの浄財で建立された。一九五八年七月二十四日の地蔵盆の日、一周忌に合わせて開眼法要が営まれた。

巣鴨プリズンに在所していたＡ級戦犯者で、開眼法要にも参列した元海軍大臣・嶋田繁太郎氏撰の碑文「隆純地蔵尊縁起」には、次のように書かれている。

「隆純大僧正は栃木に生まる。多年フランスに留学研鑽仏教の秘奥を極め、大正大学教授として訓育教導に励む。また深く地蔵尊を崇敬し、大慈悲心を体得す。昭和二十四年巣鴨拘置所教誨師に推され、戦争受刑者の不法なる災厄解除慰安に全力を傾倒し、寝食を忘れて助命赦免に東奔西走遂に目的達す。真に菩薩行能く連合国を感動せしめたるもの、巣鴨の父生き仏と敬仰せられたる誠に宜なり」

隆純師の生涯の軌跡については、同師の没後に長女の田嶋澄子さんと結婚して正真寺住職を継いだ田嶋信雄師（一九三七〜二〇一〇）が地道に資料を収集、寺報に連載するなどし、隆純師の五十回忌に当たる二〇〇六年に出版した私家版の伝記『田嶋隆純の生涯』に詳しい。同書は二〇二〇年、『巣鴨の父　田嶋隆純』（山折哲雄監修、文藝春秋企画出版部）として増補改訂版が出版されている。

戦後日本、再考の契機に

今や戦後生まれの人口が八割以上に当たる一億人を超えた日本。年を追うごとに戦争の記憶は風化し、巣鴨プリズンや戦犯者という存在を実際に知る人もわずかになりつつある。

本書『わがいのち果てる日に』（初版・一九五三年）は、巣鴨プリズンでのＢＣ級戦犯者の処刑に日本人として唯一立ち会った教誨師が克明に記した生と死のドキュメントである。後半には、異国の地で刑死した戦犯者の遺書集も収めている。本書が刊行された四年後に編著者の田嶋隆純師は世を去り、その後は再版されることもないまま、長い間入手が極めて困難となっていた。

今般、宗教学者・山折哲雄先生、大本山護国寺・小林大康貫首のご協力、田嶋澄子さんのご尽力により、講談社エディトリアルから『わがいのち果てる日に――巣鴨プリズン・BC級戦犯者の記録』として新装復刊が成った。

戦犯者たちが死と対峙しながら教誨師と交わした会話や、祖国と世界の恒久平和を祈念し心血を注いで書き綴った遺書に光を当てることで、国内外に途方もない悲劇をもたらした第二次世界大戦の知られざる諸相が浮かび上がってくるのではないだろうか。

本書を通じて現代日本人が、未曾有の大戦による苦難を体験した先人たちの最期の言葉と真実を知り、果たして彼らが心より願った戦後の新生日本、日本人となっているのかを問うとともに、今日享受している平和と繁栄がどれほどの犠牲の上に成り立つものなのかを再考する機会となることを願ってやまない。

あとがきにかえて

巣鴨プリズン教誨師《きょうかいし》を務めた父・田嶋隆純の編著が、この度宗教学者の山折哲雄先生のお力添え、真言宗豊山派大本山護国寺貫首・小林大康様のご協力で、装いも新たに『わがいのち果てる日に――巣鴨プリズン・BC級戦犯者の記録』として復刊できましたことは望外の喜びでございます。

山折先生は、父について深いご理解とご関心のもと、これまでさまざまな雑誌・書籍にご執筆をいただいてまいりました。正真寺先代住職だった夫・田嶋信雄の編著『田嶋隆純の生涯』（平成十八年、私家版）も、令和二年一月に山折先生の監修により『巣鴨の父 田嶋隆純』（文藝春秋企画出版部）として新版を刊行することができました。

『わがいのち果てる日に』は、昭和二十八年に講談社から出版された後、再版の機会を得ないまま長年月が過ぎ、今や各地の古書店や図書館にも置かれていないことを知りました。

戦犯者として世を去った方々の最期を詳細に記録した本書がこのまま埋もれてしまうことは忍びなく、新たに上梓することが、命と平和の尊さを後世に伝えることを願った父・隆純の遺志にかなうと考えました。

六十八年前の出版に際し、ご縁のありました講談社にご相談し、講談社エディトリアルから新装復刊していただくことになりました。

復刊に当たり、山折哲雄先生、護国寺貫首・小林大康様、中外日報社元社長・大高住夫様、講談社エディトリアル編集委員・吉村弘幸様をはじめ、お世話になりました皆様に心より感謝とお礼を申し上げます。

令和三年六月

田嶋澄子

田嶋隆純　たじまりゅうじゅん

一八九二（明治二十五）年一月九日、栃木県に生まれる。十三歳で仏門（栃木市・満福時）に入り、豊山大学（現・大正大学）で河口慧海に師事してチベット語とチベット仏教を学ぶ。一九三一（昭和六）年、フランスのソルボンヌ大学（パリ大学）に留学。三五年、フランス語で執筆した論文『大日経の研究』でパリ大学から文学博士号を授与される（翌年、パリで出版）。その後、栃木県の太山寺、高平寺、東京・小岩の正真寺の住職を務め、真言宗豊山派大僧正。また大正大学教授、同大学文学部長、図書館長、仏教学部長、真言学研究室主任、大学院研究室主任を歴任する。一九四一（昭和十六）年夏、仏教界を代表して渡米し、各地で日米両国間の平和維持を懇請。戦後の四九年六月、米軍管轄下の巣鴨プリズンで二代目教誨師となり、戦犯死刑囚の助命嘆願運動に尽力。収容者から「巣鴨の父」と慕われる。五四年、巣鴨の教誨師としての功績により法務大臣より表彰。五七年七月二十四日没（享年六十五）。五九年に遺著『両部曼荼羅及密教教理』（仏文）が出版される。

わがいのち果《は》てる日《ひ》に
――巣鴨《すがも》プリズン・BC級《きゅう》戦犯《せんぱん》者《しゃ》の記録《きろく》

二〇二一年七月四日　第一刷発行

編著者　田嶋《たじま》隆《りゅう》純《じゅん》
発行者　堺　公江
発行所　株式会社講談社エディトリアル
郵便番号　一一二-〇〇一三
東京都文京区音羽　一-一七-一八　護国寺SIAビル六階
電話　代表：〇三-五三一九-二一七一
販売：〇三-六九〇二-一〇二二
印刷・製本　株式会社新藤慶昌堂

ISBN978-4-86677-088-8